奋斗2.0 STRUGGLE
——告别蜗居时代

朱少君◎著

中国青年出版社

（京）新登字 083 号

图书在版编目（CIP）数据

奋斗 2.0：告别蜗居时代 / 朱少君著. — 北京：中国青年出版社，2012.1
ISBN 978 – 7 – 5153 – 0466 – 3
Ⅰ.①奋… Ⅱ.①朱… Ⅲ.①长篇小说 – 中国 – 当代 Ⅳ.① I247.5
中国版本图书馆 CIP 数据核字（2011）第 263780 号

书　名　奋斗 2.0：告别蜗居时代

作　　者　朱少君
责任编辑　侯庚洋
策划编辑　一　航
文字编辑　张小葱
视觉指导　李俏丹
版式设计　谢　滨
封面设计　姚　姚
出　　版　中国青年出版社
社　　址　北京东四十二条 21 号
邮政编码　100708
网　　址　www.cyp.com.cn
发　　行　中国青年出版社
电　　话　（010）57350370
经　　销　新华书店
印　　刷　三河市华润印刷有限公司
规　　格　160×235 毫米　1/16
字　　数　150 千字
印　　张　13
版　　次　2012 年 2 月北京第 1 版
印　　次　2012 年 2 月北京第 1 次印刷
印　　数　10000 册
书　　号　ISBN 978 – 7 – 5153 – 0466 – 3
定　　价　19.80 元

本图书如有印装质量问题，请与出版部联系调换

联系电话　（010）57350337

| 引　子 | ………………………………………………… | **001** |

| 第一章 | ………………………………………………… | **003** |

——女人是人间的花，年轻漂亮的女人是花中艳丽的玫瑰。无论玫瑰怎样修剪包装，总能夺人眼球。

| 第二章 | ………………………………………………… | **031** |

——找男朋友看中对方的外表，源自人类最原始的欲望。

| 第三章 | ………………………………………………… | **099** |

——弗洛伊德说：性爱是人类一切幸福的源泉。

| 第四章 | ………………………………………………… | **135** |

——婚姻中只要因为爱，所谓的面子是分文不值的。

| 第五章 | ………………………………………………… | **169** |

——爱有时候是一种奢侈，但亲情永远割舍不断。

| 第六章 | ………………………………………………… | **201** |

尾声

引子

　　生活可以将就，生活也可以讲究。
　　这是欧阳香茹经常挂在嘴边的一句话。
　　男朋友许巍不以为然。
　　许巍说，你就是小姐的身子丫鬟的命，我们还没有到讲究的时候。欧阳香茹听了，狠狠地瞪许巍一眼，嘴里念念有词：乖乖隆里咚，韭菜炒大葱，讲究还分时候啊，那我们什么时候可以讲究呢？许巍说，讲究是要花钱的，到完成你的心愿，买了房子为止。
　　欧阳香茹听了便很怅惋："房子？这辈子恐怕都买不起，太贵了！"
　　许巍似乎看到了结婚的希望，趁热打铁："既然明知道一时买不起，那我们就先结婚吧。"
　　"想得美，没有房子结什么婚啊？"
　　"这结婚和房子有关系吗？难道我们不相爱？"
　　"相爱和结婚是两码事。"
　　"怎么两码事了？"
　　"不准胡搅蛮缠，反正没有房子，就是不能结婚，在出租房里过日子，就连亲热也不能尽兴，总不能也把小孩生在出租房里吧。"
　　"谁说亲热都不能尽兴的？看你每次都呼天抢地的。"

"总和在自己的房子里感觉不同。"

"既然想买房子,我们现在暂时就不能讲究,只能将就。省点钱吧,直到省够一套房子。"

"那要到什么时候啊?"

"相信我,面包会有的,房子也会有的,我一定努力,争取早日实现买房的愿望。"许巍说着,含情脉脉地盯着欧阳香茹,"老婆,我们一起努力吧,夫妻同心,美梦成真。"

许巍的话虽然绵软温情,但也掷地有声。许巍脸上洋溢的对美好未来无限神往的的表情,也深深感染了欧阳香茹。

欧阳香茹长叹一口:"唉,谁叫我找了你这样的男人。一起努力吧,加油!"

狭小的出租房里有些潮湿,还有些逼仄,此时此刻笼罩着一股淡淡的哀愁,但哀愁里,也夹杂着一股难以抑制的激情。

当两种情绪混在一起,弥漫在屋子里的每一个角落时,两人又一起感叹:"房子啊房子,你为什么这么贵呢?"

第一章
Chapter .01

——女人是人间的花，年轻漂亮的女人是花中艳丽的玫瑰。无论玫瑰怎样修剪包装，总能夺人眼球。

1

面朝大海，春暖花开。

二十六岁的欧阳香茹陪着自己的老板，龙飞房产公司的老总肖鹏飞走在鼓浪屿的沙滩上时，忽然诗兴大发。面对如画的海景，心潮澎湃的欧阳香茹本想很抒情地喊几个赞美大海的句子来，但搜肠刮肚地想来想去，脑子里还是只有海子的那句诗。

不是写诗的料，再美的景色到自己的面前，也只有欣赏的份。欧阳香茹无奈地笑笑。

这是一个阳光明媚的上午，鼓浪屿的海面上风平浪静，大海清澈晶莹，犹如一面巨大的镜子，海中数座碧绿的小岛，像是镶嵌在镜中的翡翠。

欧阳香茹两手各提着自己的一只高跟鞋，活蹦乱跳地走在肖鹏飞的左右。微风轻撩她的裙子，她整个人已和大海融为一体。

虽是阳春三月，但厦门的天气已经很热，欧阳香茹已经穿上了夏装。一袭白色连衣裙，将本已天生丽质的欧阳香茹，勾勒得更加楚楚动人。

"海子，你还有一座海边的房子，而我在这个城市什么都没有。要是真像你的诗里说的，有一座海边的大房子该有多好啊！我什么时候有一套属于自己的房子呢?"走在沙滩上的欧阳香茹想。

沙滩很软,也很黄,远远望去像是一片金色的绸缎,从内陆来的欧阳香茹光脚走在上面感觉很奇特。细细的沙子从脚指间溜出,她的脚痒痒的酥酥的,像是正被数只灵巧的手按摩着,一股发自脚底的愉悦油然传遍她的全身。

肖鹏飞脸上带着亲切的微笑,不时侧目看一眼身边的这位助理。

见老总正在笑看自己,欧阳香茹也赶紧一笑,以掩饰住内心深处不期而至的对房子的渴望,随着肖鹏飞漫步向前。她被小沙丘绊得东倒西歪的时候,肖鹏飞伸手拉了一把。

两人游兴盎然,有说有笑,亲密无间的样子不亚于一对情侣。

肖鹏飞看上去很轻松。

但欧阳香茹知道,身边的这位老总,心里一定不是表面上的这般轻松。也许,他只是用这种轻松的方式排解一下自己的压力。

大战在即。明天,五缘湾地块的拍卖锤将在会展中心敲响,肖鹏飞将代表公司到场竞标。

这几年厦门岛的土地,可谓寸土寸金。

在这个房价飞涨的年代,特殊的地理位置和自然环境,决定着城市主中心的土地价格,像坐上神舟七号一样飞上了天。

城市规划图上,岛内可供开发的商品房用地,已经所剩无几,政府更希望岛内成为商业和办公中心,于是便大力鼓励发展岛外住宅,希望市民在岛内工作,岛外居家。所以岛内的住宅用地,就成了饥荒年代的白米饭,引得多家房产公司如饥民一样疯狂争抢。

明天拍卖的,可是一块绝佳宝地。紧邻大海,交通方便,是厦门岛内不可多得的黄金地段,珍贵得犹如皇冠上的明珠。看得见的升值潜力,使得各家公司趋之若鹜。

整个地段被分成四块公开拍卖,据说交了保证金参加竞标的有十几家实力雄厚的房产大鳄。虽然龙飞地产这几年发展迅速,但相对于那些资产雄厚的房产大鳄,还只不过是一只小虾米。

这块地,也是今年市府在岛内投放的唯一的一块住宅用地。为了这块地,龙飞公司各项工作可没少做。

市场评估,产品定位,成本测算,以及竞争对手的资料搜集,足足花了一个月的时间。如果竞标失败,所做的努力白费不说,更重要的是,因为实力有限,没有囤地可供开发,在未来的一段时间内,龙飞公司在岛内将没有在建的楼盘。

从某种意义上说，这将象征着龙飞公司退出岛内的地产市场，这是肖鹏飞最不愿看到的。从公司成立至今，那还是破天荒的第一次。虽然规模不是很大，但龙飞公司从开门营业的那天起，就一直活跃在厦门岛内。

欧阳香菇明白，此时表明平静的肖鹏飞心里，一定在酝酿着小虾米击败大鳄的狂风巨浪。

欧阳香菇的天性中，除了调皮之外，还是个善解人意的女孩，他知道老总这几天都在为这事操心，压力很大，作为总经理唯一的助理，不能直接分担老总的压力，但有义务为其提供缓解的渠道。所以，早上上班时肖鹏飞说，欧阳，今天陪我到海边走走好吗？她想都没想就答应了。

转过一个小山弯后，海滩上出现了一排太阳伞，明媚的春光下，太阳伞的颜色很鲜艳，五颜六色的伞布，将海边打扮得很浪漫。

这是一个供游人小憩的地方。

他们在位子上坐下后，肖鹏飞叫了两杯绿茶。虽然在厦门生活了十多年，但肖鹏飞对这里风行的铁观音，一直不能适应，他只喝绿茶。

不大一会儿，一个十八九岁的小姑娘，麻利地用一只红色托盘端上来两杯白瓷茶杯，笑盈盈地说："先生太太请慢用。"

欧阳香菇一听，仰面朝头顶上的太阳伞翻了一个白眼，又平视小姑娘，问："你叫我们什么？先生太太？"

小姑娘一脸的惊愕："是啊，叫错了吗？"

小姑娘太可爱了，欧阳香菇想逗逗她，便故意装做很严肃地说："你叫我们先生太太，你是说我们是夫妻？"

小姑娘的脸憋得通红，低下头，眼盯脚尖，不说话。

欧阳香菇又说："我和他是夫妻？我有那么老吗？"

小姑娘这下开口了，很尴尬地说："两位都不老，对不起，我叫先生太太叫得太多，都叫习惯了。"

这个时候，一直在旁边偷笑的肖鹏飞朝小姑娘挥挥手："她和你寻开心呢，你没叫错，去吧。"

被解围的小姑娘妩媚地一笑："就是嘛。我的眼光还会错？"

小姑娘开心地转身离去后，欧阳香菇狠狠地剜了肖鹏飞一眼，肖鹏飞装作没看见，他轻启杯盖，茶叶的清香扑面而来。

肖鹏飞轻喝一口杯中的茶，问欧阳香菇："拿人家小姑娘寻开心，你好意思吗？"

欧阳香茹咯咯地笑着说："谁让她乱叫人的？"

看着活色生香的欧阳香茹，肖鹏飞面带浅笑地开起了玩笑："她说我们真是夫妻，你还吃亏啦？"

欧阳香茹说："美吧你。"

肖鹏飞很含蓄地沉默了一会，然后又关切地问："走了一上午，累吧？"

肖鹏飞的声音是标准的男中音，极富磁性，他关切的话语，让欧阳香茹如沐春风。

"是有点累，但很开心。"欧阳香茹说着，抬眼仔细看看面前的这个男人。

肖鹏飞三十几岁了，但依旧很阳光，一张四方脸，白净，儒雅，眉宇间透出坚定。相比二十出头的毛头小子，阳光的外表背后，又多了一份看得见的成熟。他身上散发出的那份天然的淡定和从容，令欧阳香茹忽然有了些异样的感觉。

这份感觉很奇特，无法用语言具体描述，称不上喜欢，但起码算是欣赏。

老总确实是一个容易让女孩着迷的男人。要是真嫁给了这样的一个人，生活会是怎样的呢？坐在肖鹏飞对面慢慢喝着茶的欧阳香茹，耳边回荡着刚才卖茶小姑娘的口误，忽地心猿意马起来。

见欧阳香茹眼神有些游离，肖鹏飞用手指轻叩了一下放茶杯的小台子问："哎，想什么呢？"

欧阳香茹的脸有点微微发烫："没想什么。"

"做我的助理，既要工作又要陪我出来瞎逛，是不是很委屈？"

"是有点委屈，但既然做你助理了还能怎么着呢？"因为不在办公室，欧阳香茹说话显得无拘无束。

看着无拘无束的欧阳香茹，肖鹏飞接着刚才的玩笑："哈哈，看来还是有点委屈，委屈也没办法了，谁叫你我之间有缘呢。"

"你就扯吧。这和谁做同事还有缘分一说啊。"欧阳香茹不想让玩笑继续，很巧妙地把肖鹏飞的缘分一说，引向另一个境地。

"当然有，缘分不止于恋人之间。缘分是一个古怪而奇妙的东西，正所谓十年修得同船渡，百年修得共枕眠。同事，同学，战友，朋友，乃至一切你认识的人，包括竞争对手，都是冥冥之中缘分注定的呢。"

见老板自圆其说，欧阳香茹笑了起来："原来肖总对缘分还有研究啊。真看不出来。"

"那是，我上大学那会儿就开始研究了。"

"是吗？"欧阳香茹一手托腮，笑盈盈的。

有风吹来，海风轻柔地抚在他们的脸上，温润而细腻，似嫩绿的柳枝，又似情人的双手。两人都感觉到了一股朦胧的诗意。

他们微笑着对望了一眼，又同时将目光投向湛蓝的大海。

2

女人是人间的花，年轻漂亮的女人是花中艳丽的玫瑰。无论玫瑰怎样修剪包装，总能夺人眼球。

欧阳香茹是玫瑰中的蓝色妖姬。

第二天下午，身着一身平常职业装的欧阳香茹，随着穿银灰色西服的肖鹏飞走进拍卖会场时，一下子赢得了无数人关注的目光，会场里的许多人默默地向她这边行来注目礼。

欧阳香茹低着头，随肖鹏飞一路往里走，有一个大腹便便的男人走过来和肖鹏飞握手："肖老弟，换小蜜啦？"

肖鹏飞乐呵呵地应付着这种司空见惯的玩笑："是啊，漂亮吧。"

"漂亮，太漂亮了，还是你肖老弟有福气。"

男人说完，又和欧阳香茹握手，欧阳香茹礼貌地朝对方傻笑傻笑了一下："谢谢夸奖！"

欧阳香茹感到，自己同别人握手时很不自然。她很点紧张。

肖鹏飞在对方肩膀上轻拍一掌后，领着欧阳香茹继续往会场中央，两人在主席台的正前方，找到了自己的位子。

会场里坐了百十号人，黑压压的一片。

有记者拍照，闪光灯很耀眼的闪个不停，欧阳香茹抬头看了一眼会场，她还很意外地看到本市的电视台在录像。这种拍卖现场，她以前只在电视上见过。

欧阳香茹的紧张被加剧了，头有点发晕。

虽然坐在位子上，但欧阳香茹有正站在聚光灯下的舞台上表演节目的感觉。这感觉让她既兴奋又新奇，浑身的血液一下子流转得很快。

欧阳香茹知道，自己现在正身处名流之中，身边的这些人，都是房产界的精英，有的甚至是厦门房产市场上呼风唤雨的人物。

欧阳香茹深呼吸，然后又下意识地整理一下衬衫，生怕自己的衣服有哪里不妥，那将有损公司形象。

她知道自己今天在这里,和肖鹏飞一道代表着龙飞公司。她给自己打气:别紧张,有什么好紧张的,不就是拍卖会吗?

她抬头看看周围,想看看这些名流都长成什么样的面孔,可是还没来得及看,只听得一声清脆的锣响,一身黑色西装的拍卖师在台上郑重宣布:拍卖开始!

会场的气氛一下子紧张起来。

这个地段,市府的城市规划图上是十八层高的小高层。四个地块其实是连成一片的。为了防止盘子大了无人接标,又为了防止几家连手串标,市府将其分成四块拍卖。拍卖采用英格兰式,价高者得。

同时,市府为了房产市场健康有序的发展,防止垄断,规定所有参拍公司每家只能一次中标。也就是说,前面拍中地块的公司,后面的地块无权举牌。

肖鹏飞暗暗地为市府的这个规定叫绝,要不然他可是一点机会都没有。

首先竞拍的是一号地块。

一号地块最大,共有八幢楼房,规划建筑面积共五万平米,三亿起价,加价幅度是每次一千万。

拍卖师的底价刚刚报出,就有数家轮番举牌,他们你争我夺,各不相让。一时间会场里白色的号牌,像大海里的波涛一样此起彼伏,几家大公司对一号地块的追捧程度几近疯狂。

价格一会儿就窜到四亿二千万。

四亿二千万,我的天!难道钱到这里就不是钱了?懵懵懂懂的欧阳香茹看了一眼身边的肖鹏飞。肖鹏飞平静的坐在那里一动不动,没有让她举牌的意思。但欧阳香茹看到,有细汗从他那俊朗的额上冒出来。

很显然,现场激烈的气氛,也让在地产市场摸爬滚打了十多年的肖鹏飞也有点不太适应。虽然近几年厦门也搞过几次土地拍卖会,但竞争完全不像今天这样惨烈。

举牌还在继续,价格在不断上涨。

肖鹏飞附在欧阳香茹的耳边小声说:"今天有好戏看了,我们的前期准备几乎白费。"

欧阳香茹显然不在状态,胆战心惊地问:"怎么了?"

"我们市场部对这块地的估价明显偏低,照先前的策略,今天肯定空手而归。"

"那这么办?"

肖鹏飞拍了拍欧阳香茹的肩："别怕，镇定点，有我呢。"

最终经过数十轮竞价，价格到了五亿一千万。一号地块，被一家大型集团公司拍走。折合楼面均价，每平米一万挂零。这个价格，已经接近附近枋湖地段在售的商品房价格了。

这个价格着实让肖鹏飞暗暗吃了一惊。

虽然通过刚才场上的情况，他已经对成交价格有充分的思想准备，但这个价格还是出乎他的意外。他在不断调整自己最为中意的二号和四号地块的价格预期。

二号和四号地块，分别为三幢和四幢小高层，很适合他这种规模不大的公司经营，也是他今天的终极目标。所以，一号地块，他们自始至终没有举牌。

稀稀落落的掌声之后，二号地块接着开拍，起价一亿一千万，加价幅度每次五百万。

这块地，因为盘子相对较小，很适合中小公司操作，而参拍的中小公司又居多数，所以竞争更加激烈。有多家公司举牌坚决，势在必得。

开始阶段，肖鹏飞仍旧纹丝不动。

在价格叫到一亿五千万的时候，肖鹏飞环视了一下举牌的那些人后，用胳膊碰了一下身边的欧阳香茹，示意她举牌。

拍卖师挥舞着熟练的手势，对准欧阳香茹喊："一亿五千五百万。"

没等欧阳香茹的牌完全放下，很快就有人加价，一亿六千万。

肖鹏飞又让欧阳香茹举牌，一亿六千五百万。

一亿七千万。

一亿七千五百万。

又有两家加价。

肖鹏飞示意欧阳香茹继续举牌，一亿八千万。

此时的楼面均价再次突破万元大关。欧阳香茹把号牌高高举起的时候，肖鹏飞再次环顾了一下周围。

其实肖鹏飞此时心里想的不是价格，而是在心里迅速盘算到底谁是他的对手。根据举牌情况，他心里已经有底了。

会场安静了一会儿，有几家公司的人在低头商量。终于，有一家再次举起了号牌。价格被推上了一亿八千五百万。

没等拍卖师喊价，肖鹏飞举起欧阳香茹的手，连同号牌一起举在空中。肖鹏飞加价迅速，完全给人一副破釜沉舟的架势。

此时的欧阳香茹已经从刚才的浑浑噩噩中清醒过来。

清醒之后的欧阳香茹大吃一惊,一亿九千万!一向处变不惊的老总今天是不是太冲动?这块地公司论证的结果是,价值一亿六千万,这个价格大大超过了公司定的价格极限一亿七千万。

欧阳香茹轻叫一声:"肖总。"

肖鹏飞放下欧阳香茹的手,对她含蓄地一笑,意思是告诉欧阳香茹,他知道自己在干什么。看着他淡定的笑容,欧阳香茹放下心来,看来老总很冷静。

又有人加价,一亿九千五百万。

肖鹏飞再次示意欧阳香茹举牌,两亿!

两亿零五百万。举牌的人看来是和肖鹏飞耗上了,在欧阳香茹的牌刚刚举起的时候,对方便匆忙加价。

欧阳香茹举牌,两亿一千万。

对方举牌,两亿一千五百万。

当欧阳香茹习惯性的再次准备举牌时,被肖鹏飞按住了她的手。欧阳香茹看了看肖鹏飞,只见他满脸笑意。欧阳香茹从他的笑意中看出了一丝狡黠。

没人再加价,终于这块地以两亿一千五百万成交。现场响起了一片嘘声,这个价格,折合楼面均价已达每平米一万一千元,基本和同地段的商品房持平。嘘声之后掌声响起,肖鹏飞也起身向中标者击掌表示祝贺。

欧阳香茹也偷眼看了看中标公司的人,但他们的脸上一点也看不出喜悦的表情。

这个时候,欧阳香茹才隐隐约约地感到,肖鹏飞刚才几次示意她举牌,完全是醉翁之意不在酒。

确实如此,肖鹏飞真正想拿的是四号地块。他要以这种方式告诉后面的潜在对手,我虽然今天势在必得,但拿得起放得下。我的出价是有底线的,超过理性范围,我会戛然而止。如果你们不理性的抬价,到头来吃亏的是你们自己。

接下来,三号地块开拍。

三号地块是个不大不小的盘,共有六幢楼,这不是公司的目标,所以,欧阳香茹一直没有举牌。

趁着这段间隙,欧阳香茹再次抬眼看了看周围举牌的人们,只见他们个个神情紧张,有的人甚至还涨红了脸。看来都是被会场的气氛和高价给吓的。

"今天真是长见识了,怪不得房价那么贵,原来这用来建房子的土地就怎么贵啊。"没到房产公司上班以前,欧阳香茹只关心房价,至于土地价格,她是毫不关心的。

三号地块很快又被一家大公司拍得，价格有所回落，楼面均价每平米一万。

只剩下四号地块了。

四号地块是最临近大海的一块地，规划建筑面积共三万平米。搞房产的都知道，同一地块，离大江大海或者湖泊最近的房子，价值最高。早在拍卖之前，这块地就被数家列为首选地块，只是太小，又放在拍卖的最后，那些大公司只能忍痛割爱选择一号和三号地块为首选，毕竟面积大，带来的利润总量会更高。

前面三家拍得土地公司的人们，一副坐山观虎斗的架势坐在位子上，他们在等待这块最抢手的地到底花落谁家。

那些和肖鹏飞一样实力不太强的公司，早已瞄准了这块地，他们个个有备而来。而那几家在前面竞争失败的大公司，更是把这块地当做救命的稻草，这是今年最后的机会，成败在此一举。最后的机会，岂容错过？

有那么一会儿，场内一下子安静下来，静到每个人都可以听见自己的心跳声，所有人的目光都投向拍卖师。

拍卖师用纸巾轻擦了一下额上渗出的汗水，然后扬起右手，拍卖再次开始。四号地块起价一亿五千万，加价幅度和二号地块一样，每次五百万。

起先人们的举牌并不踊跃，一切显得慢条斯理、井然有序。大家你看看我、我看看你，相互试探着，揣摩着，价格也在人们缓缓的举牌中慢慢上升。

欧阳香茹手持号牌，等待肖鹏飞示意她出价，但肖鹏飞一直静静地坐在那里不动，并没有让她举牌。欧阳香茹心想，这块地这么了？怎么没多少人抢呢。她看了一下周围，发现有不少人在紧张而小声地和外面通电话。

拍卖师在台上不停地喊："有没有加价的，还有没有加价的？"大家好像约好了似的，总要等他喊几遍后，才有人不紧不慢地举牌。

欧阳香茹小声地提醒身边的肖鹏飞："肖总，这是最后一块地了，我们还要不要参与竞拍？"

肖鹏飞将手搭在欧阳香茹的肩上，示意她别紧张。

虽然肖鹏飞的手搭在自己的肩上显得很随意，但欧阳香茹还是不适应这种同事间的亲昵，她轻轻地挪开肖鹏飞的手，对他莞尔一笑，问："肖总，这块地好像不抢手啊？"

肖鹏飞轻轻的在她耳边说："别急，好戏在后头。"

果然，价格突破两亿五千万的时候，场上风云突变。那些一直举得不紧不慢的号牌，像是被大风吹得乱颤的树枝，猛然间又疯狂地挥舞起来。

"两亿六千万。"

"两亿七千万。"

场内气氛似乎在一瞬间被点爆了，几乎失控，几家同时举牌的事发生了好几次，价格被迅速推上了三亿。

这个时候，肖鹏飞略微起身看了一下四周，看了看他直觉中的真正对手。肖鹏飞预感的对手只有三家，两家是大集团公司，一家是和他一样的中小公司。这几家的情况，肖鹏飞都了如指掌。

而其他人，根本称不上对手。有的公司是实力不济，有的公司是有地在手，不必要花如此高价圈地，他们实际上早已退出了竞争。肖鹏飞想，今天的这个价格，不但出乎他的意外，也出乎大多数公司的意外。

不出肖鹏飞所料，当价格上了三亿二千万的时候，场上仍旧跃跃欲试的，果然只剩下那三家了。

举牌的速度明显慢了许多，几家似乎在斗智斗勇。

"三亿二千五百万。"

"三亿三千万。"

拍卖师的声音在场内回荡。

又有人举牌，举牌的是那家中小公司。

"三亿三千五百万。这位出价三亿三千五百万。四号地块规划建筑面积三万平米，折合楼面均价一万一千两百元。"拍卖师有意无意地提醒大家，这已经是一个很高的价位。

肖鹏飞知道，这绝不是最后的价位。

果然，一家大公司的人在拍卖师连喊两遍三亿三千五百万之后，又举起了手里的牌子。

"三亿四千万。"拍卖师报出最新报价的时候，现场一片安静。

不能再让他们慢慢加价了，慢慢加，说不定会加到什么样的高度，肖鹏飞想。他缓缓站起身，从欧阳香菇手里拿起号牌，慢慢举过头顶。

"三亿六千万。"肖鹏飞的声音铿锵有力得像从金属管里发出似的，在拍卖大厅里久久回荡。

人们一齐将目光投向肖鹏飞，欧阳香菇也惊讶地看着自己的老总，有人发出了嘘声，也有人发出了笑声，这家伙疯了。

肖鹏飞并没有疯。

他早已看到，两家大型集团公司进场参与竞拍的是公司的代表，他们的出价必须经过集团同意，他预测每平米一万二，可能是目前这几家公司能够承受的价格极限，他不想给他们过多的时间把场上的情况反馈给公司。

而那家中型公司来的虽然是老总本人，但他们是股份制公司，再说实力也有限，高于这个价格，他也无权决定。

肖鹏飞不能给他们过多的反应时间，这样的价格，已经是厦门目前为止楼面均价最高价，拍卖师也不可能给他们充足的打电话讨论的时间。

而他肖鹏飞，公司是他自己的，任何时候都有权决定公司的命运。这个价格乍一看确实很高，但根据今天拍卖的情况，也在理性的范围之内。

就在刚才，肖鹏飞已经将公司对这块地的估价远远抛到脑后，他迅速对这块地做了重新评估。

肖鹏飞想，既然楼面成交均价已达每平米一万出头，说明土地已经严重紧缺，随着这次拍卖，厦门的房价特别是五缘湾周边地区的房价，必将大幅上扬，到那时候，这价格就不显高了。

这不是无由头胡思乱想，而是一个优秀企业家，被瞬息万变市场激发出的敏锐的洞察力。这种时候，最考量的是一个人在准确判断的基础上，有没有快速决策的能力。

这需要果敢。

肖鹏飞把号牌高高举起的时候，在心里默默祈祷，千万别有人在加价。如果这时候真的有人加价，那他只能选择放弃。

无休止的抬价，只能导致疯狂，他不能把自己辛辛苦苦创下的公司，全部赌在这块地上。

肖鹏飞突然将价格提得这么高，显然打得另几家措手不及，有人开始慌乱地打电话。

时间在一分一秒地过去，场内乱成一团，人们打电话的声音越来越大。

欧阳香菇不知所措地站在肖鹏飞的身边，像根木桩。

她只觉得自己的心已经跳到嗓子眼上。一方面，她怕别人再次加价，想拍卖师快速落槌。一方面又担心这个价格太高。虽然公司是肖鹏飞自己的，他有权做这种关系公司命运的重大决定，但作为老总唯一的助理，欧阳香菇觉得有义务给他一些理性的建议。

很遗憾的是，欧阳香菇对房产一窍不通，不能给他什么实质性的建议。因此，欧阳香菇感到很不是滋味，她知道自己不是一个合格的助理。

终于没人再举牌，拍卖师连叫三次三亿六千万之后，重重地敲下手中的锤子："成交！"

场内一片惊呼，新的地王诞生。

有人走到肖鹏飞跟前表示礼节性的祝贺，肖鹏飞礼貌地和前来祝贺的人握手，肖鹏飞看到，前来握手的人脸上表情都很沉重。

肖鹏飞和身边的人逐一握手后，又和一号地块中标公司的代表紧紧地拥抱了一下，拥抱过程中，两人都没说话。彼此无言，心照不宣。肖鹏飞知道，大家沉重的表情背后，是对高地价的担忧。

高地价，必将导致高房价，高房价又促生高地价，这是一个恶性循环。地价不断增高，房产公司的风险肯定会相应增高。

可是作为经营者的房产公司，又有什么办法呢？公司总得经营下去，要经营，只能随行就市。

从拍卖场出来已是六点，欧阳香茹还没有从刚才的兴奋和不知所措中缓过劲来。

太紧张、太刺激、太可怕了！金钱在这个地方，就像草纸，不，草纸都不如，简直就是一个个枯燥的阿拉伯数字。

但出于职业的需要，晕晕乎乎的欧阳香茹问肖鹏飞："肖总，要不要给公司主要部门的领导打电话通知今天拍卖的结果？"

肖鹏飞说："算了，明天会上再通报情况吧，今天和他们说以这样的价格成交，他们非睡不着觉不可。"

虽然公司不是他们的，但肖鹏飞知道，自己的这帮手下，对公司历来忠心耿耿。当然这与肖鹏飞善待手下不无关系。

龙飞房产公司高级管理人员优厚的待遇，在厦门是赫赫有名的，特别是住房奖励制度，已被多家公司效仿。

在公司发展到一定程度的时候，肖鹏飞在厦门的人才市场网罗了一批房产界顶尖的外地人才，这些人在厦门工作最大的问题是住房，肖鹏飞看准了这一点，于是做出了大胆的决定，每个部门的主管，分配一套住房，条件是为公司工作满十年。十年中，如果辞职或者犯错离开公司，则按工作年限算房子的产权，每工作一年，拥有10%的产权，以此类推，十年期满，房子完全归个人所有。

仅这一招，就使得公司的主管们个个对公司感情深厚，这让他们找到了家的感觉。

欧阳香茹想，花这么高的价格拍下地，睡不着觉的应该是你自己吧。但她没有明说，只是随肖鹏飞一路向车边走。

两人走到车边的时候肖鹏飞说："欧阳，我们找个地方喝一杯，好吗？"

这让欧阳香茹犹豫起来，男友许巍还在家里等自己呢，说不定现在已经饭已经做好端上桌了。欧阳香茹迟疑地说："改天吧。"

肖鹏飞又说："走吧，就今天，今天是个值得庆贺的日子，陪我喝一杯吧，反正你又没有男朋友在家里等你。"

欧阳香茹哭笑不得。

没男朋友，那是当初自己到龙飞房产公司应聘，偶然碰见肖鹏飞时编的瞎话，她没有想到自己这句随口一说的瞎话，老板还真的信以为真了。

3

其实欧阳香茹是有男朋友的。

虽然欧阳香茹不知道，许巍现在到底还算不算自己将来的结婚对象，但在一起生活了两年，这已经是一个既成的事实。

一个二十六岁的女孩，还连个男朋友都没有，岂不是活得太失败？那也太辛苦了。欧阳香茹早就有男朋友的，只是这个男朋友有点穷。

欧阳香茹之所以成为肖鹏飞的助理，就是缘于男朋友太穷，买不起房子。

买不起房，便顺理成章地产生疑问：房子为什么这么贵？造成高房价的因素有哪些？建设成本到底是多少？

好长一段时间以来，这份疑问一直如小鸟一样，盘旋在欧阳香茹的心头。

和许巍在厦门辛辛苦苦工作两年了，一直租住在一居室的房子里，每月白白付给房东六百元租金不说，房子还特别狭小。一室一厨一卫，卧室即是客厅和饭厅。

每次许巍做好饭后端上桌，欧阳香茹坐着家中唯一的椅子，许巍就坐在对面的床上，因为房子太小，饭桌的对面实在放不下另外一张椅子了。夏天，许巍总是光着膀子盘腿坐在床上，活像一尊弥勒佛，两人就那样面对面地吃饭，有时候，许巍喝啤酒，欧阳香茹喝饮料。

欧阳香茹和男朋友许巍是大学同学。

刚来这个城市闯荡的时候，欧阳香茹对许巍充满信心，对未来也充满信心。她在心里暗下决心，一定要在这个城市买房，因为这个城市太美了。

但随着时间的推移，这份决心已经变成灰心，对未来和许巍的信心，也变得越来越没有底气了。

他们刚来的时候，房价是八千。

那时候他们刚刚大学毕业，好不容易双双找到工作，但两人的工资加一起才三千五。换句话说，两人不吃不喝，每月的工资只够买半平米不到的房子。

所以那个时候买房的决心也只是决心而已，不敢更没有能力真正付诸行动。

在这个城市生活了两年，许巍的工作一直稳定，但欧阳香茹却换了几家，有的是老板炒了她，也有的是她炒了老板。

在炒与被炒的过程中，她和许巍的收入也有所增加，还小有积蓄，不像刚来时的一无所有，银行里有了五万元的存款，许巍三万，她两万。但这个时候更不敢提买房了，因为房价已经从刚来时的每平米八千涨到了一万多，更加买不起了。

难怪《蜗居》里说，攒钱的速度永远赶不上房价上涨的速度呢，简直经典到家了，还真是那么回事。

没有房子，他们就一直只同居，不结婚。

房子对于女人来说，是一座坚实的山，男人的肩膀再宽厚，总没有山靠着踏实。欧阳香茹不想结婚后还过这种没有靠山的浮萍般的日子。许巍提结婚的事时，欧阳香茹便说："结婚？结什么婚？你和谁结啊？没房子只有发昏。"

有时候欧阳香茹见许巍眼巴巴地看着自己，觉得这样说有些过分，便换成一种稍微柔和的口气说："再等等吧。"

许巍苦笑着说："到底要等到何时啊？"

欧阳香茹说："你要是实在等不及，就换一个。反正我们也没签生死契约，我给你自由。"

许巍说："换？你以为是换件衣服啊？告诉你，这辈子我非你莫娶。"

这个时候欧阳香茹也动了恻隐之心，幽幽地说："等到三十岁吧，如果三十岁时你没找到比我更合适的，我也没有新男朋友，如果那个时候我们还买房无望，如果那时的你还不嫌弃我，我们就回老家结婚，老家的房子便宜，才两千多。"

许巍听后只能摇头叹息："唉，慢慢等吧。"

道路确实漫长。两人同龄，离三十岁还有好几年呢。

晚上，两个如狼似虎的年轻人睡在一起，免不了要亲热。

令许巍最不满的是，每次亲热之前，欧阳香茹都要他戴上那该死的安全套，即使安全期也是如此。在这件事上，欧阳香茹坚决得近乎偏执。

戴着安全套操作，总让许巍有一种隔靴搔痒的感觉。有一次，许巍抱怨："你就不能让我酣畅淋漓地做一次吗？"

欧阳香茹说："有得做你还嫌弃？嫌弃找别人。"

每当这个时候，许巍便在嘿嘿一乐之后，闷声不响了。

如果赶上欧阳香茹心情不错，她会在这个时候，将光光的身子紧贴着同样一丝不挂的许巍身上，小声地说："还是结婚后吧，结婚后你想怎样就怎样。"

许巍哭笑不得："这事和结婚有关系吗？"

"咋没关系？有了个许巍我已经很烦了，要是再有了个小许巍，那天还不塌下来？要不是怕这个，谁不想心无旁骛地亲热？我也想。"

欧阳香茹说的是实话，两年的性生活实践，早已将她从一个矜持羞涩的小女孩，变成了一个真正的女人。

她也渴望无忧无虑地做爱，渴望在许巍的身下千娇百媚，更渴望情欲畅通无阻奔涌带来的愉悦。

然而，因为担心怀孕而提心吊胆地亲热，总使得欧阳香茹内心如火的激情无法完全释放，许巍激情勃发的时候，也是她最为沉迷的时候，可每每就在这时，一直克制着自己的欧阳香茹却要把他推出体外，因为她怕万一那套子有疏漏。

这个时候，也是欧阳香茹最为懊恼的时候。她何尝不想彻底放纵一下啊。

但她不能，书上看到的大量的实际案例告诉她，很多女孩的意外怀孕，都缘于一时地粗心大意。她还知道，安全期并非百分百安全的，所以即使是在安全期，她也蛮不讲理地让许巍戴套。

许巍让她吃吃避孕药，说那东西一样避孕，欧阳香茹说那东西最不保险了，对身体还有害。

欧阳香茹不想意外怀孕，更不想在这个不属于自己的出租房里生儿育女。

结婚与否倒是其次，真正的原因是因为没有房子。

如果现在睡的是自己的房子，即使怀孕又怎么样呢？大不了补一张结婚证书罢了。

可是，他们没有房子，也买不起房子。

怎么就找了这么个男朋友？连房子都买不起，当初真他奶奶的不开眼，一不小心就被他骗上贼船了。心烦意乱的时候，欧阳香茹便免不了责备自己。

责备完自己，欧阳香茹又责备起房价来：这他妈的房价为什么就这么贵呢？要是能够便宜点，卖千把几百一个平方，就不是不用为房子操心了吗？这卖房子的人个个都黑了心了，为什么把个破房子卖得那么贵？

他奶奶的。

这房子的建筑成本到底多少？带着这样的好奇，欧阳香茹在又一次炒了自己的老板之后，到房产公司应聘。

欧阳香茹原本应聘的是售楼小姐。

她应聘售楼小姐，除了想了解一下房子为什么这么贵之外，还有一个原因就是，她听人说，售楼小姐的收入很高。

收入高，离朝思暮想的房子又近，还能满足自己强烈的好奇心，所以欧阳香茹想试试这个自己从未从事过的职业。欧阳香茹是个善于尝试不同职业的人。

让她没想到的是，应聘售楼小姐不成，却阴差阳错地成了肖鹏飞的助理。

那天，欧阳香茹接到龙飞房产公司面试的电话后，好好打扮了一下自己后来到了公司的销售部。应聘的人很多，大多都是妙龄女孩。终于轮到欧阳香茹的时候，她满怀信心地走了进去。

然而，没几分钟，面试她的那个女孩，只简单的问了几个问题之后，便很直接的告诉她："对不起小姐，你不适合这份工作。"

"为什么？"欧阳香茹愣愣地问。心想，我光收拾自己的脸，化这种职业淡妆就用了一个多小时，到了你这几分钟就将我打发啦。

"应该承认，你是一个美女。"那女孩耸耸肩。"虽然我不大愿意承认别的女孩是美女，但我必须承认你是美女，你也很有气质。可是，做我们这行的，这些都不是主要的。"

欧阳香茹问："那你看我哪里不适合？"

"这个嘛……"女孩想了一下说："做房产销售的，要伶牙俐齿，要有把死的说成活的的能力，你显然不行。"

欧阳香茹很不服气："你是说，我嘴皮子不够利索，这可以锻炼啊，我可以学啊。"

女孩笑笑："有些东西，是学不来的。比如你身上的这股气质，我就学不来。"

欧阳香茹后来知道，面试她的女孩名叫王丽娜，是销售部的一位经理。

欧阳香茹很失落的往外走，在走廊上，她看到垃圾桶旁边的一只易拉罐，是这只易拉罐让她留在了龙飞公司。

当时，心灰意冷的欧阳香茹沿着走廊往外走，那只易拉罐孤零零的躺在垃圾桶边。

欧阳香茹记得，那是一个喝空了的可乐瓶，可能是谁随手往垃圾桶里一丢没丢准，便躺在了离垃圾桶边约半米的地方。那只有点扁的空罐子，在装修豪华的走廊上显得尤为刺眼。欧阳香茹想都没想，就随手捡了起来，又随手放到垃圾桶里。

她的这一动作，正好被有事路过的总经理肖鹏飞看个正着。

吸引肖鹏飞眼光的，并不是欧阳香茹捡罐子的善举，而是在欧阳香茹弯腰的一刹那，从开领不高的连衣裙里露出的脖下风光。

当时肖鹏飞看着这个女孩弯腰，并非有意要看她连衣裙开领处的，但欧阳香茹的膨胀得恰到好处的胸部撑开的一片春光，不知不觉吸引了他的眼球。

只一眼，这位阅人无数的年轻老总便觉得心动加速。

欧阳香茹往垃圾桶里丢完瓶子后，肖鹏飞目光又不知不觉顺着她的脖子一路向上，看她的脸。这是一张姣好的脸，清纯，甜美，既不像校园女生那样青涩，也不像社会女孩那般市侩。

只那么一刻，肖鹏飞便对眼前的女孩下了定义：活泼，开朗，美丽，迷人，有那么一股摄人心魄的性感，还有那么一点野性。这种女孩和自己知知识分子的妻子，是绝然不同的两个类型。

怪不得有那么完美的胸部，原来是个真正的美女，肖鹏飞想。当时的肖鹏飞思维有点混乱，后来他才发觉这个逻辑是多么荒谬。

欧阳香茹丢完垃圾后，一抬头也正好看到肖鹏飞那双正看着自己的眼睛。

"看什么看，有什么好看的，扔垃圾没见过啊。"欧阳香茹在心里嘀咕一句，就继续往外走。

并不好色的肖鹏飞，在那一刻鬼使神差的叫住了欧阳香茹："这位小姐请留步。"

欧阳香茹很疑惑，眨巴着眼睛问："你是叫我吗？"

肖鹏飞并没有回答欧阳香茹的问题，而是问她："你是来本公司买房吗？"

"不是。"

欧阳香茹这才好好打量了一眼面前的人。只见他三十几岁，西服笔挺，皮鞋锃亮，大约一米八的个头，仪表堂堂，风度翩翩，此时正睁着大眼，直直地看着自己。

不像色狼啊，欧阳香茹想。又问他："您有事吗？"

肖鹏飞还是没有回答她，接着问："不是买房？那是来应聘的吧。"

欧阳香茹点点头。

"结果怎样？应聘上了吗？"

欧阳香茹冷冷地答："没有。"

"你学什么的。"

"工商管理。"

"哦,很好,有过工作经历吗?"

欧阳香茹本嫌对方太烦,心想你又没权录用我,还罗里罗嗦的问那么多。但出于礼貌,还是回答他说:"有过两年工作经历。"

"会闽南话吗?"

"听得懂,但不会说。"

欧阳香茹当时根本就不知道站在他眼前的就是这家公司的老总,更不知道这位老总真正物色自己的助手,所以和他说话时也显得心不在焉。

"我还有事,先走了。"欧阳香茹说完便迈开步子准备离去。

肖鹏飞再次喊住了她:"小姐,我需要一位助手,如果你有兴趣的话,明天请到我办公室,这是我的名片。"

欧阳香茹接过名片,只见名片上写着:龙飞房产公司总裁兼总经理肖鹏飞。

欧阳香茹有点不相信地问:"你是这的总裁?这家公司是你的?"

"是的,"肖鹏飞灿烂地一笑,忽然又匪夷所思地问:"你有男朋友吗?"肖鹏飞的这无厘头的一问,只能用匪夷所思来形容。

欧阳香茹愣怔了几秒,然后鬼使神差地摇摇头:"没有。"

欧阳香茹不知道,自己在那一刻干嘛要撒这种谎。

肖鹏飞说:"没有就好。"

"肖老板,你该不是用这种手段泡妞吧?如果是的话,就免了,我不是你想象中的那种人。"

欧阳香茹说完,再次准备离开。

"你别误会,听我把话说完。"肖鹏飞伸手拦住了欧阳香茹,"其实有你没有男朋友都无所谓,但最好没有,因为可以减少不必要的麻烦。我现在的助理要随男朋友去英国了,所以我得重新找一个,我觉得你挺合适的。"

欧阳香茹调皮地歪着头问:"你凭什么就觉得我合适?你又凭什么知道我愿意呢?"

肖鹏飞说:"凭我的直觉,我想你会愿意的。这样吧,先试用一个月,咋样?"

就这样,欧阳香茹应聘售楼小姐不成,却因祸得福,成了肖鹏飞的助理。

欧阳香茹一直想找个机会向肖鹏飞说明,自己其实是有男朋友的,那天说的,只是一个小小的玩笑,但一直找不着机会。准确地说,是她觉得没有必要。

无端的补充说明，有此地无银三百两之嫌，搞得像老总对自己不怀好意似的。

现在老总终于又提没男朋友的事，欧阳香茹本想用玩笑的口气告诉他，自己刚刚交男朋友了。但话到嘴边又咽了回去。因为她看到肖鹏飞手扶黑色宝马的车门，正满怀期待地看着自己。

欧阳香茹看肖鹏飞情绪高昂，不想毁了他的高兴劲，便点了点头："好吧，就去喝一杯。"

欧阳香茹答应肖鹏飞，还有另外一个原因，她想知道为什么老总在最后一刻出那么高的价格？那块地真的值那么多钱吗？

温顺的宝马车在环岛路上飞快的行驶，映入眼帘的是一片热带风光。大海，草地，芭蕉叶，芒果树，这些厦门岛上司空见惯的风景和植物，逐个从车窗一闪而过，但带给欧阳香茹的感受和坐公交时有所不同，眼前的这些景象，似乎比往日更加温情。

晚霞在天边融化了，莺飞草长的春景，笼罩在一片祥和的薄暮中。有一缕淡淡的伤感，也在欧阳香茹的心头慢慢融化。

也许是刚刚经历了一场对欧阳香茹来说如天文数字的金钱游戏，她忽然生出一丝感慨来："钱对有钱人来说，只是一个枯燥的数字，而对没钱的人来说，钱就是房子，车子。就连生病住院，没钱同样不行。"

欧阳香茹一边感慨，一边掏出手机给许巍发短信："我有事晚点回来，你先吃饭吧。"

许巍马上回复："有事？什么事？"

欧阳香茹回复了一个字："烦。"

许巍又回："早点回来，我在家等你。"

欧阳香茹回复："知道了，别烦，乖！"

4

动感的灯光，交汇出五颜六色的彩带，在舞池里轻佻地摇曳，对对红男绿女如痴如醉，一群身着短裙的妙龄少女，在表演台上扭动着性感而优雅的身躯，萨克斯优美的旋律在空气中流淌。

这里是厦门最具盛名的娱乐总汇：台北之夜。

一进门，欧阳香茹恍然进入仙境。这种纯消遣的地方，有多少时间没来了？

大约两年了吧。最后一次去酒吧撒野，还是大学快毕业的时候。

和许巍来厦门后，这种娱乐场合几乎就和他们绝缘。刚来的时候每月三千多元，除去房租和生活费，已经所剩无几，他们要为未来打算，实在没有闲钱奢侈。有时候好莱坞大片登陆厦门，欧阳香茹提议去看看，但许巍说影院太贵了，五十元一张票呢，买盗版碟看吧，盗版碟才二元一张。后来工资有所增长，但这种节俭已经形成习惯，习惯一旦形成，是很难改变的。

不是他们不懂生活，而是生活不眷顾他们。有时候，欧阳香茹觉得自己已经变成了一个实实在在的农民工。

欧阳香茹小心翼翼地随肖鹏飞到小包厢就坐，肖鹏飞叫了牛排奶酪和红酒。

在等待服务员送餐的间隙，欧阳香茹趁空把心中的疑虑和盘托出："这块地公司论证会上给的最高限价是二亿八千万，现在足足超过八千万，是公司论证有误，还是你一时冲动？这块地真的值这么多钱吗？"

肖鹏飞说："明天会上告诉你吧，现在我们的任务是吃饭，喝酒。"

"还卖关子啊？"好奇心得不到满足，欧阳香茹无奈地摇头。

肖鹏飞也不做过多的解释，大约是饿了，牛排上来后，便风卷残云地吃完属于自己的那一份。

见欧阳香茹还慢条斯理地用刀切着牛排，肖鹏飞笑了笑说："快点吃吧，就我们俩，不用矜持。"

欧阳香茹说："还真没见过你这么吃饭的，在公司看你吃饭时也很斯文，没想到也有狼吞虎咽的时候。"

肖鹏飞说："你到我身边工作不久，还不太了解我，这才是我自己。"

欧阳香茹说："那这么说，你平时都在伪装了？"

"你这丫头，嘴不饶人，那不是伪装，是另一个我。"

"还有两个肖鹏飞啊？"

"没听弗洛依德说，人分本我、自我和超我吗？人是有分身术的,知道吗？"

这句话是肖鹏飞从研究心理学的太太李雅云口中听来的，对狗屁心理学一窍不通也毫无兴趣的肖鹏飞，不知怎的，在这个时候忽然就想起了这句话。

欧阳香茹歪着头，一脸的调皮样："那可不是说吃饭这事吧？"

"看来，我这个助手是找对人了，销售部的王丽娜说你嘴不够利索，我看他们是有眼不识泰山，你斗起嘴来，倒不会输给我的。"

"那是，大学时我还想参加全国大专辩论赛呢。销售部王丽娜经理，她眼神不好。"

"不准这样说销售部的领导，"肖鹏飞点燃了一根烟，深吸一口然后又放低声音说，"她是嫌你长得太漂亮了。"

"你就知道开玩笑，哪有你这样当头的？"

"真的啊，你成为我的助理后，她和我说了，没录用你是因为你长得太漂亮。"

"你就忽悠吧。"欧阳香茹笑笑，"我看公司里的美女还真不少，你的前任助理长得就很不错，你在选人的时候，是不是特别在意对方的相貌啊？"

"那是，这你可是说到点子上了，我选助理，第一要看的，就是对方的长相。"

看欧阳香茹很夸张地张着嘴。肖鹏飞又补充道："和美女在一起工作，效率会提高很多，你总不能让我整天面对木头似的人吧。"

欧阳香茹笑得前仰后合："总算说出心里话了，现在的你那像个老总啊。"

肖鹏飞说："是不是觉得我太放松了？说实话在你面前，我特轻松，这就是美女的力量。"

见欧阳香茹吃得差不多了，肖鹏飞端起了酒杯："来吧欧阳，干一杯！为了今天顺利拍到这块地。"

欧阳香茹没有推辞："好吧，干杯。"

一杯下肚，肖鹏飞又斟满了酒："再来一杯，为我能有你这么个助手，你上班后，我还一直没还来得及庆贺呢。"

欧阳香茹举起了酒杯："好吧，再干一杯，可就这一杯了，我不能喝酒。"

红酒飘香中，包厢里便有了一股异样的情调。

肖鹏飞的脸红红的，眼睛扑闪扑闪的，白日里那份坚定果敢没有了，取而代之的是一缕温情。欧阳香茹也感觉自己的脸在酒精的作用下，有些微微发烫。沙发、茶几，以及挂在墙上的大屏幕彩电，都蒙上了一层淡淡的暧昧之色，空气中有一股奢华的味道，甜滋滋的直入人的心扉。欧阳香茹走到窗前拉开窗帘。

窗外，流光溢彩。灯火辉煌的马路上，各色轿车川流不息，尾灯发出的红光，在宽阔的马路上连成一线，马路上因此有了水银泻地般的瑰丽。这个时候，厦门的夜生活才真正开始。

欧阳香茹在窗前站了片刻。

夜色阑珊，微风拂面，心潮澎湃的欧阳香茹想，厦门确实是个奢华的城市，但这种奢华只属于肖鹏飞他们，不属于她和许巍。她和许巍注定要为一日三餐而劳累奔波，这种奢华虽然近在眼前，但却离他们很远。人活在这个世上，重要的是要找准自己的位置。

　　这样想着的时候，欧阳香茹便礼貌地对肖鹏飞说："肖总，时间不早，我该回去了。"

　　肖鹏飞显然意犹未尽，但见欧阳香茹要走，也没有强留，起身说道："那好吧，我送你回去。"

　　欧阳香茹说："不了肖总，时间不早了，我还是打的回去吧，您夫人还在家等你呢。"

5

　　欧阳香茹乘坐 BRT 城市快速公交到家的时候，许巍像只猫一样站在窗边朝外张望，但他并没有见欧阳香茹进楼道的单元门。听到欧阳香茹推门进家的声音，许巍赶紧若无其事地坐到床边，手拿一本旧书，装作一副在认真看书的样子。

　　欧阳香茹知道，许巍一定早在窗口张望了，但见许巍装模作样地坐在床边看书，便没点破他，只是故装什么都不知道，随口问了一句："许巍，看书啦，晚饭吃了没有？"

　　许巍轻轻地应了一句："吃啦。"

　　欧阳香茹将小包往饭桌上一放，坐在床上伸了个懒腰后说："洗洗早点睡吧，明天还要上班呢。"

　　许巍在一家人寿保险公司上班。虽然经过两年的历练，终于从普通的销售员做到小经理，但他工作上的压力其实是蛮大的。这点欧阳香茹很清楚。现在的厦门，对打工者来说，根本就没有轻松的事。

　　许巍很听话地放下书，和欧阳香茹一起走进浴室。

　　很长时间以来，他们都一起进浴室洗澡，不是寻求鸳鸯戏水的激情，而是为了节约水和煤气。

　　什么都在涨价，水和煤气也一样，唯一稳如泰山涨势缓慢的，是工资。

　　"今天我们公司竞标成功了，老总很高兴。高兴之后就请我们到饭店吃了一餐，所以回来晚了。"

　　欧阳香茹今天兴致不错，所以在脱完衣服刷牙的时候对许巍解释，要在平时，她才懒得解释呢。

　　她很自然地把我说成我们，也把夜总会说成饭店。这不是欺骗，而是善意地隐瞒，欺骗和隐瞒有本质的不同。

欧阳香茹觉得，她无须欺骗许巍，但也不想他知道自己是单独和老总共进晚餐后，无休止地问东道西。那样她会很烦。

许巍正往身上抹沐浴露，白色的泡沫布满全身，他轻轻地说："哦，是吗？"

欧阳香茹知道，他虽然装得漫不经心，其实是在等她继续说下去。

但欧阳香茹戛然而止了。

一点不做解释，许巍一定很想知道她晚上的行踪，没准等会就问个没完没了。但继续说下去，难免会有漏洞，欧阳香茹不想造成不必要的误会。

一起生活了两年，欧阳香茹太了解许巍了，这个男人，心眼很小，还有些太过敏感。如果知道自己和老总出入娱乐总会，今晚一定不会安宁。

欧阳香茹到龙飞房产公司做肖鹏飞的助理，许巍本是不同意的。那天听说欧阳香茹要做肖鹏飞助理后，许巍曾经激烈地反对："现在的老板没一个好的，名义上找助理，其实都是找小蜜，找情人，你千万不能去。"

当时，欧阳香茹态度也很坚决，我去哪里工作关你什么事，我现在还不是你老婆呢。在听了许巍的莫名其妙又毫无道理的反对意见后，欧阳香茹连珠炮似的说："去，哪有你想得那么复杂啊，我只是去工作，他找小蜜找情人于我有何关系？这种事要我愿意才行啊，你就对我这么不信任啊。我偏要去，那么高工资的工作，到哪去找啊？你给我那么高工资？"

"哪怕不上班也不能去，大不了我养你。"

"笑话，我要你养？你养得起吗？至今连房子也买不起。"

许巍泄气了，拗不过欧阳香茹，他只能答应："去也行，如果他对你图谋不轨，你得告诉我，我去修理他。"

欧阳香茹好气又好笑："瞧你那熊样？还修理人家？别给人家给修理了。"

"那就别去。"

"我偏要去！"

"去就得答应我，一旦他有非分之想，你就辞职，也不准和他出入那些不三不四的地方。"

"行，我保证。如果他对我动手动脚，我让你去打断他的狗腿，然后辞职。我也保证不和他去那些不三不四的地方，这总行了吧。"

欧阳香茹说着，做了一个鬼脸。

当时的欧阳香茹是被许巍烦急了，才答应了下来，当时的她想，只不过是做个助手，怎么会去那些不三不四地方呢？

但真正上班之后才知道，助理不和总经理一起出席那些所谓的不三不四的地方，几乎就不可能。比如今晚，竞标成功陪肖鹏飞到夜总会里喝上那么两杯，也是情理之中的。

欧阳香茹刷完牙走进喷头下的水幕中时，许巍还浑身泡沫的站在那盯着她等她说下文。欧阳香茹发嗲道："看什么看，还没看够啊？快给老婆擦擦背。"

许巍乖乖地欧阳香茹擦背，他把沐浴露撒在欧阳香茹的身上，用手掌轻抹她骨感十足的后背。这个时候他闻到了酒味。

许巍小声地问："喝酒了？"

欧阳香茹点点头。"嗯。"

"喝了多少？满嘴酒气的。"

"只喝了两杯，红酒。"欧阳香茹说。见许巍不言语，欧阳香茹又补充道："别烦好吗？你放心吧，我有分寸，不会喝醉的。"

许巍不说话，只是默默地给欧阳香茹擦背，他比平时擦得更温柔，更细腻，生怕弄痛她似的。仿佛此时他清洗的，是一只价值连城的玉器。

白色的水雾笼罩两个年轻的身体。

当欧阳香茹双目含情地和许巍对望的时候，许巍伸手搂住了她。

然后两人便相拥着进入房间。

许巍已经不是两年前的那个许巍了，现在的他，已然是一个调情高手。他做得不紧不慢，不急不躁，恰到好处。

他把欧阳香茹平放在松软的床上，双膝跪床，慢慢俯在欧阳香茹身上。

他的舌从她的光洁的脖颈和耳边滑过，最后才印在她的嘴上。

欧阳香茹闭上眼睛，张开嘴，迎接他温润的舌，两种火热的舌如胶似漆地绞在一起，整个世界仿佛在那一刻停止了呼吸。

做爱前的亲吻，同样可以使人飘然欲仙。

过了好久，许巍的嘴终于从她的嘴唇上挪开，沿着她的身体一路下滑，从她双乳的沟壑，滑至平坦的小腹，再到大腿根部，几乎吻遍她全身的每一个地方，甚至连脚趾也没放过。

接着他的手便在她的身上抚摸，他的抚摸很到位，时轻时重，节奏分明。有时如和风细雨，有时又如狂风巨浪。

他的手拨弄着她的乳头，她感觉天旋地转，他的手拨弄着她下面的水草，她只觉得焦渴难忍。

当许巍的手终于触及她最隐私部位的时候，欧阳香茹只觉得下身肿胀，有液体如涌泉般冒出来。

也许是酒精的缘故，欧阳香茹只觉得今晚和往日有很大的不同。但酒精并没有使欧阳香茹失去理智，当许巍真正要进入的时候，她含混着说："傻瓜，套。"

许巍无可奈何地下床取套戴上，又重新上床，重重地压在欧阳香茹的身上。许巍的插入强劲有力，似乎带着某种情绪。欧阳香茹在她的身下百媚千娇，一直到呼天抢地、精疲力竭。

风平浪静之后，许巍在欧阳香茹耳边说："亲爱的，我爱你！随时随地都要记住我爱你。"

浑身湿漉漉的欧阳香茹玩笑着说："去你的吧，爱？你他奶奶的爱值几个钱？"

许巍说嗤嗤的笑："吃饱后就不认人啦？"

欧阳香茹撒娇："就不认了，咋啦？"

许巍说："不认就不认，我怎么就爱上你这么个冤家。"

的确是一对冤家，欧阳香茹想。

6

欧阳香茹迟到了，这还是到龙飞公司上班以来的第一次。

早晨她和许巍醒来时，已经离上班时间很近。二人像打仗一样匆匆忙忙地穿衣，匆匆忙忙地洗刷，匆忙得连早饭都没来得及吃，便匆匆忙忙地往各自的公司赶。

可是紧赶慢赶，欧阳香茹到公司时，肖鹏飞已经和主要部门的总监坐在大会议室开会了。

真该死，早不迟到晚不迟到，偏偏赶在今天。

欧阳香茹一边埋怨着自己，一边夹着记录本，小猫一样蹑手蹑脚地走进会议室。

会议室里，气氛热烈。所有的人，对肖鹏飞以楼面均价每平米一万二千元的价格拍下土地，都大吃一惊。大家坐在油漆得锃亮的大会议桌前，你一言我一语地发言。

欧阳香茹进来的时候，工程部总监发言正酣，欧阳香茹怕打搅他，赶紧到肖鹏飞旁边的空位置坐下来。

正在记录的王丽娜见欧阳香茹来后，笑着将会议记录本往欧阳香茹面前一递："刚刚开始。"

"谢谢你，王经理。"欧阳香茹小声地说，并对王丽娜投以感激的一笑。

公司开会都有总经理助理做记录，这在龙飞公司已经是惯例，到欧阳香茹接手肖鹏飞助理后，这个惯例也一直延续了下来。今天因为欧阳香茹迟到，王丽娜被销售总监临时招来做会议记录的。

欧阳香茹和王丽娜关系不错。

欧阳香茹因祸得福成为肖鹏飞助手后，王丽娜曾私下和欧阳香茹说，我就说吧，你不是做售楼小姐的料，那太屈才了，你还得感谢我没录用你呢。

有了这个一半马屁一半玩笑的解释，两人也迅速成为了朋友。

王丽娜将记录本交给欧阳香茹后，知道这里没她什么事了。但她又很想在这里多呆一会儿，这种公司里的高级别会议，她还没有参加过。

王丽娜朝肖鹏飞和销售总监各看了一眼，但双方都没有特别的反应，没有让她继续留下来开会的意思，于是只能悻悻地离去，走到会议室门口时，朝欧阳香茹投来看似不经意的一瞥。

其实她那一瞥很有内容，只是欧阳香茹并没有在意。

欧阳香茹的迟到，打断了工程部总监的发言，肖鹏飞面带不悦地看了看欧阳香茹。

龙飞公司虽然是私营企业，但管理一向很严，在肖鹏飞的言传身教下，人人遵守纪律，迟到早退现象很少。

欧阳香茹不敢看肖鹏飞的眼色，低下头准备记录。

过了一会儿，肖鹏飞说："会议继续，请大家畅所欲言。"

工程部总监清了清嗓子，继续他刚才的发言："我们中标的四号地块，工程部在投标之前早已经做了预算，绿化大约二千平米，按每平米一千元计算，是二百万，土地的三通虽然做好，但需要我们付的款项有：地名办的道路命名费、煤气公司的天然气接通费、自来水公司的到户费，这些费用加一起，大约一千万左右，平摊到楼面就是每平米四百元，桩基基础大约一千二百万左右，楼房建筑成本每平米九百，现在土地是每平米一万两千，那么建设成本大约在一万三千七百元。"

工程部经理说完，财务总监接着说："建筑成本一万三千多，加上税金和销售成本，要卖一万八以上，公司才能保持合理利润。"

销售总监茫然地看着大家："一万八？这么高的价格会有人买吗？"

肖鹏飞反问:"你觉得呢?"

销售总监说:"我说不好,这么高的价格,没有把握。"

"有把握。"肖鹏飞说着又转向财务总监,"我们账上还有多少资金?"

财务总监说:"资金不成问题,我们准备的二亿现金中,除了交上去的一个亿外,还有一个亿的现金原封未动,余下的从建行贷款,他们已经答应了的,这个不用担心,我担心的事和销售部一样,这么高的价格,会有人买吗?"

肖鹏飞缓缓站起身,环顾了一下自己的部下们,说:"资金没问题就好,我知道大家对这个价格都很担心,但我是有把握的。对比现在的房价,这块地确实是贵了,但用不了多久,房价就会上涨,说不定今天媒体一公开报道这次拍卖的结果,明天的市场就会有反应。现在厦门已经没有太多可供开发的地,资源有限,房价不上涨才怪呢。大家可能认为,我们这块地比另外三家贵得太多,有点亏,其实呢,一点也不亏。"

说到这里的时候,肖鹏飞喝了口水,看了一眼欧阳香茹。欧阳香茹也正在看他,他的这段话也没什么可记录的,所以欧阳香茹就眼睁睁的盯着肖鹏飞,等着他说下文。

为什么不亏,正是欧阳香茹想知道的。

肖鹏飞继续说:"这块土地建的本身就不是平民住宅,而是高档生活小区。平民买房,哪还管什么靠海不靠海啊,这块靠海的地,市政府把它当做今年唯一向市场投放的住宅用地,其用意无非就是想抬高价格,现在显然得到了这个效果。价格抬高之后,普通市民就会望而却步,所以这块地其实是给富人准备的。既然消费对象是富人,那么最靠海的房子,受追捧的程度会大大增加,他们肯定不会在意每平米几千元的差价,我可以很自信地告诉大家,房子建好后,我们比另外几家的房价不是高两三千,而是要高出五六千。"

肖鹏飞说完后,除了产品定位和策划部总监,微微点头表示赞同之外,其余的没有人相信他的话。同一地块每平米高五六千,可能吗?现在厦门的二手房的价格也不过五六千。一套一百平米的房子要多花五六十万,有谁这么傻帽啊。

肖鹏飞见个个都不以为然,笑了笑,继续说:"需求决定价格,岛内可供建高品位楼盘的土地已经不多了,厦门的地产市场,虽然投资需求不是很大,但硬性需求还是极其旺盛的,随着经济的发展,对高品位楼盘的需求会越来越大,大家拭目以待吧。今天就到这儿,散会。"

虽然听得有些云里雾里,但欧阳香茹总算搞懂了一些关于房价的事,原来这房子的价格，有那么多复杂的东西加在一起。刚才因为迟到，肖鹏飞用责备的眼光看自己，欧阳香茹有些不爽，但现在的欧阳香茹又有些扬扬得意，看来这房产公司老总的助理，没白做。

第二章
Chapter .02

——找男朋友看中对方的外表,源自人类最原始的欲望。

1

肖鹏飞到家的时候,客厅里静悄悄的,太太李雅云正在书房看书。肖鹏飞把公文包往沙发上一扔,想给自己泡杯茶。

他打开饮水机时,才发觉饮水机里没水了。

肖鹏飞慢腾腾地将空桶取下来,给送饮用水的人打了电话,然后疲惫地往客厅里的沙发上一靠。

这个李雅云,整天就知道看书,不知道看些啥名堂,肖鹏飞有些闷闷不乐。李雅云是大学里的老师,很长一段时间以来,她只关心她的心理学,对肖鹏飞和肖鹏飞公司里的事不管不问。让肖鹏飞一直耿耿于怀的是,一个心理学硕士研究生,又从事教学工作许多年,竟然把自己的家庭经营得如此失败。

难道这邪门的心理学,只能研究别人,不能指导自己?

纵使当初自己因为经营事业,忽视了妻子的感受,但这也不该是妻子对自己一直冷漠的理由。这当中一定还有更深层次的原因。

到底什么原因?肖鹏飞不知道。这个问题,没学心理学的肖鹏飞研究了好几年,但至今没有结果。

现在的肖鹏飞也懒得去研究了,天要下雨,娘要嫁人,爱咋咋地吧,一切顺其自然。

　　李雅云听到肖鹏飞打电话的声音，先是面无表情地从书房走出来，然后脸带歉意地对肖鹏飞说："鹏飞，抱歉，我忘记叫水了。"

　　妻子说话的时候永远那么彬彬有礼，又那么冷若冰霜。肖鹏飞已经习以为常了。

　　"没事，你忙吧，我已经叫了。"肖鹏飞说。

　　李雅云听后，没再说什么，又走回书房继续看书。

　　她的步态依旧那样袅袅婷婷，从背影看上去，几乎和二十岁出头的少女无异。

　　望着妻子美丽依旧的背影，肖鹏飞陷入了沉思。

　　他们是经别人介绍认识的，两人同岁。当时的肖鹏飞，刚刚从厦大毕业一年，在一家监理公司做工程监理。一个人在厦门，难免心生寂寥，便想找个女朋友。但找女朋友，肖鹏飞不想随便，他有两个条件。第一，必须是厦门本地的，第二，最好还是家境好点的，不必大富大贵，但起码要衣食无忧。

　　那个时候的肖鹏飞坚信这样一个信条，娶个好老婆，少奋斗三十年，娶个有钱的老婆，可以少奋斗一辈子。

　　李雅云正好符合，肖鹏飞答应见面。

　　介绍人把肖鹏飞介绍给李雅云时，心高气傲的她只觉得眼前一亮。帅气的外表，豪放的谈吐，再加上名校出身，使得家教甚严一直没有恋爱经历的李雅云，在见面的一瞬间怦然心动。

　　她没有不心动的理由，相比较父母的朋友给介绍的几位，眼前的肖鹏飞有太多的优点了。

　　李雅云很清楚，最让自己心动的，是肖鹏飞的外表。李雅云是学心理学的，心理学的知识告诉她，找男朋友看中对方的外表，源自人类最原始的欲望，这种欲望虽是最低端欲望，但也是人类的终极愿望。这不是什么奇谈怪论，而有大师的理论为证。不过她觉得这并没有什么不好，原始的终极的欲望都不能满足，人的一辈子不会幸福。

　　唯一的缺点是，肖鹏飞来自外地。

　　一开始父母对来自外地的肖鹏飞是很不满意的，门不当户不对，一起生活肯定有问题，但好不容易女儿有了个看得上的人，他们也不敢反对。

　　以前，父母总是觉得女儿还小，总是教育她多读书，不能早恋，但当女儿大学毕业，参加工作一年后还没有男朋友时，父母忽然间就急了。女儿说大就长大了，长大的速度让他们觉得措手不及。

他们认为，二十五岁以前是女孩子找男朋友的黄金年龄，错过这个坎，就危险了，许多剩女就是这么来的。他们不想自己乖巧的女儿成为剩女。

所以，尽管对肖鹏飞的外地人身份不太满意，但看到女儿喜欢，他们只能默许。

父母不反对，肖鹏飞和李雅云的感情发展得很快，从坠入爱河到谈婚论嫁，只用了半年的时间。闪婚这个词那时还不够流行，但他们确实属于闪婚一族。

那个时候，两个懵懵懂懂的年轻人觉得，婚姻只要双方相爱即可，他们忽视了家庭的因素。

李雅云的父母都是知识分子，父亲是学者，母亲是乐团指挥，而肖鹏飞来自小县城里的工人家庭。

两个家庭有着天壤之别。

最为要命的是，因为没有房子，他们夫妻只能将婚房安排在李雅云家，婚后，也暂时住在李雅云父母这边。

矛盾由此产生。

虽然没有发生口角，但不愉快实实在在埋在家里每个人心里，李雅云知道，父母压根就看不起这个来自外地的女婿。

无论肖鹏飞在家里怎样表现，都不能赢得李雅云父母的满意。他们固有的生活习惯，似乎被这个不速之客打破了。

而肖鹏飞也不能适应他们家的许多规矩。

比如，每人拖鞋要放固定位置，吃饭时不能发出响声，更不能在家里大声喧哗。

等等等等……

那个时候毛头小子肖鹏飞，感觉在家里甚至比上班更难受。即使夜深人静和李雅云亲热时，他们也不能随性。因为怕弄出的响声，被隔壁的二老听见。

肖鹏飞有寄人篱下的感觉，感觉自己就像是旧社会的那种入赘。

但肖鹏飞不是入赘，这在结婚时就讲好的，现在只是暂时住他们家，等他有钱买房了就搬出去。现在，买房暂时无望，肖鹏飞便提出到外面租房住。

但岳飞岳母坚决反对。家里有好好的房子不住，到外面租房子？有钱烧的还是怎么？你要是有钱就买房啊，你买了房我们不反对你们搬出去。

父母和老公不和，一开始李雅云坚决站在老公这边。

老公是她选的，她要对老公负责。

在结婚之初，父母建议她再多加考虑的时候，李雅云就料想到他们之间需要一段时间磨合，那个时候她就想好，不管他们之间发生怎样的矛盾，她都会站在肖鹏飞这边，得罪父母不要紧，因为自己的他们的心头肉，得罪了，他们也不会往心里去。但千万不能在新婚的时候，和老公闹矛盾，那将危害终生。

在母亲一阵指桑骂槐地说肖鹏飞整日不看书时，李雅云说看那么多书有什么用啊？你看老爸，整天就知道看书，可是看到现在，出一本书还要家里出钱。

在父亲旁敲侧击说一个男人不要整日就知道臭美，不能只重外表不重内心修养时，李雅云说，现代社会哪个男人不重视外表啊，难道就像你一辈子灰头土脸一副穷酸相好？

晚上，李雅云柔情蜜意地依偎在肖鹏飞的怀里，小声地说，父母就那样，你别在意。

肖鹏飞说，当然不会在意，他们是长辈嘛。

可是肖鹏飞哪能真的不在意？他忍受不了这样的日子。

肖鹏飞想，罪魁祸首是房子，如果和李雅云有自己的房子，这么会受这种窝囊气？他发誓一定要买房。

买房就需要钱，他准备挣钱。

机会还真给肖鹏飞赶上了。

肖鹏飞的成功，和房产大鳄潘石屹的成功，几乎如出一辙，都是赤手空拳打天下，创业初期什么都没有，成功凭借的只是过人的胆量和智慧。

那时厦门的房产市场还不规范，房产公司的土地都是政府划拨的，开发房产最大的投资是建筑成本。当肖鹏飞得知市住宅公司二分公司因为项目太多，手里有一块土地无钱开发的时候，他动起了脑筋。

肖鹏飞抱着试试看的心理，找到那家公司的负责人商谈合作开发的事，没想到闲聊似的谈判进行得十分顺利。

那个时候的肖鹏飞，可谓身无分文又赤手空拳，但厦大毕业和大学者女婿的身份，使得住宅公司的人对他有所信任。

肖鹏飞对住宅公司的老总说，听说你们有一块地皮一直空置着，这多可惜啊，不如我们合作，你出土地我来建，房子建好后，地面绿化小区道路等等有你负责，然后统一销售，销售款平分。

老总虽然半信半疑，但看肖鹏飞家庭和教育背景都十分好，一般来说有这种背景的人，不会是骗子，更不会无事找事特地跑过来瞎胡闹，所以，沉吟半响后还是说，我们也想过这种合作模式，但一直没有找到合作对象，你能来建那倒好。

肖鹏飞说，不过房子建好后，得有你们销售，我没有销售渠道，你们必须保证销售。

老总说这个没问题，现在房子买的人多，就是没钱建，银行有不给贷款。我们保证销售。

肖鹏飞说那好，就这样定了，过两天我注册个公司来和你签合同。

老总说，可以啊，行。

老总说着亲自给肖鹏飞倒了水，然后又扶了扶眼镜，定定地看着肖鹏飞问：年轻人，你有把握吗？

有！肖鹏飞斩钉截铁地答。

肖鹏飞在来住宅公司之前，已经做了详细的测算。那时普通住宅的建筑安装成本是每平米五百元。这块地一共可以建二万平米的房子，总投资需要一千万。而当时厦门的房子卖价是均价一千二，建好后二万平米就是二千四百万。平分后，肖鹏飞可以得到一千二百万，扣去建筑成本，账面上的利润可以达到二百万。

和住宅公司达成意向后，肖鹏飞马不停蹄地让在浙江的同学联系施工队。

在此之前，肖鹏飞从在浙江工作的同学那里得到一个消息，浙江的建筑业很发达，近年来这些建筑队伍一直活动在上海，上海的开发给这些队伍积累了雄厚的实力。而最近上海在压缩项目，以致于许多队伍一时无事可做。

肖鹏飞觉得，这是一个千载难逢的好机会。

果然，同学很快就为肖鹏飞找到了施工队。

在机场见到那位来自浙江的建筑老板后，肖鹏飞便觉得对方可靠，因为对方是个年近六十的老头，头发都有些花白了，人也很沉稳，一副农民像。

到家后，肖鹏飞开诚布公地向这位姓金的老板讲明了合作条件，土建部分到主体封顶才付部分款，也就是俗称的垫资。

肖鹏飞问金老板可不可以。金老板在来之前，也对肖鹏飞做了一些了解，在肖鹏飞问他这个问题时，他想都没想就说，可以，但主体封顶后，必须有款到账。

肖鹏飞说："这个没问题，那你联系几家有实力的建筑公司，帮着完成这个项目。"

金老板问肖鹏飞："一共有多少房子？"

肖鹏飞说："二万平米。"

金老板哈哈一笑:"两万平米还用找人?我们一家就够了。"

肖鹏飞吃了一惊:"你们一家?你有这么多资金吗?"

金老板说:"有,两万平米建到封顶最多需要六百万,我账上有一千多万。"

难怪同学说浙江的老板有钱,眼前这个农民模样的人,简直比厦门的住宅公司还有钱。肖鹏飞吃惊的同时,心里为找了这么个合作伙伴而高兴。但肖鹏飞并没有因为高兴而冲昏头脑,他接着问:"就算你有资金,可你有没有这么多队伍?"

金老板说:"我在上海最多的时候,是六万平米同时施工,这是那个工程获得鲁班奖的证书。"

金老板说着,从包里掏出证书交到肖鹏飞手里,连同证书一起交给肖鹏飞的还有企业营业执照副本,副本上写着,注册资本五百万元。

看来对方以及介绍对方来的同学都没有吹牛。

在看了对方的这些东西后,肖鹏飞进而说了一个不近情理的要求:"那好,就这样定了,这工程就有你来做。不过我需要注册一个建筑公司,只有注册了公司,才有和这个项目真正的甲方签约的资格。但注册公司需要注册资金,你先借我一百万,等公司注册成功后,再还到你的账上。"

肖鹏飞在说出这个要求后,心里其实很发虚。心想,人家干嘛要信你,一百万,在厦门可以买十套房子了。

没想到金老板在考虑了几分钟后,答应得很爽快:"没问题,注册公司我帮你来弄,这方面我熟悉。"

这项空手套白狼的生意,做得很顺利,顺利得连肖鹏飞自己都有些不敢相信这是真的。

肖鹏飞在金老板的帮助下,顺利地注册了公司,顺利地和住宅公司签约。

到房子建到三层的时候,肖鹏飞便让住宅公司对外预售。这开创了厦门房屋买卖的先例。那个时候的厦门房产市场还不发达,买卖都是现房交易,还没有预售一说。肖鹏飞把价格调到每平米低于市场价五十元的价位,引来了大批的购房者,到房子封顶的时候,整个项目已经卖得差不多了。

一年后,项目顺利完成,肖鹏飞的口袋里有了近两百万。

肖鹏飞知道,这空手套白狼之所以能够成功,是因为他遇到了好的时机,好的合作伙伴。当项目完成,他和金老板已经成为特别铁的忘年兄弟时,肖鹏飞问金老板:"当时我一无所有,你干吗那么信任我?"

金老板给了肖鹏飞三点理由。

第一，项目真实可靠，因为建设方是住宅公司，房子建好后即使卖不掉，我起码可以拿房子。

第二，你们是书香门第，你看上去人很不错，我愿意相信你，你也是做大事的料，我也愿意帮你一把。

第三，也是重要的一点，我是一个重信誉的人。那时候我要是跳开你，自己去找那家住宅公司，或许他们更会相信我，但我不能这么做，因为这个信息是你提供的，我不能背信弃义。再说，厦门建筑市场刚刚起步，发展空间很大，我想在厦门站稳脚跟，更不能背上背信弃义的骂名。

金老板在说完以上三条之后，还教给肖鹏飞为商之道，商人有所为有所不为，无论什么时候，法律和道德两根底线都不能碰。

进入商场后的肖鹏飞，一直谨记老朋友的这条教诲。后来，肖鹏飞注册了房产公司，金老板的建筑队和他并肩作战，一直到金老板告老还乡。

有了这二百万后，肖鹏飞做的第一件事就是买房子。

这一年来，肖鹏飞一心扑在工地上不敢有丝毫懈怠，忽视了妻子李雅云。

在肖鹏飞带着李雅云在当时厦门最繁华的中山路旁边选房子时，李雅云甚至没有丝毫的激动，但肖鹏飞竟浑然不觉。

房子一共花了三十几万，在当时的厦门来说可谓豪宅。经过精心装修，搬进去的那天，肖鹏飞终于有了苦尽甘来的感觉。心想这下不用寄人篱下了，我的地盘我做主，可以和老婆好好的爱上一场了。

可是，这时候的肖鹏飞才突然感觉到，老婆对自己已经冷若冰霜。往日的那些亲密话没有了，取而代之的是对待客人似的客气。

晚上躺在床上的时候，老婆也没有了以前的激情，随便肖鹏飞怎样撩拨，她都是一味地被动响应。一开始肖鹏飞以为是搬了新居，和父母分开后李雅云不适应，就没放在心上，几个月后老婆仍然那样，肖鹏飞就有点百思不得其解了。

"你是怎么了？最近身体不舒服？"有天晚上两人都躺在床上时，肖鹏飞问李雅云。

"没什么。"李雅云手拿书本淡淡地说。

"是不是和父母分开不适应？"

"不是，没什么你别多想。"

肖鹏飞确实没有多想，他无暇多想。因为那个时候，他正在忙筹建房产公司的事，赤手空拳都能挣到两百万，这给了肖鹏飞极大的信心。肖鹏飞相信，手里有一百万挣一千万，比身无分文挣一百万更加容易。

他想大干一场。

金老板也大力支持他。金老板说，你干吧，所有的建筑成本我来负责。肖鹏飞拉他入伙，金老板谢绝了，各人吃各人的饭，我只懂建筑，不懂经商，你需要资金我支持，如果赚钱了，给我的价格高点就行了。

肖鹏飞赶上了好时候。

那个时候的厦门，房产市场几乎刚刚起步，只要有胆量，再有一定的启动资金，几乎都可以发迹。

在刚刚起步的市场中，肖鹏飞向世人展示了他非凡的商业才能和过人的胆量。

公司成立之后他做的第一项目，就让房产界的人士对他刮目相看。那是厦门大学旁边的一块地，那个时候厦门的房价虽然有所上涨，但也只卖每平米一千四左右，但肖鹏飞硬是把他建的房子，喊到每平米六千元的高价。

这个价格一出，舆论哗然，有房产界人士说，他肖鹏飞要是能卖掉一套房子，我便从厦门大桥上一头跳下去。但让这位房产界人士大跌眼镜的是，短短三个月，肖鹏飞所建的房子便一销而空。

究其原因是肖鹏飞找准了点。

那个时候的厦门，高品位的房子几乎没有，肖鹏飞便在品位上做起了文章，而百年名校厦门大学旁边，得天独厚的人文环境，给做高端楼盘提供了充足的外在条件。

厦门有一些台湾客商，当时在建的房子品质上不能令他们满意，他们渴望在厦门有一处好的住房。肖鹏飞还了解到，那时台北的房子已经卖到了每平米十万台币，折合人民币三万多元。

东西的贵贱，取决于人的接受能力。六千元每平米的房子，对台湾客商来说，是很便宜的。因此，肖鹏飞为台湾客商量身定做了这个楼盘，从设计规划到建筑施工，都采用当时能够采用的最高规格。

房子一开盘即受到台湾客商的追捧。等到房子全部售出，其他房产公司恍然大悟而效仿的时候，无一例外地遭到了冷遇，因为在厦门要买房的台湾客人毕竟人数有限。

这个项目完成后，肖鹏飞的资产迅速膨胀，还清金老板的建筑成本，肖鹏飞的账上已经有了两千万。这对当时的肖鹏飞来说，是个巨大的成功。

然而，事业上的成功，并没有给肖鹏飞的家庭带来幸福，他和李雅云已经越走越远了。这个时候肖鹏飞也隐隐约约地听别人说，李雅云和她班上的一个学生好过，当然，这学生毕业后回老家了，他们这段师生恋情也不了了之。

　　这个消息被李雅云的同事欲盖弥彰地证实时，肖鹏飞简直肝胆俱裂。随便岳父岳母怎样对他，怎样看不起他，他都能忍受，但老婆红杏出墙，他不能接受。他爱李雅云，爱人的背叛，对一个男人来说无异于在他的心口捅刀子。

　　他一心一意地赚钱，还不是都为了这个家吗？

　　但肖鹏飞是一个优秀的男人，优秀男人和平庸男人的最大区别在于，婚姻出了状况之后，优秀的男人擅于从自身找毛病，而平庸男人总是抱怨对方。

　　肖鹏飞总结，妻子之所以会出轨，是因为自己太忙。自己那段时间眼里只有钱。

　　肖鹏飞清楚地记得，李雅云几次要他陪着去听厦门爱乐乐团的音乐会时，他都说，那东西有什么好听的，整场呜呜咽咽的，听不懂。

　　"听不懂我教你理解啊，今晚可是团长郑晓瑛亲自指挥哦。"有一次，李雅云央求肖鹏飞。

　　肖鹏飞眨巴着眼睛："郑晓瑛是谁？比宋祖英还有名吗？"

　　直把李雅云气得直跺脚："厦大怎么出了你这么个人啊，比我们学院的学生还不如。"

　　还有一次，还没有上《百家讲坛》的易中天在厦大讲三国，李雅云让肖鹏飞一起去听一听，心想这次你该肯去了吧，易中天可是你们厦大的。没想到肖鹏飞一听便连连摆手："不去不去，易中天的课有什么好听的，糟老头一个，以前我天天看见他。"

　　李雅云无言以对，哭笑不得。

　　不是肖鹏飞不想充实自己，也不是肖鹏飞不想附庸风雅，更不是肖鹏飞不懂浪漫，而是那段时间他实在是太累了。

　　公司刚刚成立，人员很不齐全，建筑质量、产品定位、宣传策划，乃至街头发放的销售文案，他都必须事事亲为。白天忙了一整天，回到家他脑子里想的还是房子。

　　现在，公司成立之后的第一个案子已经顺利完成，他本想歇一歇，和李雅云好好浪漫一下，没想到老婆出了这样的事。

　　优秀男人肖鹏飞想通了老婆的出轨，是因为自己的温存不够时，他选择了原谅。他没有像一般男人那样，质问老婆为什么出轨，也没有吵得鸡飞狗跳，而是选择到酒吧喝酒。

　　他想好好醉一场，然后把所有的事情忘记。

那是一个冬天，厦门的冬天其实并不冷，但那天晚上，肖鹏飞在前往酒吧的路上，只觉得身体止不住地发抖。肖鹏飞裹紧西服，低头向前，风儿带着海的味道打在肖鹏飞的脸上。肖鹏飞觉得脸上粘糊糊的，他顺手摸了一把，心里猛然一惊。

他摸到了一脸的泪水。

那天晚上，肖鹏飞第一次知道自己那么能喝酒。他坐在纸醉金迷的高级酒吧里，自斟自饮。当两瓶红酒的空瓶摆在他面前的时候，他只觉得自己的胃胀得难受，但一点醉意也没有。于是，他又向满面春风的售酒小姐要了一瓶白酒。

凌晨一点的时候，白酒也见底了，但肖鹏飞依然清醒如故。这个时候酒吧里的人逐渐稀少，有个丰乳肥臀的妹妹走到她身边，一看就是那种给客人提供特别服务的小姐。小姐在肖鹏飞面前翘起白皙而性感的二郎腿，问肖鹏飞怎么一个人喝酒，要不要陪他喝一杯。肖鹏飞用有点迷离的眼睛看着小姐，小姐便伸出玉手搭在他的肩上。

也许是酒精的作用，肖鹏飞的身体迅速有了反应，但肖鹏飞知道，自己该回家了。

肖鹏飞对小姐微微一笑，拿出一张百元钞票恭恭敬敬地递到小姐的手里："谢谢你，我还有事，先走了。"

肖鹏飞迈着太空步走到家门口，掏钥匙开门，门很意外的从里面打开了。是妻子李雅云开的门。在肖鹏飞的记忆里，自从搬进新居后，妻子帮自己开门还是第一次。

那天晚上，妻子表现得像新婚时一样的温柔。先扶肖鹏飞到卫生间洗漱，再泡茶让肖鹏飞醒酒。肖鹏飞一时还不能适应这种温柔，他的心像被电击了一下，浑身瘫软。

他搂住李雅云声情并茂地说："雅云，对不起。"

李雅云推开肖鹏飞，愣愣地看着他。

"真的对不起，最近两年来我只知道公司，没有时间陪你。"肖鹏飞说，"现在公司发展得很好，我要好好陪陪你，我想带你到国外旅游一段时间。"

李雅云仍旧愣愣的，一言不发。

"我爱你，雅云。"

李雅云摸了摸肖鹏飞的脸，她的手有些颤抖。

李雅云说："鹏飞，我有话和你说。"

"什么话？"

"我想你已经听到了一些，我要和你说的是……"

"什么都不要说了。"

肖鹏飞打断了李雅云的话，再次搂住她，然后用带着酒精味的舌头堵住了李雅云的嘴。肖鹏飞的吻饱含深情，他的嘴唇很固执的印在李雅云的嘴唇上，李雅云想躲，但很久没有躲开。

肖鹏飞把李雅云抱上床。这个时候，李雅云终于推开了他。

"鹏飞，我们离婚吧。"李雅云平静地说。

"什么？你说什么？离婚？"肖鹏飞一下子坐起身，直直地看着李雅云。

"是的，离婚。公司是你辛辛苦苦赚下来的，我什么都不要，只想留下这套房子，我不想和父母一起住了。还有一件事，就是求你暂时别告诉我的父母。可以吗？"

李雅云的话说得很流畅，显然是经过深思熟虑的结果。肖鹏飞足足愣怔了几分钟。

"说什么呢？好日子才刚刚开始你就和我分家？不行，绝对不行！"肖鹏飞表现出了少有的蛮横，用的是不容商量的口气。

"你现在清醒吗？我在和你说正事。"

"我很清醒。我说的也是正事。"

"等你酒醒了再说。"李雅云说着钻进了被窝。

肖鹏飞索性将蛮横进行到底。

他掀开被子，扯了李雅云粉色的睡衣和红色的短裤，然后饿虎扑食般的压了下去。李雅云挣扎了几下，然而在肖鹏飞排山倒海的攻势下，她的挣扎徒劳无功。她不再挣扎，闭上眼睛任凭肖鹏飞在自己身上呼风唤雨。

肖鹏飞一边猛烈地做着运动，一边在脑里幻想着李雅云和那学生在一起的样子。这种幻想让他既刺激又心碎。

当一起风平浪静的时候，肖鹏飞流泪了，李雅云也流泪了。

肖鹏飞昏昏睡去的时候，李雅云悄悄地起身去了客房。

他们从这一天开始了漫长的分居生活。其间，肖鹏飞做过几次努力，但都宣告失败。

有一次，肖鹏飞甚至谄着脸搬着被子走到客房，他想反正是夫妻，夫妻之间没有什么面子不面子的，再说中国的法律还没有婚内强奸一说。当时肖鹏飞把被子往李雅云的床上一扔，人就睡了上去。然而，面对肖鹏飞的不请自来，李雅云犹如面临不法分子那样惊慌失措。

她问肖鹏飞："你想干什么？"

肖鹏飞说："我不想干什么，只想和我老婆睡觉。"

李雅云说："鹏飞，我们都是成年人，你也受过高等教育，请你冷静点，也请你尊重我。"

李雅云的眼里闪过一丝不易觉察的轻蔑，这份轻蔑，被肖鹏飞敏锐地捕捉到了。妻子轻蔑的眼神，深深地刺痛了肖鹏飞，他卷起被子，垂头丧气得如一只丧家之犬，慢慢走回了自己的房间。

肖鹏飞想，或许，妻子从骨子里就看不起自己，这段婚姻从一开始就是错误的。

李雅云提过几次离婚，但都被肖鹏飞否决了。

肖鹏飞说，我不反对离婚，但前提是你有了一个你爱的并且也爱你的人之后，我才会答应。这是肖鹏飞的真心话。就这样离了，肖鹏飞不放心李雅云。爱与不爱就不说了，几年的夫妻生活，已将这份感情已经融化成了一份亲情。肖鹏飞对妻子和妻子一家充满感激，他很清楚，在事业的起步阶段，如果不是妻子家庭背景的影响，他决然没有那么顺利。

就这样，他们同居一个屋檐下，过着类似于异性合租的生活。

当然，对外他们仍旧宣称是夫妻，他们也会一起去看双方的父母，在父母面前，他们表现得无与伦比的亲密。父母催他们生孩子，他们异口同声地说，不生孩子，丁克。

春夏秋冬，风来雨去，日子像日历里随手撕下的一张张废纸，轻飘飘的平淡无奇。

这样的日子，一过就是五年。

2

很久没有做过梦的肖鹏飞，这天晚上破天荒地做了个梦。他梦见公司中标的五缘湾地块，房子全部建好了。

梦中，他漫步在沙滩边，身后是自己建的房子。

碧海蓝天，海鸥高飞。朝阳中，几幢银色的房子巍然伫立在轻纱漫舞的薄雾里。

梦中的意境很美妙。

肖鹏飞看着自己建的房子，心中油然产生一种成就感。

大约半夜时分，一阵急促的电话铃声吵醒了肖鹏飞的好梦。打电话的是销售部的王丽娜。王丽娜电话里用十分焦急的口气告诉肖鹏飞：出事了。

出事的是龙飞公司在岛外集美的一个楼盘，这个楼盘已经交付使用两年，购房户的反应一直很好。没想到当晚六楼的一户人家阳台的钢化玻璃自爆，倾泻而下的玻璃碎片砸到了正下夜班的一群小姑娘。

肖鹏飞一听顿时紧张起来，一连串的问王丽娜："伤到几个人？情况怎么样？你是怎么知道的？"

王丽娜显然没有肖鹏飞那样着急，逐条回答："具体情况我也不知道，是110指挥中心打我电话的，他们先通过保安找物业公司，但物业公司的领导都关机了，他们就把电话打到我这，那边房子我卖过几套，有的住户有我的私人电话。"

"你赶紧在打个电话给110，一定问清楚伤者的情况，我现在就去现场处理。"肖鹏飞对着电话大声喊叫的时候，人已经穿好衣服出家门了。

王丽娜试探着问："那我陪你一起去吧。"

要在平时，肖鹏飞肯定毫不犹豫的拒绝，王丽娜这个小姑娘，鬼精鬼精的，自从进公司的第一天起，就对肖鹏飞心生羡慕，总想找机会往肖鹏飞身边靠。

上次前任助理要辞职，王丽娜不知道从哪里得到了消息，趁午饭的时间，跑到肖鹏飞办公室半开玩笑地毛遂自荐过自己，肖鹏飞也半开玩笑地谢绝了。

肖鹏飞说，你是销售部的得力干将，你走了对公司销售这块是个损失，所以不能用你。

王丽娜也是一个开明的小姑娘，她知道那是老总看不上自己，但她并没有耿耿于怀，而是仍旧兢兢业业地工作。

作为三十几岁的已婚男人，王丽娜喜欢自己，肖鹏飞能够看到这点，别人喜欢你不是错，只要自己把握好分寸就行，把握好分寸，同事关系才能和谐。

所以，在公司里他尽量保持着和王丽娜之间的距离。

可是现在情况紧急，不知道现场情况到底怎样，多去个人处理有好处。处理紧急事件，人多总比人少好。

所以肖鹏飞便答应了："好，你在家门口等，我来接你一起去。"

王丽娜问："肖总，你知道我住哪里吗？"

肖鹏飞一愣，他还真的不知道。肖鹏飞说："对不起，我太着急了，你住哪里？"

王丽娜告莺声燕语地说："那这样吧，我到SM广场等你，我们在那会合。"

肖鹏飞车开到 SM 广场的时候，远远的便看到王丽娜站在路灯下向自己招手。

肖鹏飞打开车门，王丽娜上来后肖鹏飞第一句话便问给 110 打电话没有。

王丽娜说打了，但 110 总台也不知道情况到底怎样，只知道人送到市第二医院了。我电话打到第二医院，但总机一直无人接听。

肖鹏飞发起了牢骚，这 110 总台也真是的，问一下现场处理的警察不就知道了吗？

王丽娜忙安慰肖鹏飞，你别着急，肯定没什么大事，有大事他们肯定早通知我们了。

肖鹏飞将车开得风驰电掣，人命关天，容不得半点含糊。

玻璃从六楼砸到人身上，说不准是会出什么状况，如果真出了大事，而他没有尽到责任，那就是罪过了。

肖鹏飞知道，现在的医院，不交钱根本不会真的给你救命。

从事房产行业这么多年，肖鹏飞一直把安全放在第一位，没想到建了这么多年房子，建筑工地上没出大的安全事故，这完工的楼房却出事了。

谢天谢地，三位小姑娘的伤都不重。两位划伤了手臂，一位头皮受损，医生已经处理完毕，只需要留院观察，此时她们都躺在病床上。肖鹏飞让王丽娜到缴费处付了款，又安慰小姑娘们好好养伤，说所有损失都有他负责。

小姑娘们知道他是房产公司老总之后，一个个叽叽喳喳地数落他。

"建的什么房子，连玻璃都会爆炸，这要是出了人命咋办？"一个脸上有点雀斑的女孩没好气地说。

"是啊，你们建的什么豆腐渣房子。"另一个马上附和。

"实在对不起，确实是我们的错。"肖鹏飞忙陪笑脸。

"认错就行啦？你要赔偿。"雀斑女孩得理不饶人。

"我们会赔偿的。"肖鹏飞说。

"赔偿也不行，玻璃爆碎片把我们吓得半死，不能赔偿就算了。"小姑娘说话的声音更大了，空气中充满了火药味。

一个身价数亿，在公司上下人人敬佩的老板受这种数落，王丽娜看不下去了，心想你们出这么点小事，害得我们老总亲自来看你们，这就够诚意了。要不是怕你们真有个三长两短没交钱医院不给看，才不会这么深更半夜的跑过来呢。

王丽娜刚想说什么，即被肖鹏飞用手势制止了。

肖鹏飞说："我说过了，我们会负责的，这是一个意外，你们受伤，我们很抱歉。"

面对小姑娘连番数落，肖鹏飞不急不恼，一边说一边掏出钱包，数出三千块交给其中一位："这钱你们每人一千，算是给你们压压惊，其他的赔偿，等明天你们出院了我们再商量。"

肖鹏飞的态度很诚恳，一时间倒把几个小姑娘弄得不好意思起来，他们面面相觑，没再继续发脾气。

过了一会儿，接钱的小姑娘有点不好意思地说："大哥，我们也就是发发牢骚，其实也没什么大事，最多耽误一两天上班，用不着这么多。"

肖鹏飞把小姑娘还钱的手推了回去："你们拿着吧，出外打工不容易。"

小姑娘尴尬地笑笑，又看看两位同伴后说："那就不好意思，我收下了，大哥，你是好人，我们也就不难为你了。"

肖鹏飞说："你们也是好人。"

小姑娘们的伤很轻，肖鹏飞的脸上有看得出来的高兴。这个时候，王丽娜有点困了，便提议回去，肖鹏飞说，还是到现场看看吧。

车上，王丽娜学着受伤小姑娘的腔调说：大哥，你是个好人。

肖鹏飞笑笑说，你觉得我不是好人？

王丽娜说，我觉得也是。

肖鹏飞说，是我们的责任我们就得付，你对别人好，别人才会对你也好。这世上总是好人多。

在小区保安的指点下，他们来到事故现场。

被吵醒的住户都又重新睡下了，现场一片安静，只有马路上撒落一地的玻璃碎片。

毕竟是钢化玻璃，自爆后只有很小的碎片落下，要是整块砸下来，后果不堪设想。

肖鹏飞问保安为什么不清扫，保安说警察不让清扫，说是明天现场勘验过了才扫。肖鹏飞告诉保安，扫吧，都处理好了，没事了。

保安在清扫玻璃的时候，肖鹏飞也亲自捡起了碎片，他捡得很仔细，似乎不想放过任何一块细小的碎片。

看着弯腰的肖鹏飞，王丽娜想不愧为老总，心思就是缜密。要是将这些碎片留在马路上，早上被人看到，昨晚玻璃自爆伤人的场面，就会被好事者用语言无数次还原，有现场有真相，影响自然会大。而玻璃清扫干净，不知道晚上事情的人，就会以为什么都没发生。

这不是为了掩盖什么，而是避免不必要的误会。

看完现场后已经是早晨四点，肖鹏飞这才开车往回赶。

春夜里的这个时刻，是人最犯困的时候，车过厦门大桥，王丽娜便倒在副驾驶上睡着了，到刚才王丽娜上车的地方时，她已经睡得很甜。

肖鹏飞在路边停下车，轻轻地喊了几声，回应他的只有王丽娜均匀的呼吸声。

肖鹏飞再喊，但王丽娜熟睡依旧。

肖鹏飞想推醒她，可伸出的手在空中停住了。王丽娜睡得太香了，此时就像个婴儿一样，嘴角挂着微笑。忙了半个晚上，她一定是太累了，肖鹏飞不忍心在这个时候打搅她的好梦，离天亮没几个小时了。

肖鹏飞决定就让她在车里好好睡上一觉。

可是该把车开到哪里呢？肖鹏飞犹豫起来。

开到王丽娜的住处，肖鹏飞不知道她住哪儿，开到自家楼下肯定不行，开到公司又明显不妥，要是被人看见，不成头条新闻才怪呢。

肖鹏飞一想，索性把车开到SM广场旁边的一片树林里。他小心翼翼地将车停稳，把副驾驶坐位的椅子轻轻放平，以便王丽娜睡得更舒服点。

在这个过程中，王丽娜诱人的睡姿强烈地震撼了肖鹏飞。

此时的王丽娜，白色衬衣最上边的纽扣松开了，里面的风景显露无遗。

粉色的内衣，小白兔般的胸部，在微弱的街灯下活色生香。她柔软的细腰微露在衬衣下面，白皙优美，性感十足，此时正散发着无穷的诱惑力。

只一眼，肖鹏飞便感觉自己浑身的血液流转得很快，脑里一阵发懵。

车里有淡淡的香水味，不知道是车里香囊发出的还是王丽娜身上的，在那一刻似乎成了肖鹏飞激情的助燃剂。眼前的一切，在刹那间点燃了肖鹏飞体内压抑了已久的欲望。

肖鹏飞觉得口渴。

很久以来，没有如此近距离的看一个熟睡中的女人了。虽然眼睛早已离开了王丽娜的身体，但王丽娜的睡姿却一直刻在肖鹏飞的脑子里。肖鹏飞脑里的王丽娜似乎正对着他笑，笑他无能，笑他胆小。

我不是无能，也不是胆小，我只是兔子不吃窝边草。

肖鹏飞这样想着的时候，又忍不住侧眼看了身边的王丽娜，王丽娜睡姿依旧。肖鹏飞双手抹了一把脸，然后迅速地下车。

不能在车里待得太久，肖鹏飞想。

车外清凉的风儿吹着肖鹏飞微微发烫的脸,肖鹏飞觉得自己冷静了许多。

他想打的回家。但又一想不妥,把一个年轻的女孩独自放在车里,万一出了事怎么办?

于是肖鹏飞便靠在车边抽烟。

他一根接一根地抽,抽到第三根烟的时候,肖鹏飞觉得自己实在是困了,很想找个地方睡上一觉。

可车上已经有王丽娜了,肖鹏飞不想上车,和一个年轻女孩同宿车上,这算什么?但肖鹏飞没地方可睡,总不能睡在车下的草地上吧。

想了一会儿,肖鹏飞还是回到车上。心中无鬼,无愧于天下,肖鹏飞想。

本想睡在后排,可是王丽娜副驾驶的座位平放在后排上,后排实在睡不下了,肖鹏飞只能把前排的位子放平。

在准备睡下的时候,肖鹏飞伸手捋了捋王丽娜有些不整的衣服。

这个时候,王丽娜翻了个身,看似熟睡中的她抱住了肖鹏飞的手。

肖鹏飞是个聪明人,他有感觉,王丽娜此时已经清醒,她只是在故意装睡。

肖鹏飞的手被王丽娜裹在身上,她的体温温暖着他,有一股激流通过手臂,迅速传遍肖鹏飞的全身。肖鹏飞再一次觉得热血沸腾。

如果王丽娜此时真是清醒的,那么这是一个再明显不过的暗示。

上了她?凭借对王丽娜的了解,如果此时真的上了她,她也一定乐意接受。

但上了之后呢?肖鹏飞又后怕起来。

肖鹏飞想起一句话,因为寂寞找女人,你会有意想不到的麻烦。

再说。王丽娜是个好女孩,他也不能伤害她,更不能利用她对自己的喜欢。

肖鹏飞慢慢的从惊涛骇浪中走了出来,脑里不再有那些乌七八糟的想法,因为他实在困了,只想快点睡上一觉。

他把王丽娜如玉般温润的手放回原处,在她的额上轻轻一吻,小声的说:"看你睡得多沉,好好睡吧。"

肖鹏飞想,如果此时的王丽娜是清醒的,她一定很伤心。一个女孩这么直接的表白,需要很大的勇气。但肖鹏飞顾不得多想,他的眼皮正在打架,躺下没多久,便沉沉地睡去。

一觉醒来天已经大亮。

是小鸟清丽的叫声把肖鹏飞吵醒的。

早晨的阳光透过树叶的空隙,照在林间的草地上,草地上便有了斑斑点点的金黄。

王丽娜坐在肖鹏飞身边，见肖鹏飞睁开眼，柔声细语地说："醒啦。"

肖鹏飞坐起身说："嗯，醒了。"

"昨晚真不好意思，睡着了，害你在这陪了我半宿。"

肖鹏飞揉了揉惺忪的睡眼："说什么呢，还得感谢你，你为公司忙了一晚上。"

"不过也好，这让我有了个和肖总共度良宵的机会。"王丽娜笑了起来，她的笑声清脆如铃。

肖鹏飞看王丽娜笑得如此开心，自己也很开心。看了昨晚的事她并没有放在心上，或许在自己从她的怀里抽出手的时候，她真的还在睡梦中。

这样就很好，什么都没发生，花儿依旧美丽，阳光依旧灿烂，大地依旧绿草如茵。

肖鹏飞很庆幸，昨晚走过了那个危情时刻。

3

肖鹏飞到公司门口的时候，远远的看见有两个记者堵在公司门口，欧阳香茹正在招呼他们。

肖鹏飞想，鼻子真够灵的，他们的到访一定与昨晚的玻璃自爆有关，半夜出的事，他们现在就知道了。

肖鹏飞没有急于下车，他坐在车里看欧阳香茹怎样应付这两个人。现在车里只有他一个人，王丽娜已经被他送回家休息了。

来的记者一男一女。

男记者手拿录音笔问欧阳香茹："听说你们公司建的房子阳台玻璃爆炸，还伤到了人，请问怎么会出这样的事故？"

欧阳香茹说："说实话，我还没有得到这方面的消息，所以不能回答你的问题。"

女记者说："我们得到可靠消息，你们集美一幢楼房六楼玻璃爆了，你们公司昨晚还去人到现场处理。"

欧阳香茹说："你的消息是从哪儿来的？我都没听说。"

女记者说："请问玻璃为什么会爆炸，是不是质量有问题？"

"这个……"欧阳香茹斟酌着，"这个问题是这样，首先，我们的房子肯定没有质量问题……"

男记者追问:"没有质量问题玻璃怎么会爆炸呢?"

肖鹏飞打开车门走了出来,他不想再难为欧阳香茹了。欧阳香茹刚到公司不久,质量问题是欧阳香茹不熟悉的领域,昨晚的事她也一无所知,能够有这样的表现,已经很不错。

最令肖鹏飞满意的,是欧阳香茹明明看到自己的车开来,却没有指认。

肖鹏飞之所以没有在第一时间下车应付记者,是想看看欧阳香茹的应变能力。同时肖鹏飞还有一个小小的恶意的想法,那就是想出一下欧阳香茹的洋相,想看看被记者追问时欧阳香茹发窘时的样子。现在这个目的达到了。

见肖鹏飞来了,两个记者一眼就认出了他,肖鹏飞的照片和形象,不时地在报纸和荧屏上出现过。身为记者的他们,认人的水平一流。他们放弃了对欧阳香茹的夹击,一前一后地围着肖鹏飞。

没等记者开口,肖鹏飞便对欧阳香茹说:"欧阳,有记者朋友过来,怎么不请客人进公司坐啊?"

"对不起,他们一问我就什么都忘了,两位里面请。"欧阳香茹朝记者歉意地一笑。

两个记者被领到到小会议室后,欧阳香茹给他们泡了茶。肖鹏飞客气地给两人递上名片:"两位是新朋友,大家认识一下,我叫肖鹏飞。"

两个记者也理所当然地递上了自己的名片,肖鹏飞看了看,是商报的记者,这家报纸龙飞公司还没有打过交道。他名片放好,很客气地说:"玻璃碎了,确有其事,昨晚就是我去处理的。首先更正一下你们的说法,不是爆炸,是玻璃碎了。"

肖鹏飞接着又给他们解释,钢化玻璃的自碎率在万分之三左右,玻璃自碎是很正常的事,不值得大惊小怪。钢化玻璃有个最大的优点,是碎后只会产生很小的钝角碎块,安全性能很高,这个事情真没什么新闻价值。

说到这里的时候,肖鹏飞像是忽然想起什么似的说:"我这里倒是有一个很好的新闻素材,不知道两位有没有兴趣报道一下。"

男记者表示出了浓厚的兴趣来:"哦,肖总倒是说说看。"

"是这样,你们大概也听说了。"肖鹏飞说,"五缘湾地块最靠海边的一块地是我们公司拍下了。知道我们要在上面建什么样的房子吗?"

"建什么房子?难道不是住宅吗?"记者问。

"这事说来话长,一时半会儿也说不清楚,这样吧,今晚我请两位吃晚饭,我们边吃边聊。最好也叫上你们的领导,我们公司也正想和你们报社合作呢,有一些楼盘的广告想投到你们报上，你们看怎样？"

没等肖鹏飞说完，那女记者便眉开眼笑的答应："好，那好，这玻璃的事我们就不报道了。我们对你们在五缘湾要建的新楼盘更感兴趣。我们这就向领导请示。"

危机公关，进行得很顺利。

送记者走后，一直听得晕头转向的欧阳香茹问肖鹏飞："肖总，我们要在五缘湾建什么房子？"

"我还没想好。"肖鹏飞哈哈大笑。

这一整天，肖鹏飞忙得不可开交。上午安排工程部的联系出事楼盘的建筑单位，要他们更换所有的阳台玻璃，然后和销售部的人开会，布置接下来的销售任务。下午又看了两个在建项目的工地，晚上的时候，又招呼了报社的人吃晚饭。

送走报社客人的时候，他才长长的舒了口气。

他不喜欢应酬，但不得不应酬。正所谓阎王好侍，小鬼难缠，这些记者不能得罪。如果弄得他们不高兴，说不定会写出什么样的文章来。

肖鹏飞的应酬取得了应有的效果，记者看房产公司的老总真把自己当回事，和自己打成一片，都很高兴，决定玻璃碎了的事不报道了，接下来报道一下这几年来龙飞公司取得的成绩。

肖鹏飞指示，重点写一下龙飞公司之所以受到消费者认可，是因为所建房子的品质超群，选择龙飞地产，就是选择高品质的居住环境，选择放心。

4

房价以可怕的速度飞涨。

和肖鹏飞的料想一样，在五缘湾地块拍卖不久，厦门的房价便节节攀升。在追涨心理的驱使下，人们买房的热情得到了空前的释放，每个楼盘的销售大厅里，都熙熙攘攘人满为患，人们下单的下单，询问的询问，个个争前恐后，售楼小姐忙得连吃饭的工夫也没有。房价被逐步刷新，有的楼盘甚至还一天一个价。

用龙飞公司销售部人的话说，赚得都有些不好意思了。

房价上涨，符合肖鹏飞的预期，但市场太热了，肖鹏飞隐隐感到有些不安。他为这火热的市场担心，更为五缘湾的项目担心。凭着多年的经验，他感觉这市场太热了，过热就意味着风险。

肖鹏飞告诉销售部，龙飞公司所有在售的房子，一律加大销售力度，能卖多少是多少，不要捂盘惜售。

　　肖鹏飞的担心是有道理的，房价已经单边上涨多年了，任何市场，不可能一边倒地持续涨下去。大热之后，必有大冷，这是规律。肖鹏飞预感到，房市在短时间内会有一个停滞的行情。

　　果然就出事了，房市如火如荼没多久，国家便颁布了新的调控政策。

　　政策虽然有个吸收消化的过程，暂时对房价没造成影响，但影响到了银行的放贷，银行突然拒绝五缘湾项目的贷款。

　　本来这笔贷款，和龙飞公司合作多年，一直言而有信的建设银行，早在五缘湾地块拍卖之前就答应的，现在突然反悔，这令肖鹏飞措手不及。

　　这个消息是财务总监在上午十点钟的时候告诉肖鹏飞的。

　　肖鹏飞一听，当时就愣住了。他半信半疑地问财务总监："他们不贷？什么理由不贷？"

　　财务总监说："没给具体理由，只是说最近银行资金紧张，要控制放贷规模。"

　　肖鹏飞问："有没有别的办法了，比如抵押贷款什么的。"

　　财务总监摇摇头："目前来说，我们没有可供抵押的财产，其他在建和在售的几个项目，本身就有贷款，已经抵押在银行了，不可重复抵押。这五缘湾的贷款本来也准备用项目做抵押的，但现在这种抵押被叫停了。"

　　肖鹏飞用拳头狠狠擂在办公桌上，心里骂了一句厦门的粗话："干！"

　　没有银行支持，余下的几个亿的土地转让金，龙飞公司无法在短时间内及时筹措。如果不能及时支付土地转让金，那么所交的一亿元保证金将会付诸东流。

　　合约规定交款期限三个月，现在已经快过去两月了，在这节骨眼上出这种事，肖鹏飞深知事态严重。

　　这事必须马上解决，刻不容缓。

　　晚上，欧阳香茹在肖鹏飞的带领下，陪建设银行信贷科的丁科长吃饭。

　　在肖鹏飞身边工作，欧阳香茹最怕的就是陪客人吃饭，特别是吃晚饭。

　　她不喜欢饭局，但今天实在没办法。

　　下午的时候，肖鹏飞对她说："欧阳，晚上有个饭局，请建行的丁科长吃饭，你作陪。"

　　肖鹏飞的口气，是通知，不是商量。欧阳香茹很为难。

　　见欧阳香茹犹豫，肖鹏飞又说："你放心就吃顿饭，没别的。"

　　欧阳香茹吞吞吐吐地说："你看，能不能让别人去？"

"公司的女白领中,只有你和王丽娜是单身,王丽娜嘛,不合适。我总不能特地叫那些售楼小姐过来陪吃饭吧。"

"王经理怎么不合适了?"

肖鹏飞笑笑:"她太过热情。"

"热情难道不好吗?"

"不是热情不好,是太过热情不好。"

"你们吃饭干嘛要人陪啊?"

"两个大男人坐在一起,闷头吃饭就跟傻子似的,有的女孩在一起,气氛会好点。就这么定了。"肖鹏飞说完又去忙别的去了。

欧阳香茹虽然有些不情愿,但她知道陪客人吃饭,是她的工作之一,虽没明文规定,但也算约定俗成,所以还是来了。

丁科长是个五十岁左右的男人,脸稍胖,头微秃,一看就属于养尊处优之人。饭吃得很沉闷,酒也喝得很沉闷。

自从进包厢后,丁科长便一直顾左右而言他,对贷款的事只字不提,肖鹏飞稍有所试探,他总是用筷子夹起菜放进嘴里,然后赞美道,嗯,这道菜味道不错。又用餐巾纸擦擦嘴角对欧阳香茹说,欧阳,你也尝尝。

欧阳香茹尴尬地和肖鹏飞对望一眼,肖鹏飞示意欧阳香茹再次敬酒。

欧阳香茹本不善饮酒,刚才喝过好几杯了,脸已经有些微微发热。但今天的事非同寻常,她觉得自己有义务在这个时候表现得积极一些,于是端起酒杯,站起身对丁科长说:"丁科长,我再敬你一杯。"

丁科长倒也爽快,端起酒杯一饮而尽,喝完酒又习惯性地擦擦嘴,然后对肖鹏飞说:"这小姑娘,长得真不赖。"又转向欧阳香茹:"和美女喝酒就是不一样。"

欧阳香茹说:"谢谢丁科长夸奖。"

"那就再来一杯。"

"啊?再来一杯啊?"欧阳香茹有些迟疑,她已经喝得不少了,此时头有点微微发晕。想了想,还是说:"好吧,就再来一杯。"

"好,痛快。"丁科长自己拿起酒瓶子,给两只酒杯都倒得满满的,"来,一口干。"

这酒一直都是半杯半杯倒的,看着面前满满的一大杯酒,欧阳香茹为难起来,要是一口干下去,自己恐怕真的受不了。

肖鹏飞见欧阳香茹为难,急忙打圆场:"这样吧丁科长,欧阳小姐不胜酒力，这一杯我敬您。"

丁科长说："那哪儿成啊？这才哪儿到哪儿啊？刚刚开始呢你就让我别喝了？欧阳小姐敬我几杯了，我总得回敬几杯不是？"

肖鹏飞无奈地看着欧阳香茹，欧阳香茹感觉到，肖鹏飞的眼里有一丝怜爱的成分。算了，豁出去了，就算回去被许巍数落得狗血喷头，这杯酒也得喝。欧阳香茹端起酒杯，和丁科长碰了一下，然后慢慢将酒喝干。

"不错不错，爽快，我喜欢爽快的人。"丁科长又开始倒酒。

气氛一下子热起来了，欧阳香茹趁丁科长高兴，试探似的问："丁科长，我们公司贷款的事，您看银行是不是可以再考虑一下？"

"这个吧……"丁科长笑了起来，随手拿起桌子上的另一瓶没启封的酒，"你要是能把这瓶酒给我喝了，这款我就贷。"

这是一个明显的信号，说明贷款的事情，并不是总监汇报的那样毫无希望，听那口气，贷与不贷，就丁科长一句话。

肖鹏飞心里激动了一下。

但一看丁科长目不转睛盯着欧阳香茹的眼神，肖鹏飞的心一下又凉了半截。

这家伙，该不是看中欧阳香茹了吧。

身处商场这么多年，这些事肖鹏飞心知肚明，这些身居要职的人，整天想的就是这些烂事，这些烂事干起来，比任何工作干得都有劲。嘴还特叼，夜总会花枝招展的小姐玩腻了，就想换换花样，开始打清纯女孩的主意，就像大鱼大肉吃腻了，想换换清脆可口的素菜一个道理。

肖鹏飞也很清楚这些人的套路，先给这些他们看中的女孩灌酒，灌到这些女孩醉了，其实是故意装醉的时候，便自告奋勇地英雄救美，要送女孩回家，回家是幌子，真正的目的地是宾馆。

装醉的心甘情愿，送女孩的人心照不宣，周瑜打黄盖，一个愿打一个愿挨，许多重大的事情，就是在这种交易中搞定的。

欧阳香茹看着丁科长放在眼前的酒，不知如何应对，她眼巴巴地看着肖鹏飞。

肖鹏飞把酒往旁边挪了挪，又拍拍欧阳香茹的肩说："别为难，丁科长和你开玩笑呢。"

肖鹏飞说着又转向丁科长："丁科长，欧阳小姐平时是不喝酒的，今天高兴就多喝了几杯，她不是一个能喝酒的人，不是那种女孩，这酒肯定喝不了，请你原谅。"

丁科长摆摆手,刚想说什么,看到肖鹏飞的眼里有一种别样的东西,突然意会到了肖鹏飞的话外之音,"嗤嗤"地笑起来。

丁科长说:"小肖啊小肖,想歪了不是?天地良心,我可没那意思。你看我都一把年纪了,怎么会想那事。"

肖鹏飞忙说:"我知道。"

两个男人对望了一眼,又暧昧地笑了起来。一旁的欧阳香茹听不懂他们的暗语,也只能陪着傻笑。

丁科长笑完之后双手扶着台子,身体前倾,正色道:"肖总,贷款的事情,是这样的,虽然行里最近控制放款规模,但也不是一点办法没有……"

总算谈到正题了,欧阳香茹正聚精会神地准备听下去,不料丁科长突然停住了。

他看了看欧阳香茹,又拿起筷子准备吃菜。

欧阳香茹会意,站起身礼貌地说:"对不起,你们先聊,我要去趟洗手间。"

欧阳香茹出去后,丁科长压低声音对肖鹏飞说:"小肖,我们是朋友不是?"

肖鹏飞点头:"当然。"

"我当科长这么多年来,我们建行没少支持你们公司不是?"

"是,有话你请讲。"

"好,那我也就开门见山了。我有一个侄儿,非要去澳大利亚留学,我那兄弟家境不好,没有这笔钱,我想帮他一把。你知道的我也是两袖清风,没有这么多积蓄。"

肖鹏飞听出来了,这是索贿呢,他沉吟了一下问:"大约多少?"

丁科长伸出两根指头。

肖鹏飞问:"二十万?"

丁科长不屑地笑了,笑容中带有明显的不悦,因此笑容就显得很古怪。"小肖,你也太不懂行情了吧?再加一个零。"

肖鹏飞的心咯噔了一下,迟疑地说:"容我考虑考虑。"

饭桌上余下的时间,都成了垃圾时间,双方都有意早点结束,于是晚餐便草草结束了。

从饭店出来,送走丁科长后,肖鹏飞把欧阳香茹扶进自己的车。她果然不胜酒力,头有点晕了,肖鹏飞决定送她回家。

肖鹏飞上车后,并没有急于开车,他点上一根烟,坐在驾驶位上抽了起来。用两百万换已经交上去的一个亿,以及五缘湾项目,明显划得来,但他不能这么做。这是法律的红线，肖鹏飞绝对不会踩，自从进入商界以后，吃吃喝喝以及小打小闹的礼品送过，请别人进夜总会的事干过，但触犯法律的事，肖鹏飞还从来没有做过。

不要以为神不知鬼不觉，中国有句古话，要想人不知，除非己莫为。中国还有句古话，天知地知你知我知，这么多人知道，还怕别人不知道？肖鹏飞很清楚，大多数行贿者被抓，都是被先抓进去的受贿者给供出来的。

既然受贿，就不会受你一家，多了，早晚会出事。

其实在丁科长刚刚提出这个要求的时候，肖鹏飞就想一口回绝的，之所以没有当场回绝，是顾及了丁科长的面子。当面拒绝，双方都很难堪。毕竟公司受丁科长的照顾不少，两人也算得上是朋友。

肖鹏飞掏出手机，给丁科长发短信："丁兄，实在对不起，这忙我不能帮，为了你，也为了我。"

肖鹏飞知道，这条短信一发，贷款的事便彻底泡汤了。

但肖鹏飞无怨无悔。无数前人的经验告诉他，不要因为企业一时的困难，或者自身的贪念而毁了自己的一生。

胡润富豪榜上落马的富豪比比皆是，远的有中国首富牟其中，近的有国美董事局主席黄光裕，他们最终都受到了法律的严判。

肖鹏飞相信，这些落马的富豪，当初触碰法律这根高压线时，不是简单的为了自己赚钱，自己一家人，需要多少钱啊，凭借他们已有的财富，足够子子孙孙过上锦衣玉食的生活了。他们之所以以身试法，就是想成就一番更大的事业。

人的欲望有多种，成就一番大事是欲望的一种，但他们高估了自己的能力。超过自己能力范围的欲望，没能得到有效的遏制，便导致了他们铤而走险。

他们的犯法的原因各式各样，但归根结底只有一条，就是没能弄懂生命的意义。

肖鹏飞是懂的，作为商人和企业家，生命的意义在于，尽可能多的为社会创造财富，自由的享受为社会创造价值的过程，无论结果怎样，只要这个过程足够精彩就可以了。努力了，就无遗憾。用损害国家及他人利益，甚至不惜以触发法律的手段，创造的财富，在肖鹏飞的眼里毫无价值可言。

最重要的，商人，作为一个和其他人一样的自然人，在和平年代，为社会创造完财富后，有自由的享受生活权利。那种连自己自由和生命都失去的商人，创造的财富再多，于他而言又有何种意义？和平年代，不需要这种商人。

所以，无论何时何地，遇到何种困难，自身和企业的安全，都要放在第一位。

5

许巍生气了。根据以往的经验，许巍一生气，后果很严重。

他生气的时候，可以躺在床上一动不动，一声不响。今天便是这样。

欧阳香茹知道许巍生气的原因，一定是刚才肖鹏飞送她回家时，他从窗户上看到了。

欧阳香茹本想在前一个路口下，然后走一段路回家，但头实在有点晕，不想多走路，就坐到快到家门口的地方才下。她本想快速地溜下车，许巍未必能够看到，不是怕许巍，只是为了避免他吃醋时的喋喋不休。不想肖鹏飞下车后扶欧阳香茹的场景，还是被在窗户上伸长脖子的许巍看了个正着。

都怪肖鹏飞，欧阳香茹下车后本是钻到树影处准备快速开溜的，没想到自作多情的肖鹏飞也下了车，不识时务地扶着有点东倒西歪的欧阳香茹问："欧阳，行吗？"

"行，你回吧。"虽然欧阳香茹嘴上说得很轻松，但心里其实很着急，希望肖鹏飞能够快点回去。

"欧阳，你不请我上去喝杯茶？"肖鹏飞追上来说这话，并不是老套的风花雪月故事序幕的开场白，更不是没安好心，而是他看欧阳香茹有点喝多了。让她一个人进漆黑的楼道，肖鹏飞真的不放心。

"不了肖总，实在对不起，太晚了，下次吧。"欧阳香茹两脚生风地迈动着脚步。

担心欧阳香茹安全的肖鹏飞不依不饶，紧跟在欧阳香茹身后开起了玩笑："你怕什么？怕我吃了你？就是吃了你也没什么啊，反正你也没男朋友。"

欧阳香茹想，这没男朋友的谎话，带给自己的麻烦已经够多的了，恨不得此时就告诉肖鹏飞，男朋友就在楼上等她。

可是，工作的这一段时间使欧阳香茹知道，这份工作确实需要一个单身女人来做比较合适，她也明白第一次见面时，肖鹏飞问她有没有男朋友，不是对她有非分之想，而是出于需要。

如果现在告诉他有男友，说不定明天就会被炒鱿鱼。

目前来说欧阳香茹对这份工作还很满意，她不想被炒，所以就没有告诉她。

欧阳香茹相信，虽然肖鹏飞有点看得出来的喜欢自己，但他是个正人君子，不会对自己有什么过分之举。

　　走到楼道的时候，欧阳香茹才长长的喘了口气，因为他知道，即使许巍此时站在窗边朝楼下看，楼道里也是他视线不能及的地方。欧阳香茹这才转过脸对着肖鹏飞："肖总，谢谢你送我，我到家了，你回吧。"

　　肖鹏飞这才悻悻地止步，目送着欧阳香茹上楼，一直到高跟鞋击打楼梯的声音消失，他才转身放心的离去。

　　肖鹏飞的好心，给欧阳香茹带来了麻烦。

　　欧阳香茹进家后，看到许巍面朝床里睡着不动，就知道发生了什么。她轻轻地靠上去，柔声细语地问："宝贝，怎么了？"

　　许巍似乎没听见。

　　欧阳香茹又问："不开心了？到底怎么了嘛？"

　　许巍还是没有反应。

　　欧阳香茹开始挠许巍的痒痒，这是许巍不高兴时，欧阳香茹主动求和的杀手锏，往往在这个时候，许巍便会主动投降，变生气为笑骂了。但今天这招失灵。许巍很粗暴地推开欧阳香茹的手，身子往床里缩了缩，面朝墙壁，一言不发。

　　欧阳香茹解释："我喝了一点酒，头有点晕，老板就送我回家了。"

　　欧阳香茹又解释："今天的饭局不同寻常，是请银行里的人吃饭。"

　　床上的许巍继续假寐。

　　滚你大爷的，爱咋咋地吧！

　　这个时候，欧阳香茹的酒劲上来了，她只觉得许巍的身体在慢慢的旋转，一起旋转的，还有房间里的天花板。

　　都说恋人之间最重要的是信任，许巍如此不信任自己，醉酒之后的欧阳香茹也很生气。

　　欧阳香茹想，你以为我愿意做这份差事啊，你以为我愿意陪别人喝酒啊，还不是想要这份工作吗？这份工作薪水高，有多少人翘首以盼呢，丢了多可惜啊。

　　她不再哄许巍，自己进卫生间洗澡。

　　不知道是卫生间地滑，还是欧阳香茹醉酒的原因，在打开水龙头的一刹那，她"啪"的一声摔了一跤，光着屁股坐到了地上。老旧的热水器启动有点慢，热水还没上来，伞状的冷水，一下子喷在欧阳香茹身上。赤身裸体的欧阳香茹像一只刚刚被捉上岸的鱼，浑身一个激灵，在地上扭动了几下，酒也醒了许多，再一摸屁股，很痛。

欧阳香菇想站起了，但努力了几次，还是没爬起来。

委屈像洪水一样朝欧阳香菇袭来。她只觉得心里发堵，眼睛发酸，泪水如被打开的水龙头里的水一样，喷涌而出。

坐在地上爬不起身的欧阳香菇，本想叫躺在外间床上装睡的许巍，但一想刚才自己摔倒时发出的巨大声响，他一定是听到了，可他并没有起身跑进浴室，这令欧阳香菇很失望，便没有叫他。

水龙头里流出的水慢慢变热，热水和着泪水，顺着欧阳香菇的脸颊流淌。

欧阳香菇就那样坐在地上，任凭自己的情绪发泄。时间久了，她心疼水和煤气，才慢慢从地上爬起来。

当晚，欧阳香菇终于洗完澡上床后，许巍没有像往常一样从前面拥过来，他仍旧保持着面朝床里的姿势。

当时欧阳香菇的屁股还在隐隐作痛，疼痛使她横下心来，决定也不理许巍。

冷战开始。

本来，欧阳香菇很想找机会和许巍谈谈，好好解释一下那天的情况，可一看许巍那像是被别人赖了几百万的表情，欧阳香菇又不想谈了。又不是自己真的做错了什么，干吗非要自己先开口说话呢。

6

公司贷款不顺的消息不胫而走，这些天，有一种十分压抑的气氛在公司里弥漫。人人都知道，如果贷不到款，公司将面临巨大的经营压力，甚至还有垮下去的危险。

虽然这几年龙飞公司看上去风生水起，在岛内岛外投资的数个项目都很大，但把这些项目全部变现，再扣去银行贷款和关系企业的欠款，余下的净资产也不过是两三个亿的事。如果交出去的一个亿现金泡汤，足以让龙飞公司伤筋动骨。

龙飞公司员工的收入是和业绩挂钩的，业绩不好，收入就少，如果公司真的不行了，员工都将面临失业的危险。所以，公司里的人都在为贷款的事焦虑，但又都无能为力。这个时候，人们都开始怀疑，肖鹏飞当初以高价拍下五缘湾地块的正确性了。

肖鹏飞当然知道，这一个亿的现金对公司意味着什么，他也很理解公司里别人的担心，皮之不存，毛将焉附？他很感激自己的部下对公司有这种依赖的感觉,这是公司发展的动力。一个所有员工对公司前途毫不关心的企业,是绝然不会做大做强的。

肖鹏飞坐在办公桌前苦思冥想对策。

这几天,他也联系了另外的几家银行,但一听说是为五缘湾地块贷款,都拒绝了。肖鹏飞感到奇怪,以前这些家银行还主动要给龙飞公司贷款呢,现在这么谨慎,他感觉不对劲。

国家虽有调控,但地产总不至于崩盘吧?

这个疑问让肖鹏飞不寒而栗。难道在五缘湾的竞标中,自己真的太冒进了?他甚至有点怀疑当初自己的决策了。

不会,即使房价有所下调,但绝对不会到崩盘的地步。

并且肖鹏飞想,就是下调,其时间也不会超过一年,而五缘湾项目,建设周期起码两年以上。也就是说,到五缘湾项目建成面向市场的时候,这轮下调已经过去,房价还会上涨。市场肯定没问题,调控只是姿态,国家绝对不会让房产市场下探太深。

肖鹏飞坚信这一点。

既然市场没问题,现在要解决的是资金问题。

欧阳香茹袅袅婷婷地给肖鹏飞送来一杯茶,在她准备转身离去的时候,肖鹏飞叫住了她:"欧阳,坐。"

欧阳香茹在肖鹏飞对面坐了下来,她看到,肖鹏飞的眼边分明多了一道黑烟圈。看着一脸疲惫的肖鹏飞,欧阳香茹说:"肖总这几天和夫人彻夜加班啊?弄得这样苍老?"

欧阳香茹想活跃一下气氛,这种其他办公室里经常开的黄色玩笑,还是第一次从她的嘴里说出。

肖鹏飞果然笑了:"我老了吗?"

"嗯,再这样下去,我都该叫大叔了。"

"是吗?那你现在就叫一声我听听。"

玩笑过后,肖鹏飞说正题:"欧阳,你通知快餐公司,今天的午餐不要分送到各部门的办公室,让他们统统送到大会议室。我们也学学西方人,来一个午餐会。"

中午的时候,大家齐聚会议室吃饭,公司里很难得有这样的场景,每人端起饭盒围坐在会议桌边,气氛很是融洽。

席间,肖鹏飞谈笑风生。

他轻松自如侃侃而谈，言谈举止间，向大家传达了一个信息：龙飞公司是经历过大风大浪的公司，任何困难在龙飞公司面前都是暂时的，一定会有解决的办法。

7

解决资金短缺的办法，无非就是贷款，贷款就得求人，求人就得吃饭。饭桌上解决问题，总比办公室里来得容易。在这个具有中国传统特色的金科玉律面前，任何人也不能免俗。肖鹏飞又要带欧阳香茹去吃晚饭。这次说是陪一家商业银行的副行长。

欧阳香茹不干了。

这经常陪客人吃饭，不要说男朋友许巍有意见，就是欧阳香茹自己也感觉很厌烦，又不是三陪。

"肖总，今天实在不行，我晚上有约。"

"你有什么约啊，又没男朋友。"

欧阳香茹想，真是滑稽，这没有男朋友，倒成了陪别人吃饭的理由了，干脆告诉他得了，看他有什么反应。

于是欧阳香茹用开玩笑的口吻说："其实，我有男朋友的。"

肖鹏飞根本不以为然："哈，你有男朋友啊？什么时候的事，我咋不知道呢？走吧小姐，我知道你是怕喝酒，放心吧，今天绝对不让你喝多。"

说话的时候，肖鹏飞已经拎起了公文包，准备出发。

欧阳香茹嘀咕道："吃饭吃饭，这吃饭干吗都要选在晚上啊？中午不能吃吗？"

"中午吃不出气氛。"见欧阳香茹还原地不动，肖鹏飞拉了她一把，"我知道你担心什么，你放心别说晚上，就是半夜你也别怕，有我在你什么也不用担心。"

欧阳香茹没办法，只好随肖鹏飞来到海天酒店。

海天酒店位于筼筜湖旁，正是华灯初上的时候，灯火撒在湖上，湖水倒映着灯光，波光丽迤，美轮美奂。

置身其中，宛如仙境。

副行长还没到，肖鹏飞在门口等，欧阳香茹一个人坐在古色古香的包厢里，习惯性的掏出手机准备给许巍打电话。她想报告一下今晚的行踪，免得他在家心神不宁的。

号码刚一按完，欧阳香茹愣住了，和许巍还在冷战中呢。

自从肖鹏飞送欧阳香茹回家的那天晚上后，两人就一直过着哑巴似的生活。虽然还同居一室，许巍也照样做饭，做好后等欧阳香茹回家吃，但就是不说话。许巍不开口，欧阳香茹也懒得开口，有什么事确实需要交流，彼此像对方挥挥手，一切行动靠手势。吃饭的时候，许巍用筷子敲敲碗，"当当"的响声，就是吃饭的号角，即使晚上睡觉时也一样，两人背对背睡，像麻将牌里的"北"风，谁也不理谁。

他不主动理我，凭什么先给他打电话？欧阳香茹把电话放回包里，随便翻了一下菜谱。

这里的菜价之贵，吓得欧阳香茹直咂舌，海鲜河鲜奇贵不说，就连炒青菜也卖六十元。这青菜是长在哪里长的啊，难道是长在天山雪莲旁边的？这么贵，自己一天的工资只够买这里的两盆青菜。

这人和人就是不一样，达官贵人可以天天锦衣玉食花天酒地，自己却要为五斗米操劳，操劳几年了在这个城市还上无片瓦。而更要命的是，自己还要陪这些达官贵人吃饭。

这样想着的时候，有一股淡淡的悲哀，便慢慢袭上欧阳香茹的心头。

副行长咋咋呼呼地来了，他是一个看上去并不咋样的人。消瘦，脸上布满皱纹，五十岁的样子。

看来并不是所有的达官贵人个个都肥头大耳。

副行长一进包厢，即用眯缝着的小眼锁住了欧阳香茹。正被悲哀笼罩的欧阳香茹，被他看得很不自在，但出于礼貌还是伸出了手："行长大人，你好！我叫欧阳香茹。"

"嗯，欧阳香茹，不错不错。"

副行长将欧阳香茹的手握在手上，眼睛从上到下在她的身上游离了几遍，问肖鹏飞："这是你秘书？"

肖鹏飞说："我助手。"

"不是小蜜哈？"副行长握着欧阳香茹的手还没放。

"哪里，行长真会开玩笑。"

"不是就好。"副行长哈哈大笑。

几个人坐下后，肖鹏飞让副行长点菜，副行长倒也不客气，大大小小点了十几个，点完后又将菜谱递给欧阳香茹："欧阳小姐你请，我的差不多了，点几个你自己喜欢的。"

欧阳香茹想，还要点？这么多菜还不够吃啊！但她知道，此时的她代表着龙飞公司的形象，不能小气。于是便装模作样地点了两道。

欧阳香茹点完后，肖鹏飞问一直站在旁边记录菜单的服务员："你们店里招牌菜是什么？"

服务员答："龙虾，两千八百一份。"

肖鹏飞眼都不眨地说："来一份。"

菜很快上全了，各式各样的碟子满满地摆了一大桌。欧阳香茹愤愤不平，这满桌花花绿绿的菜，就是再加十个人也吃不完啊，这帮家伙简直就是暴殄天物。

吃饭的时候，副行长反客为主，不住地敬起欧阳香茹的酒来。

"来，喝酒，为了和欧阳小姐认识。"

"为了欧阳小姐的美丽。"

"为了欧阳小姐更加漂亮。"

副行长的敬酒词一套一套，注意力只在欧阳香茹身上，把肖鹏飞傻子似的冷在一边。

欧阳香茹显然招架不住。

肖鹏飞想解欧阳香茹的围，但刚一插话，就被副行长摆摆手打断："肖老板别说了，不就一亿五千万的贷款吗？小事一桩，我先和欧阳小姐把这杯酒喝了。"

看着副行长一副赤裸裸的嘴脸，肖鹏飞乐了，这狗日的对欧阳香茹没安好心了。

看来，女助手太漂亮，太有气质，也不全是好事。

肖鹏飞猜想可能是因为欧阳香茹一身没换的职业装，让这只老狐狸看上她了，要是带个打扮得花枝招展、满脸风尘味的女子过来，保准他没兴趣。

肖鹏飞虽然心里对副行长充满鄙视，但脸上仍旧挂着笑。

肖鹏飞说："行长一看就是爽快人，虽然我们第一次打交道，但行长的大名我早有耳闻。欧阳，你就喝了这杯吧。喝了这杯就不再喝了。"

欧阳香茹说："那好，我就喝了这杯，行长大人请原谅，我是真的不能喝酒。"

副行长的眼睛眯成一条线："喝吧，先喝了再说。"

欧阳香茹只好将杯中的就喝下，杯子还在手中，副行长就伸过手来拿她的杯子，副行长的手，很自然地在欧阳香茹的手上停留了很长时间。酒倒满后，又开始劝酒。

欧阳香茹知道，今天绝对不能再喝醉了，她一边想着在家里等着她早点回去的许巍，一边小心翼翼地和副行长周旋，盼望着这餐饭快点结束。

可一下子肯定结束不了，但副行长兴致正高。

副行长将屁股下的椅子，往欧阳香茹身边移了移，问："欧阳小姐不是本地人吧？"

欧阳香茹答："我北方的。"

"北方人好啊，直爽，痛快。"

欧阳香茹小声应付："是吗？"

副行长又将椅子朝欧阳香茹移了移："来厦门多久了？"

此时的副行长已经离欧阳香茹很近了，他嘴里喷出的热气就在欧阳香茹的耳边。

欧阳香茹本能地想躲，想把椅子往旁边挪点，可起身的一刹那，忽然想到今天的这餐饭事关重大，如果应付不当，贷款的事便会告吹，便又忍住了，没搬椅子。

欧阳香茹对副行长说："行长您慢用，我去一次洗手间。"

眼前发生的一切，肖鹏飞看在眼里，对于潜规则，肖鹏飞可谓谙熟于心，在商场待久了，他也见怪不怪。

可眼前的这位，实在令人恶心。见过好色的，但还真没见过好色得这样直截了当的。

忍住，必须忍住。肖鹏飞告诫自己不要把恶心放在脸上，不就是一餐饭吗？相信欧阳香茹也不会太在意。

欧阳香茹从卫生间回来的时候，副行长已经微微露出醉态，不知道是不是故意装的。都说男人和女人喝酒，女人醉了是故意，男人醉了是不怀好意。

而副行长此时的醉，既像不怀好意又像有点故意。

有点醉意的副行长更是肆无忌惮了，他先是很亲密地伸手拍欧阳香茹的肩，说像你这样的女孩，一定前途无量。

见欧阳香茹没什么特别的反应，又索性伸出手臂搂住了欧阳香茹的脖子。

欧阳香茹当然是很自然的将他的手拿下来。

肖鹏飞怕欧阳香茹生气，解释说："看来，行长也不胜酒力。"

肖鹏飞的意思是行长酒多了，让欧阳香茹别在意，同时也是给副行长一个台阶。

行长一听，睁开一直眯着的眼睛说："对，酒逢知己千杯少，今晚是有点多。"

见不解风情的肖鹏飞还坐在那里没动,副行长又说:"肖老板,你咋还在呢?我以为你走了呢,你可以走了。"

肖鹏飞睁大眼睛,像看外星人似的,愣愣地看着副行长,紧接着又摇了摇头。

副行长也不理不识相的肖鹏飞,继续骚扰着欧阳香茹。他拉起欧阳香茹的手,要给她看手相。

纤细的手指被副行长干瘪的大手握在手心里,欧阳香茹浑身起了鸡皮疙瘩,想抽回,但副行长握得很紧,一时没能抽回来。副行长又伸出另只手,在欧阳香茹白嫩的手掌里摩挲。

欧阳香茹开始龇牙咧嘴,她无助地将目光投向肖鹏飞。

而此时的肖鹏飞却显得一脸的冷漠,似乎对眼前发生的事无动于衷。这种状况欧阳香茹还第一次遇到,她不知道如何是好。如果此时果决地翻脸,贷款的事可想而之,如果态度暧昧,副行长一定会得寸进尺。

欧阳香茹感到委屈。

时间在一分一秒的过去,包厢里的气氛诡异而尴尬。欧阳香茹的眼睛发酸,想流泪的感觉。

就在欧阳香茹委屈的泪花,在眼里不停的打转快要流出来时,肖鹏飞缓缓地站起身对外面喊:"服务员,买单。"

服务员婀娜多姿地走来,递给肖鹏飞账单,肖鹏飞迅速浏览了一下上面的数字,便将一沓钞票交给服务员,然后对副行长说:"行长,今天就到这儿吧。"

没等副行长说话,肖鹏飞又转向欧阳香茹:"欧阳,我们走。"

潇洒地付钱,不留余地地道别,忽地转身,大步流星地往外走,肖鹏飞把一连串的动作做得行云流水,根本不顾副行长的反应,礼节性的握手也省了。

副行长张着大嘴,一时间愣怔在包厢里。

肖鹏飞扶着欧阳香茹走出海天酒店的大门,呼吸着外面清新的空气,欧阳香茹有虎口脱险的感觉。

门口鹅卵石铺成的小道上,肖鹏飞像是自言自语,又像是问欧阳香茹似的说:"这人怎么会这样?"

欧阳香茹低下头,嘤嘤地说:"是不是我哪里做得不对?"

肖鹏飞有些恨恨不平:"你没有什么不对的地方,是他们这帮王八蛋太嚣张了,以为有权在手什么都可以得到。"

"贷款的事,肯定吹了。"

"吹就吹吧，大不了那项目不要了。"

"项目不要？那公司怎么办？"

"放心吧，总会有办法，天塌不下来的。"

"在他给我看相的时候，我有看过你，那时你好像毫无反应。你是想出我的洋相吗？"此时的欧阳香茹还有些愤愤不平。

"我也在想怎么应付，我不会允许他对你太无礼的，我知道你很反感这个。"说到这里的时候，肖鹏飞笑了笑，"退一万步讲，就是你愿意，我也不允许。"

肖鹏飞的话，让欧阳香茹心里很温暖，她说："去死吧，我愿意？那种死色鬼，恨不得给他一脚。"

"就是。"

"其实你不该带我来的。"

"我哪知道他是这种人啊。"

"款没有贷成，还得罪了一个副行长，你会不会后悔？"

"不后悔，别说贷我一两亿，就是贷我十亿，如果非要拿你去交换，我也不干。"

欢快的街灯撒在欧阳香茹的脸上，欧阳香茹的脸因此就显得很生动，那一刻有液体从她的眼角渗出，是刚才在包厢里没有流出的泪，此时此刻终于憋不住流了出来。

走在肖鹏飞身边的欧阳香茹，在那一刻里非常感动。

8

肖鹏飞回到家的时候，已经是十点多了，客厅依旧空空的，李雅云的书房里一如既往地亮着灯。

肖鹏飞感觉很累。

这不是他想要的生活。他想要的其实很简单，每天晚上在他回家时，家里有灯为他守候，在他风尘仆仆到家，能够有一个爱他的妻子及时的送上一个体贴的怀抱，不必经常，偶尔为之也行。在他感觉累，往沙发上一靠的时候，能有人送上一杯热茶，或者一块毛巾。如果有这些，他就满足了。然而，没有，妻子李雅云只知道没完没了地看书。

所有这些温情的画面，肖鹏飞都曾经拥有过，那个时候，他觉得非常温暖，也非常幸福。可是现在，这些平常夫妻间最平常的事，都离他很远。

他和李雅云已经很长时间没在家里一起吃过饭了，因为家里根本就不开伙。这倒不能全怪李雅云，刚刚分居时，李雅云下班后还是回家做晚饭的，但肖鹏飞有时很忙，李雅云晚饭做好后，经常等不到肖鹏飞，等他终于回家时，一问，晚饭已经吃过了。

后来李雅云索性不做了，自己晚饭也在外面解决。

疲惫的肖鹏飞朝书房望了一眼，门虚掩着，有一缕光透过门缝射出来，隐隐约约可以看到李雅云聚精会神的身影。

肖鹏飞先给自己泡好一杯茶，坐在沙发上喝了几口，想了想，又拖着疲惫的身子，给李雅云泡好一杯枸杞，端到李雅云的书房里。

李雅云抬头，接过茶杯后说了声："谢谢。"

肖鹏飞凄然地一笑："雅云，用得着这么客气吗？我们是夫妻。"

李雅云也回以一笑，无精打采地表示歉意："实在不好意思，我都有点忘了。"

李雅云说着，目光又回到了书桌上的书上。

肖鹏飞说："我们公司拍下了五缘湾的一块地。"

"是吗？那好啊。"李雅云明显地心不在焉。

"昨天晚上我们集美的楼房出了一点事，所以我半夜跑出去。"

"哦。"李雅云嘴虽然在动，但精力还集中在书本上。

肖鹏飞伸出手，本想合上李雅云正在看的书，但伸到半空又停下了。李雅云看到了，这才不好意思地合上书本。

李雅云说："正看到精彩处，《人的人格结构》，艾森克写的。"

"艾森克是谁？"

"美国的心理学家。"

"你看，我是不是太土冒了。"

肖鹏飞摇摇头，嘴上虽是这样说，心里却在想，艾森克？我要知道他是谁干吗？

"也不是，你有你的专业嘛。"李雅云说着，便起身准备往自己的房里走。

"雅云，我们谈谈。"肖鹏飞拉了拉李雅云的手，然后又放下。

李雅云问："有事吗？"

"没事，但我觉得我们有必要好好谈谈。"

李雅云看了一下腕上的表，歉意地说："改天吧，今天很晚了。明天早上我还有课。"

李雅云把肖鹏飞留在书房，独自回到了自己的房间。她关上房门，打开窗户，晚风吹进来，温温润润。有不知名儿的虫子在窗外的草丛里鸣叫。

李雅云靠在床上，静静地听着虫儿肆意的鸣叫声。

唉，这都过的什么日子啊？李雅云的心里有一个大大的问号。这段婚姻到底该何去何从？李雅云也不只一次的想过这个问题。

刚刚提出离婚的时候，肖鹏飞不同意，她想等肖鹏飞冷静下来后，他会同意离婚的，没有必要起诉离婚，那对双方都是很大的伤害。没想到肖鹏飞执着得近乎固执。在前几年不太坚决的提过几次都被肖鹏飞坚决地拒绝后，她也不再提了。

她知道，自己对不起肖鹏飞。

李雅云不知道当初怎么就会和自己的学生搞在一起。

虽然她很讨厌"搞在一起"这种说法，它太市井，太俗气，甚至太恶毒，但又找不到比这更准确的说法。李雅云在反思自己的日子里，只觉得那是一场梦。就像歌里唱的，一场游戏一场梦。而做游戏的主角就是那男学生。

男学生的名字叫黄海波，有着一张刘德华的脸。

李雅云承认自己是一个唯美主义者，对人的长相很在意，就是这张脸，使她犯了一个万劫不复的错误。

当选修心理学的黄海波，第一次拦在她下课的路上，落落大方地说，李老师，可以请你喝杯咖啡吗？李雅云在心里说，这孩子长得真像刘德华。

虽然不追星，但少女时代的李雅云对刘德华一直有好感。

谢谢你海波同学，我还有事。李雅云当然地谢绝。

黄海波不急不恼，紧盯着李雅云的眼睛说，老师，我有事向你请教，学习上的事。

李雅云考虑了一下。

作为老师，有给学生答疑解惑的义务，既然是学习上的事，她没有推辞的理由。

与其说没有推辞的理由，不如说是李雅云给自己找了个答应一起喝咖啡的借口。

好吧，喝咖啡，我请你。犹豫之后，李雅云答应了。

几次咖啡喝下来，李雅云才知道这黄海波不但人长得好，肚子里也很有货。他喜欢心理学，知道皮亚杰、斯金纳等等大师的理论体系，他热爱音乐，能够把《命运交响曲》从头到尾的每个乐段分析得头头是道。他喜欢舒婷的诗，喜欢席慕蓉的散文，还喜欢许多李雅云也喜欢的东西。

这些东西，已经很长时间没有人和李雅云一起深入探讨过了，和黄海波一起说这些的时候，李雅云觉得自己又回到了浪漫的大学时代。

更为重要的是，他很温柔。

和李雅云一起吃饭的时候，黄海波总是先给李雅云拉椅子，饭后也能适时地递上餐巾纸。

这些简单而细碎的动作，让李雅云很是受用，心里很是舒坦。李雅云不知不觉地就把青涩的黄海波和粗粝的肖鹏飞比较起来。

但她知道，这种比较是枉然的，也是罪恶的。

生活中不能有太多的比较，特别是人与人之间。李雅云很清楚，把老公和别的男人或者男孩比较多了，就会犯错。

所以，在黄海波再一次地说老师你是我的偶像时，李雅云义正言辞地敬告他："记住，我是你的老师，我只是你的老师。你务必时时刻刻记住这一点。"

"我记得的，老师。"黄海波说这话的时候，睁着一双透明得令人心动的大眼睛，像一个天真的孩童。

真是个优秀男孩，李雅云想。

这个时候，李雅云知道黄海波同样来自高知家庭。看来，在人的成长过程中，家庭因素也至关重要。

如果他们能够一直保持这种纯洁的师生关系，那么黄海波不失为李雅云人生旅途中一道亮丽的风景，有这样一个品位高雅又温柔体贴，同时有崇拜自己的学生，是做老师的幸运。

李雅云想保持。

可是，没能保持住。

其实那时的相互欣赏，已经使他们身处险境，只是李雅云浑然不觉。或者说，她不愿正确面对。她也无力正确面对。

那个时候，肖鹏飞整天忙生意，忙得两脚不沾地，每天都是很晚才回来。李雅云从学校回到家后，只能独守空房。她除了看书，便别无选择，书看多了，人便会生出许多寂寥。寂寥的李雅云，很轻易的就犯了一个女人不该犯而又常犯的错误。

记得他们第一次在突破师生关系的底线，是在一个夏日的午夜。

大海的潮汐刚刚退去，沙滩上很湿润，他们用一块塑料布铺在柔软的沙子上，面朝大海盘膝而坐。

海滩上空无一人。

月光如水，海风轻袭，远处星星点点的渔火随着海浪跳跃，像一双双情人的眼睛，温暖而多情。

"大海真美。"黄海波感叹。

"是啊，很美。"李雅云附和。

那是一个无可替代的夜晚，那晚的一切，像一枚枚钉子，牢牢的深深的钉在李雅云的心间。这么多年过去，一直不能忘怀。

那个晚上，当月亮害羞地躲进云层，满天星斗竞相争辉的时候，黄海波很自然地伸出手，搂住了身边的李雅云。

李雅云不记得在那一刻，自己到底有没有挣扎，只记得自己很激动。第一次让不是自己老公的男人搂在怀里，李雅云除了激动还是激动。虽然结婚已经几年，但那个时候，李雅云觉得自己是一只刚刚发情的小母狼。

一切水到渠成，自然而然。

黄海波像剥竹笋一样剥光了李雅云的衣服，李雅云的玉体在沙滩上发出宝石般的光泽。没有经验的黄海波在李雅云身上胡作非为，奇怪的是，没多久李雅云便在黄海波的喘息声中步入天堂。

"原来性爱也可以这般美妙。"完事后，黄海波小心翼翼地帮李雅云穿衣服的时候说。

李雅云穿完衣服后，身体还在愉快的战栗。原来美妙的性爱，不只是健康体魄之间的较量，更需要心与心之间的交流。身边这个毛头小子，更懂得怎样侍候女人。

"是很美，但仅此一次，下不为例。"李雅云告诫黄海波，同时也是告诫自己。

然而这种事和吸毒一样，有了第一口就会有第二口，不以人的意志为转移，下不为例的警告，在膨胀的欲望面前总是显得苍白无力。

李雅云很清楚，她和黄海波同学的这份孽缘，只能用欲望解释，他们之间不会有任何结果。

那段时间里，李雅云觉得对不起肖鹏飞。

作为心理学的研究生，她很明白老婆红杏出墙，对一个男人来说意味着什么。虽然人类社会已经发展到了今天这个时代，人们已经不把贞洁挂在嘴边，但男人对忠诚的渴望，却一直在他们心里根深蒂固。没有哪个男人，能够甘心情愿地接受，自己的老婆曾经睡在别的男人的身下。

李雅云想，肖鹏飞也不会例外。

离婚的念头，其实从那时就在李雅云的心里产生了。都是自己的错，有错就要承担责任。李雅云是个勇于承担责任的人。

但是那个时候，肖鹏飞忙得不可开交，李雅云一直没有找到机会和肖鹏飞提离婚这档子事。细想之下，李雅云也觉得现在也不是提离婚的最佳时机，因为肖鹏飞的事业刚刚起步，她不能在这个时候，给他滚热的心头浇上一盆冷水。

虽然没有正式提出离婚，但离婚的主意已定，李雅云心想反正都要离婚，也就不存在忠贞一说了。所以，她一方面暂时和肖鹏飞保持夫妻关系，一方面又心安理得地尽情享受着来自于黄海波的激情。

这份心安理得，更多的是李雅云给自己的心理暗示。

后来，黄海波毕业了，走的时候还大大方方地和李雅云挥手道别，他轻轻地挥手，没带走一片云彩。李雅云知道，他们这段师生情缘到此结束了。

这个时候的李雅云内心是极其矛盾的，他想和肖鹏飞坦白一切，但没有坦白的勇气。

但一直隐瞒下去，又与她的为人信条相悖。

没有了黄海波的日子，李雅云的心里也有了一丝微妙的变化。变化首先表现在她对肖鹏飞的看法上，除去不够温存不懂浪漫之外，还算得上一个好丈夫。有时候李雅云也想，忘掉发生的一切吧，一切重新开始，毕竟肖鹏飞还不知道，这种事，不知道即没有伤害。

然而，肖鹏飞知道了这件事。

那天，肖鹏飞不声不响地回家，又不声不响地出门后，李雅云就预感到有事情发生。当晚，她打电话问了学校几个能够问的人，问最近有没有见过肖鹏飞，有位要好的姐妹结结巴巴地告诉她，你老公可能知道了一些事情，你要小心应付。李雅云听了，便一直没有睡意，直到深更半夜他带着满身酒气地回来。

后来发生的一切，更加验证了李雅云的猜测和朋友说的话。

李雅云不想狡辩，本想和盘托出，但肖鹏飞不给她说下去。学心理学的李雅云知道，肖鹏飞这是给她留点面子，同时也想给他自己留下最后的尊严。

离婚，势在必行。

破镜难团圆，即使团圆了，也还是破镜，所以李雅云提出离婚。没想到肖鹏飞不同意，更没有想到的是，这事一拖就是几年。

已近午夜，窗外的虫子大约是叫累了，这个时候一片安静，隔壁的肖鹏飞也睡着了，有阵阵似有若无的鼾声传来，但李雅云却睡意全无。她仍旧斜靠在床上，继续想心思。

自从分居以后，肖鹏飞也曾经主动的靠近过她几次，但这种靠近李雅云不能接受。

李雅云清楚地记得最后一次亲热的情形，肖鹏飞双眼血红，动作凶猛，他那时所做的，简直不是做爱，而是发泄。

他的发泄，让李雅云的心里很受伤。尽管自己有错，但信奉唯美主义的李雅云，绝不允许任何男人在她身上有那种动作，包括丈夫。她的身体只属于真心喜欢自己的男人，同时也属于自己。

拒绝肖鹏飞对自己动粗的李雅云，夜夜做梦。

梦里全是一些色彩斑斓的男人的身体。精通心理学的李雅云知道，这并不是什么好事，根据弗洛依德理论，那是欲望被压制的证据。李雅云更知道，过多压制自己的欲望，对身心无益。所以在夜深人静、寂寞难耐的时候，李雅云也不让肖鹏飞碰自己。三十如狼四十似虎，李雅云还知道，这是人的本性，不必过分压抑自己，适度放纵一下，对身体有好处。

一开始，李雅云不让肖鹏飞碰自己还有另外一个原因，那就是想饿着他。男人饿久了，免不了就会想办法，到那时他就会主动提离婚。没想到这肖鹏飞就一直没有。现在这种分居的日子，李雅云已经习以为常了。

可是总不能就这样分居一辈子吧，自己也到了生儿育女的最后警戒年龄，李雅云还想生个女儿呢。刚刚结婚时，她觉得还为时尚早，就没有要孩子。后来分居的几年，更不可能怀上，现在三十几岁了，再不生就晚了。可是，要生孩子，首先要解决的是婚姻问题。

这段婚姻到底会走向何方，现在的李雅云心里还真的没底了。

9

肖鹏飞把自己关在办公室里。

欧阳香茹给他送杯茶，但通往里间的玻璃门是关着的，欧阳香茹轻敲了几下玻璃，但肖鹏飞坐得像根木桩似的，没有丝毫反应。

此时的肖鹏飞正在苦思冥想对策。

古话说得一点不错，屋漏偏逢连阴雨，船破恰遇打头风。五缘湾地块的土地转让金缴款在即，而龙飞公司虽然加大了在售楼盘的销售，但也只回款三千万，加上原有的一亿，离需要缴纳的两亿六千万还有一半的缺口。

就在肖鹏飞为贷款的事焦头烂额的时候，楼市地震开始了。

这场地震来势迅猛。

起因是，房产大鳄王石预言房市进入拐点，并率先将万科名下的所有楼盘降价销售。

他的这一举措，比国家宏观调控政策更加立竿见影，给正如火如荼上涨的房价，浇了一场透雨。

一石激起千层浪，房价应声下跌。

下跌最惨的是珠三角地区，有的楼盘甚至缩水三分之一，并以迅雷不及掩耳之势席卷了闽南。厦门的楼市，由五缘湾地块拍卖后的猛涨，到现在的猛跌，短短三个月的时间经历了过山车式的波动。

在这场地震到来的时候，厦门楼盘的价格又回到拍卖会以前的水平，甚至更低，价格的下跌，并没有带动销售，成交反而惨淡。

老百姓有个习惯，买涨不买跌。龙飞公司在售的楼盘，在跌价最厉害的那几个星期，成交基本为零。

楼市的下跌，理所当然的影响到五缘湾地块的开发。另外几个缴齐土地转让金的公司，本来已经进场，但在这个时候不知道为什么停了下来。

一时间，议论纷纷，种种猜测流于市上，房产即将崩盘的消息不绝于耳。

这个时候，离合同最后的缴款期限只有十天了。贷款显然无望。银行和婊子一样，宁可锦上添花，绝不雪中送炭。何况仅有的两家有希望贷款的银行，已经被肖鹏飞给得罪了。

肖鹏飞面临着巨大的压力，同时也面临选择。

公司里有人说，这土地转让金没交是因祸得福，没交反而对了。他们算了一笔账，按照现在的房价，五缘湾项目如果按原计划进行，到头来亏的可不止一亿。放弃保证金，放弃这个项目，是目前来说最为明智的选择。在错误的道路上前行，停止就是进步。

就这样放弃，肖鹏飞于心何忍？一亿现金付诸东流不说，还要面临诚信危机，以后的土地拍卖会，市府让不让龙飞公司参加，还是个未知数。谁也不会相信一个不守诚信的单位。

再说，在这个房价动荡的非常时刻，放弃已经交了保证金拍下的土地，会在市场上产生恶劣的影响，会使已经遭受重创的厦门地产雪上添霜。

不能就怎么放弃了！肖鹏飞对自己说。

即使这个时候，他还坚信自己的判断，房市绝不会崩盘，并且要不了多久就会恢复上涨。

可是即使两年之后，房价上涨到预期的价位，眼下不能缴齐这笔土地款，也是枉然啊。现在急需解决的事，还是资金问题。

大约一个小时后，肖鹏飞从里间的办公室里走出来。

肖鹏飞对欧阳香菇说："欧阳，打开电脑，给我起草一份缓缴土地出让金的申请书。"

欧阳香菇问："申请缓缴？给土地局吗？"

"市委办公室和市土地局各一份，理由要说充分。"

"这行得通吗？"

"死马当做活马医吧。"

"那好，你说，我来打。"欧阳香菇点开文档，准备打字。

她的心头很沉重，因为两次宴请银行的人她都参加了。特别是后一次没能谈成，欧阳香菇总感觉是自己的责任，感觉是自己不能自如地应付那种场面，从而导致关系破裂。

肖鹏飞坐在欧阳香菇身边开始口述。

肖鹏飞的口述有条有理。他先直言不讳地谈了现在银行不给贷款的客观事实，接着又说龙飞公司名下有大批房产没有售出，所以不能在规定的时间内凑齐余下的二亿六千万。

他提出了一个方案，龙飞公司再交一个亿，工程立马开工，余下的一亿六千万，等半年后缴齐，如果不能缴齐，甘愿受罚，并以在建的工程做担保。

欧阳香菇打好后问肖鹏飞："把这样的申请交上去，会不会对龙飞公司的声誉有影响？"

"不会的。"肖鹏飞说，"如果能获通过，他们会替我们保密的，缓缴土地出让金，在厦门还是第一次，他们不会让别家公司知道。那些市府的头头脑脑也不是傻瓜。"

"那万一不能通过呢？"

"目前来说，只有一试。"

两人离得很近，彼此能听到对方的呼吸声，欧阳香菇看了肖鹏飞一眼，见他的眼窝明显有些凹，额头上也多了几道鱼尾纹，看来他最近没少熬夜。

欧阳香菇柔软的内心深处，忽然漾出一丝柔情，看肖鹏飞的目光也柔和了许多。

肖鹏飞躲开欧阳香菇的目光，下意识地掏出一根烟点上，慢慢抽了起来。

烟雾笼罩着肖鹏飞的脸，他的眼睛因此显得有些朦胧。

过了一会，欧阳香茹说："实在对不起。"

"对不起什么？"

"那天晚上都怪我不好，是我没有应付好那位副行长，要是应付好了贷到了款，现在不会有这么大的麻烦。"

"不关你的事。"

"我公关的能力不够。"

"你不要自责了，真的不怪你，对于那种人，正常的公关根本不起作用。我绝不会为了公司利益允许别人对你……"肖鹏飞停了停，更正道，"不，对我的女部下动手动脚。"

肖鹏飞说着又向欧阳香茹投来闪烁的一瞥，那一瞥里，分明有一份包容，也分明有一份温情。

欧阳香茹的眼睛有些湿润了，这个时候她想到了还在和自己冷战的许巍。许巍啊许巍，你什么时候也能学会包容呢？

10

五月份的最后一个周末，是王丽娜二十四岁的生日。下午四点，王丽娜从蛋糕店给自己买了一盒蛋糕。

回到自己租住的公寓，王丽娜先把几个拿手的菜精心的制作好，再把家里好好整理了一下。家里的一切其实已经有条不紊了，但不整理一下又显得不放心，生怕哪里有疏漏。

王丽娜做这些的时候，兴奋异常。

王丽娜是个很注重生活品味的人，尽管每月才四千多元的收入，但她宁愿花一千五百元租住新装修的公寓，也不愿意为了省下几百元，去租住便宜的老式公房。

兴致勃勃的把一切妥当后，王丽娜给肖鹏飞打电话，她抑扬顿挫地说："肖总，今晚有空吗？我请你吃饭，肯赏光吗？"

当时的肖鹏飞，正一个人坐在家里的阳台上百无聊赖地发呆。李雅云中午时分就回娘家了，走的时候只和他礼节性地打了个招呼，但并没有让他陪同。肖鹏飞无事可做，便坐在阳台上看太阳。天空大片的云彩，被西斜的太阳染得血红，肖鹏飞看着云彩发愣。

在等待市土地局回复的这些天，肖鹏飞一直心神不宁。

虽然也活动过，找了一些人，但都没有明确答复，说是这种事不是一个人能做主的事，要开会集体研究讨论，并且让他尽快的准备钱，以备申请缓缴不成时，尽快将余款缴上。

要是有钱缴我还用得着申请缓缴吗？

肖鹏飞在心里骂这些人简直就是猪脑子，简直是站在说话不腰痛。以为一个多亿的资金，是一捆草纸那么好弄到手的啊。如果缓缴不成，这市府的人也太不讲情义了，这些年来，龙飞公司为市府做的贡献还少吗？没有像龙飞公司这样的地产公司购买土地和上缴税费，你市府的人喝西北风去。现在出了一点状况，个个不帮忙。难道非要我学会行贿贷款才好？

肖鹏飞很少有这样怨天尤人的时候，怨天尤人不是他的本性，但这次除外。

自从进入房产行业以来，虽然辛苦费神，但肖鹏飞一直比较顺风顺水，特别是重大的决策，还从来还没有失策过。以前日子也确实是太好过了一点，都是银行求着他贷款，银行和地产商的利益一直是绑在一块的，但这次他求银行，反而不成了。

听王丽娜说要请吃饭，正在看天的肖鹏飞懒洋洋地问："吃饭？吃什么饭？有什么特别的事吗？"

"没什么事我就不能请我的老板吃顿饭吗？"

"可以是可以，但今天我有点忙，实在不好意思。"

肖鹏飞说完就准备挂电话。

拒绝，早在王丽娜的意料之中，她不紧不慢地说："你等等肖总，我知道你很忙，今天是我的生日，我想庆贺一下。"

"呵呵，生日啊。"肖鹏飞在电话里犹豫。

"员工过生日请老板和同事吃顿饭就这么难啊？不就吃顿饭吗？老总也不赏光？"王丽娜发起了嗲，莺声燕语也发挥到了极致。

肖鹏飞没办法，答应了："好吧，那来。几点？你都请了哪些人？"

一听肖鹏飞终于答应了，王丽娜的声音响亮了许多："你现在就来吧，来了你就知道了。我在SM广场接你。"

其实王丽娜除了肖鹏飞之外，谁也没请。今天晚上的生日晚宴，她已经蓄谋已久了。她打算在今天晚上郑重地向肖鹏飞表白：她爱肖鹏飞。

王丽娜不知道自己是什么时候喜欢上肖鹏飞的，是不是在得知肖鹏飞和太太不和早晚要离婚的时候，王丽娜已经记得不是很清楚，但有一点她非常清楚：

她爱这个男人。

并且王丽娜还清楚，这份爱是真爱，并不仅仅是因为肖鹏飞有钱。当然，有钱也是爱上他的原因之一，因为有钱是能力的体现。王丽娜喜欢有能力的人。

虽然喜欢有钱人，但王丽娜不是一个只贪图钱财的人。

早在另外一家公司上班的时候，她就曾经拒绝过一个当有钱人的机会。

当时，一个在她手里买别墅的台湾老板，愿意将新买的别墅过户到她的名下，条件是王丽娜和他结婚。王丽娜当初还有点动心，虽然对方比自己大十多岁，但模样看上去还过得去。

于是便着手调查台湾老板。

调查过后才知道，台湾老板在海峡那边已经有家室了，和她结婚只是想在大陆找个二奶，以排解一人待在厦门的寂寞。这在当时的厦门很流行，很多在厦门投资的台湾人，两边都有家室。

这让王丽娜不能接受，她不能因为对方有钱，就心甘情愿地做别人的二奶。她问台湾老板会不会和台湾的妻子离婚，在得到了否定的答复后，便很礼貌地谢绝了对方。

王丽娜本不想这么快向肖鹏飞发起主动进攻，本来她准备，先在公司以及肖鹏飞面前好好表现，先给他留下好印象，然后在肖鹏飞离婚后再主动争取，这样合乎道德，也合乎她的做人准则。

那个时候即使进攻不成，也落不下什么话柄。人人都有追求爱的权利。依她的估计，像肖鹏飞李雅云这样已经死亡了的婚姻，离起来是很快的。可是左等右等，不见肖鹏飞离婚，却等来了欧阳香菇。

欧阳香菇的到来，使王丽娜感到了压力。

凭直觉，她和肖鹏飞整天待在一个办公室，早晚要发生什么事。近水楼台先得月，她有和他发生一些事的便利条件。

王丽娜不准备再等下去了。再等下去，恐怕黄花菜都凉了。

其实那天晚上，和肖鹏飞从集美回来王丽娜在车上睡着了，也是她故意制造的结果。

那天晚上，刚刚上车的时候，王丽娜便装作睡觉，她想看看自己睡在肖鹏飞的车上，他是何种反应。

她眯着眼，享受着车子轻轻的摇晃，没想到在摇篮般舒适的晃动中，一不小心真的睡着了。

醒来的时候，车子已经停在SM旁边的小树林了，当时的王丽娜心头一阵激动,以为肖鹏飞也是有意为之。可肖鹏飞却在车下一根接一根地抽烟,迟迟没有动静,这让王丽娜有些捉摸不定肖鹏飞把她带进小树林的用意。所以在肖鹏飞再次上车,用手捋了一下她衣服的时候,她抱住了他的手。

后来的结果她很失望。肖鹏飞抽出了手,并且一睡到天亮。

王丽娜一直恨自己,在那样一个千载难逢的夜晚,为什么不果断一点。如果在肖鹏飞俯身轻吻自己额头的时候,她勇敢地起身抱住肖鹏飞,那晚的历史也许就会重写。

她不相信一个婚姻失调的男人,在那样的时候面对一个如花似玉的女孩,不会想入非非。并且这个男人并不讨厌这个女孩,这点王丽娜有的把握。他很自信,肖鹏飞是不讨厌自己的。同时她对自己的长相也是充分自信的。

在不能这样白白浪费机会了,王丽娜准备好好利用这个生日。

肖鹏飞是下午五点多的时候被王丽娜领进家门的。进门之后,见并无别人,虽有小小的意外,但也并没太多的在意。似乎小小的意外之后,一切都在情理之中。

看着王丽娜布置得不错的小家,肖鹏飞清醒的知道,这里有一个温柔的陷阱,千万不可踩进去。他告诫自己,就帮她过好这个生日吧,也难为她一片苦心了,但今晚不能多喝酒。

但真正到了喝酒的时候,肖鹏飞由不得自己不喝酒了。

当时,王丽娜亲手制作的几个小菜,令最近一直食欲不振的肖鹏飞突然胃口大开。

很长时间以来,肖鹏飞已经没有享受过这种家常美味了。火红的烛光在房间里欢快地跳跃,烛光映红了肖鹏飞的脸,对面乖巧的王丽娜,温柔地往他的碗里添菜。

肖鹏飞来者不拒,吃着久违的家常菜,只觉得胃里很舒服,有一股暖暖的液体在胃里涌动。

看肖鹏飞的肚子被填得差不多了,王丽娜举起了倒满红酒的酒杯:"肖总,别只顾着吃啊,总得喝上一杯吧,你还没有祝福我呢。"

肖鹏飞停下筷子,对着王丽娜笑:"你的菜烧得太好了,很对我的口味。"

王丽娜想,能不对你口味吗?

为了这餐饭,王丽娜的功课可没少做,为了弄清楚肖鹏飞家乡那边的饮食习惯,她不知道打听过多少人。

王丽娜的脸上浮出不易觉察的得意,说:"对你口味就好,以后欢迎常来,先喝了这杯吧。"

肖鹏飞也举起了酒杯："干杯！生日快乐！"

王丽娜又倒满了酒："谢谢肖总，你能赏光感激不尽，再来一杯。"

肖鹏飞说："好，再干一杯。"

这杯喝完之后，王丽娜说："在肖总手下做事真开心，肖总不但年轻有为，还特别能体谅人，能够有一个这样的老板，是我这辈子的福气。来，再喝一杯。"

王丽娜明显拍马的话，当时并没引起肖鹏飞的反感。人越是在背运的时候，越是喜欢听过年话。

肖鹏飞毫不犹豫地端起了酒杯。

几杯下肚之后，肖鹏飞已把刚才"今晚不能多喝酒的告诫"抛之脑后了，围绕他多日的烦恼，也在那一刻里烟消云散，心情明显开朗起来。

适宜的环境，不错的心情，肖鹏飞有大喝一场的冲动。

肖鹏飞对王丽娜说："这红酒不带劲，有白的没有？"

王丽娜心头一喜，忙说："有，有。"

王丽娜从柜子里取出白酒后，给肖鹏飞倒了一小杯，想了一下，自己也倒了一杯。

酒是好酒，十年陈酿古井贡。懂酒的肖鹏飞喝了一杯后，对酒的品质赞不绝口。

王丽娜本想劝肖鹏飞多喝酒，没想到肖鹏飞根本不用劝。他谈笑风生，一杯接一杯的喝酒，似乎喝进嘴里的不是酒，而是白开水。到半瓶白酒进了肖鹏飞肚子时，王丽娜开始反劝肖鹏飞不要再喝了。酒喝多了误事，真的烂醉如泥，什么也谈不成，更别说做什么了。

王丽娜按住了肖鹏飞拿酒瓶的手，说："肖总差不多就行了，别再喝了，再喝的话你会醉的。"

肖鹏飞对自己的酒量相当自信，推开王丽娜的手，说："会醉？放心吧，就是这一瓶喝下去，我也不会醉。"

想故意喝醉？王丽娜又是一阵激动，浑身不由自主地颤抖起来。随他去吧，即使喝醉了，让他在这里住一晚上也好。

肖鹏飞一杯接一杯地喝酒，他太高估自己酒量了，人的酒量不是一成不变的。

当瓶里的酒还余下四分之一的时候，肖鹏飞感到头晕。不行，再喝下去真的会醉，他适可而止地停下了。

本想马上就走，但看到放在一边的蛋糕还完完整整的摆在那，肖鹏飞心想，就这样走了不太好，蛋糕还没吃呢，蛋糕没吃，不算过完生日。

于是肖鹏飞坐到沙发上等王丽娜切蛋糕。

王丽娜动作迅速地收拾了饭桌，又很适时地给肖鹏飞递上热毛巾，再给他泡了一杯香气扑鼻的碧螺春。

对肖鹏飞的生活习惯，王丽娜已经了如指掌了。这一切她做得极其自然，又极其到位，仿佛在是他身边生活了多年的家人。

肖鹏飞心无旁骛地品着碧螺春的时候，王丽娜又很小鸟依人般地坐到了他的身边。

此时的王丽娜已经换了一套裙子，其实刚才穿的衣服也是精心选择的，也很好看，但她怕下午出入厨房太久，上面有油烟味，于是就换了一套。

新换的裙子丝绸质地，水红色，印有碎花，很好地衬托了王丽娜姣好的皮肤。做工也很考究，王丽娜穿在身上很合身，她性感的身体，在柔软的丝绸包裹下玲珑尽现。

此时的肖鹏飞还算清醒，提醒坐在身边的王丽娜点蜡烛，切蛋糕。他记得此行的目的，就是为王丽娜庆贺生日。蜡烛没点，蛋糕没切，生日歌没唱，不是白来啦？

王丽娜看着肖鹏飞，说："再等一会儿吧，时间还早呢。"

肖鹏飞"哦"了一声，继续喝茶。

时间确实还早，十点不到，楼道里还有刚刚下中班的人哼着小曲上楼。这几个人天天下班的时候都要哼上一段，王丽娜已经很习惯了。等他们的脚步远去，楼道里又恢复寂静无声时，王丽娜用纸巾擦了擦肖鹏飞嘴角渗出的茶液。

"还说能喝酒呢，一斤不到就有点醉了。"

"谁说我醉了，"肖鹏飞说，"再喝一瓶也不会醉，不信再拿酒来试试。"

"得了吧，我看你差不多了。"这个时候，也喝了一些酒的王丽娜，甚至忘记了那个策划已久的预谋了。

肖鹏飞此时确实感觉大地在轻轻的晃动，但他还没忘记吃蛋糕的事。

"还是切蛋糕吧，我为你唱生日歌，唱完了我该回家了。"肖鹏飞说，"你看，我没醉吧。"

王丽娜起身打开蛋糕盒，在雕龙画凤的蛋糕上插了象征二十四岁的蜡烛，用火柴点燃，蛋糕上便跳动着一群红色的火苗，肖鹏飞轻轻地拍手，轻轻地哼唱：祝你生日快乐。

蛋糕上的蜡烛吹灭后，屋里点着的大蜡烛也燃烧到了最为旺盛的时候，它们似乎也想参加这个欢庆时刻。

这个时候，王丽娜又想起了那个预谋，此时不干，更待何时？她将一小块蛋糕放进肖鹏飞的嘴里，人也顺势软塌塌地依偎到了肖鹏飞的怀里。

肖鹏飞的意识在这一刻迷离了。

王丽娜软软的身子，真真切切地靠在肖鹏飞的身上，肖鹏飞感觉到了她的体温，脑子一阵发懵。

不，不能这样，肖鹏飞在心里喊。但身体无法从王丽娜是身边离开，王丽娜略带香味的身体，此时无异于一块引力巨大的磁铁。

王丽娜脱肖鹏飞的上衣，肖鹏飞举着双手顺从着王丽娜的动作，这个时候他顺从得像一个婴儿。

肖鹏飞上身健硕的肌肉在王丽娜面前熠熠生辉，王丽娜浑身战栗了一下。

见肖鹏飞还坐在原地不动，心想，是酒喝多了没反应，还是自己吸引力不够？

最后，她索性放下所有的矜持，慢慢退去裙子，用只穿三点的身体抱住了光着上身的肖鹏飞。

肖鹏飞果然有了反应，伸手搂住了王丽娜。

一起反应的还有他身体的某个部位，两人裹在沙发上的时候，王丽娜感觉到了。

王丽娜在肖鹏飞的身下吻着他的脖子，嘴里含混着说："鹏飞，我爱你。"

肖鹏飞说："我也爱你。"

王丽娜一愣，没想的这话从他的嘴里说出来如此简单。

因为太简单，反而不可信。

王丽娜说："我不是和你逢场作戏，你知道吗？我是真的真的爱你。"

肖鹏飞说："我知道会有这一天，我就知道你绷不住，早晚会主动对我说的。"

王丽娜说："是的，我早就想对你说这句话了，只是一直没有机会。"

肖鹏飞说："其实我也爱你，你是那样可爱，从你进公司的第一天起，我就爱上你了，只是我不能说，因为我有婚姻在身。"

王丽娜心花怒放，有点不相信自己的耳朵，一边使劲抱紧肖鹏飞，一边说："鹏飞，是真的吗？"

肖鹏飞吻着王丽娜的脖子，梦呓般地说："我没骗你，欧阳。"

王丽娜愣住了，手上身上的动作也同时停止了。

过了一会儿，内心在极力挣扎的王丽娜，还是双手托起肖鹏飞的脸："肖总，你好好看看我是谁。"

"你还能是谁，欧阳香茹呗。"

王丽娜好看的脸在沙发上剧烈地抽搐，她闭上眼，犹豫了好长时间。但最终还是费力推开了压在身上的肖鹏飞。迅速穿上裙子后，把肖鹏飞的上衣丢在他的身上，再拍了拍肖鹏飞的脸："肖鹏飞啊肖鹏飞，你真的喝醉了。"

肖鹏飞心头一凛，酒也醒了大半。他坐起身来，看了看眼前的王丽娜，愣怔地穿上上衣。

"对不起，我喝醉了。"

"没关系，都是我不好。"王丽娜的眼角有泪水，但她控制着，没让泪水流出来。

"怪我，我不该喝怎么多酒。"

"我本不该请你来。"

"早点睡吧，生日快乐。"

肖鹏飞说完，起身走出了王丽娜的小屋。王丽娜没有送他，甚至也没有起身给他开门，就眼看着肖鹏飞跟跟跄跄地打开房门，然后又跟跟跄跄地消失在楼道里。

房门大开，蜡烛灭了，房间里一片黑暗。王丽娜坐在黑暗中，久久没有回过神来。

11

湿润的海风吹拂着厦门的大街小巷，街上的每一个角落都裹在温柔的夜色里。

肖鹏飞打开车窗，让风儿吹着发烫的脸。

喝了这么多酒开车，他现在唯一要做的，就是躲避警察，这些警察鼻子特别灵，逮醉酒的往往一逮一个准，肖鹏飞曾亲眼看见过，警察要求被逮的人对着酒精测量仪吹气。肖鹏飞不想在众目睽睽之下丢丑。一路上，他眼盯前方，全神贯注，小心开车，不敢懈怠。还好，总算平安到家了。

让他意外的是，妻子李雅云回来了。

更让他意外的,是李雅云今晚没有向往常一样坐在书房,而是穿着睡衣坐在客厅里看碟。客厅的大电视上在播放音乐会,屏幕上,一群穿黑色西装的人,正在精神抖擞地舞抢弄棒。

见肖鹏飞步态不稳地走进来,李雅云起身扶了肖鹏飞一把。肖鹏飞满身的酒气,熏得李雅云直皱眉,连连用手在面前扇。

李雅云的动作,让肖鹏飞很不满意。他紧盯着李雅云,问道:"扇什么扇?我身上有怪味吗?"

李雅云没理肖鹏飞的酒后疯,到卫生间取了毛巾,给他擦脸。李雅云说:"少说点话,你醉了,好好休息一下。"

"我没醉,你看我都把车开回来了,我没醉。"

"怎么喝这么多?在哪儿喝的。"

"我在哪儿喝的,你管得着吗?"

"你看看你,都成什么样了,简直就一酒鬼。"

李雅云不屑的语调刺痛了肖鹏飞,他睁大眼睛瞪着她的脸。李雅云的脸上有一个小小的酒窝,这酒窝肖鹏飞再熟悉不过了,初恋的时候,曾经被肖鹏飞无数次的吻过。此时,家里柔和的灯光下,那酒窝显得是那样神秘而俏丽,显得那样的动人。

肖鹏飞紧按住李雅云的肩,定定地看着她脸上的那枚酒窝,他看得出神,看得入迷,这枚酒窝把他带进了遥远的回忆。

在那一刻,肖鹏飞刚才在王丽娜家里被点燃后又熄灭的激情,再次燃起,并且燃烧得更旺。他觉得口渴,而此时李雅云脸上的酒窝,似乎就是沙漠里一汪甜美的清泉。饥渴难忍的他,很想蹩嘴吮吸那汪泉水,很想吻一吻那个酒窝,可又怕遭到和以前一样的拒绝。

李雅云见肖鹏飞目不转睛的看自己的脸,以为脸上有异物,下意识地摸了一下,什么都没摸到后,嘟囔了一句:"真的喝醉了。"

李雅云说话的时候,嘴唇显得很好看,她的嘴唇薄薄的,没涂唇彩,微红,像两片还没有完全绽放的花瓣。

看着李雅云近在咫尺的性感的嘴唇,肖鹏飞脑子"嗡"地一响。他决定再次粗暴一回。什么脸面不脸面,管你愿意不愿意,礼仪廉耻,统统滚蛋,反正是我老婆。

酒壮英雄胆,何况和自己名正言顺的老婆做这事,本就无需要太大的胆量。

肖鹏飞伸出双手狠狠地搂住了李雅云纤细的腰。

李雅云被肖鹏飞紧紧的抱在怀里，一时没了主意，她本能的挣扎了一下，再挣扎一下，然后便不再挣扎了。眼里虽有怨艾，但心里已经屈服了。肖鹏飞醉酒的时候，挣扎是徒劳的，李雅云想。

肖鹏飞吻她的时候，她没有迎合，也没有反抗，任凭肖鹏飞在自己的嘴上蜻蜓点水。

肖鹏飞抱起她，一步步走向大房间时，她怕掉下来，便伸出手，勾住了他的脖子。

肖鹏飞胡乱脱她睡衣的时候，因为醉酒，手有些不听使唤，李雅云因为怕他弄坏了自己昂贵的睡衣，甚至还伸手帮了一把。

肖鹏飞真正进入的时候，李雅云有恍如隔世的感觉。上一次做这事，还是数年以前的那个晚上了。同样是醉酒的肖鹏飞，几乎一模一样的动作，但带给李雅云的感受有所不同。

李雅云被肖鹏飞压在身下，闭着眼，双手紧紧抓住身下的被单。

肖鹏飞喘着粗气，气息里含有浓烈的酒精味，但很奇怪的是，这股味道，李雅云此时并不排斥。相反，却使得她的脸也被熏热，她感到脸滚烫滚烫，她身不由己地松开抓着被单的手，抱紧了肖鹏飞，身体也随之扭动起来。

她光光的身子扭动如蛇，他的动作和上次的那个晚上一样，节奏迅猛，粗鲁异常。在肖鹏飞猛烈的撞击下，李雅云的嘴里，爆发出了一阵阵惊天地泣鬼神的天籁之音。

久违了，这种飘然欲仙的感觉。李雅云在那个时候彻底地爆发了。好在李雅云听不到自己的喊叫声，而醉酒的肖鹏飞也没有在意。

一切像在做梦。

12

因为有云，天空才会生动。

上午九点，李雅云破天荒的到菜市场买菜时，天上的云彩打得正欢。

蓝蓝的天幕上，数朵白云在追逐嬉闹，它们时而分开，时而汇合。因为有云的衬托，天空也因此显得更加蔚蓝。

李雅云出门的时候，肖鹏飞还在昏睡。

昨天晚上，肖鹏飞做完事后便呼呼大睡。李雅云套上被肖鹏飞拧成麻花一样的睡衣，本想立马起床走人，但又怕肖鹏飞酒喝多了，夜里出什么状况，于是便准备留在他飞房间。睡了一会儿,想想不妥,又一看肖鹏飞睡态安详,便回到自己房间里。

早上起床后,她到肖鹏飞房间看了一眼,见肖鹏飞仍没睡醒,她便又到书房里看书。

可是,无论如何,她总是无法进入阅读状态。虽然不断的调整看文的速度,可就是跟不上作者行文的节奏,书里的字,在她眼里总是变成一个个模糊的黑影。

勉强看了几行,但过目即忘。

李雅云放下书,想干点别的,但一时不知道做什么好。在书房里无所事事的呆坐了一会后,李雅云忽然突发奇想,去菜场买菜。

很久没在家里做过饭了,当然也就很久没去过菜场。

菜场里的一切显得那样新鲜。因为是周日,菜场里面熙熙攘攘的全是人,夫妻搭档卖菜的小贩,一家三口悠闲提着菜篮子的市民,无不吸引着李雅云的目光。琳琅满目蔬菜,七彩缤纷的水果,以及欢蹦乱跳的河鱼海鲜,也令李雅云目不暇接。

李雅云拿起可爱的番茄,又买了嫩绿的黄瓜,再买了肖鹏飞喜欢吃的小排。记得肖鹏飞一直喜欢喝小排煲汤的。她斤斤计较地挑肥拣瘦,一本正经地和小贩们讨价还价,不是真的为了省下几个小钱,而是为了享受这份乐趣。

原来这种小市民的日子,也很惬意。

人意识层面越高尚,潜意识层面就越罪恶。这话是大师说的,李雅云不能认同,买完菜的时候,李雅云把这话改了一下:人意识层面的东西越低,潜意识层面就越容易得到满足。

李雅云信心满满地提着一蓝子的菜回到家,肖鹏飞的屋子里还没动静,知道他还在睡觉,便不想吵醒他。难得一个星期天,就让他好好睡一会儿吧。

李雅云开始洗菜切菜,平时最多在家里煮包泡面,原以为手会生疏,没想到一切还轻车熟路,简单的几个菜还会做,只是很久没做过了。

李雅云突然感到一丝愧疚,自己没尽到做妻子的责任。虽有千万条理由,但没尽到责任,总是一个不争的事实。

几道小菜做好,李雅云将它们在饭桌上一字排开的时候,犹豫了。肖鹏飞还没有出来,是喊他还是不喊他?喊他,好像有点做作,又有点抹不下情面,很容易让人联想到昨天晚上的事。

往日的周末,怎么不做好饭两人一起在家吃?

可是,不喊他一起吃,那这么辛辛苦苦做的菜,不是白做啦?自己一个人,随便到哪家餐馆吃饱吃好就得了，她平时周末就是这么干的。

平时，肖鹏飞一般都不在家，即使偶尔在家，两人也是一起出去吃饭。婚姻出现问题后，李雅云一直不想在做饭上面浪费时间，有时间还不如看看书呢。

桌上的菜在冒着热气，色香味俱全，李雅云坐在桌边等。她希望肖鹏飞此时能够从房间里走出来，要是肖鹏飞这个时候出来，李雅云顺嘴喊一句"鹏飞，吃饭了，"那要自然得多。

可是左等右等仍不见肖鹏飞出来。

眼看菜就要凉了，李雅云终于起身走向肖鹏飞的卧室。反正还是夫妻，喊他一起吃饭也是情理之中的事，这饭是自己亲手做的又有何妨？

李雅云给自己打气。

越是打气，越是显得不自然，李雅云的心跳在那一刻不知不觉加快了。

李雅云的心怦怦乱跳着推开肖鹏飞的房门，眼前的一切，让她愣住了。

肖鹏飞的房间里空无一人。

薄薄的毛毯很整齐的叠在床上，他的衣服也自己洗好了，白色的衬衫，此时正挂在阳台上随风飘扬。一起飘扬的，还有那黑色的内裤，这是昨晚他穿的那条内裤。

李雅云滚热的心一下子凉了下来。

她坐在肖鹏飞的床上，恍恍惚惚地回想着昨晚的那一幕。

想给他打电话问问他在哪儿，要不要回家吃饭，可是电话拿在手里犹豫再三，最后还是放弃了。

李雅云无精打采地走出肖鹏飞的房间。她再无食欲，把做好的菜往冰箱一放，躺倒自己的床上睡觉。

晚上，肖鹏飞回来了。当时的李雅云还没有吃晚饭，本准备等肖鹏飞回来后，把冰箱里的菜热了再吃，但一看肖鹏飞那酒足饭饱的样子，李雅云不禁轻叹一口怨气。

她怨自己，怨自己自作多情。

这个时候，李雅云肚子有点饿了，于是不声不响地到厨房，关上门泡了碗泡面，味同嚼醋地吃完后，又悄悄地把中午做好的菜放进了垃圾桶。明天是周一，周一到周五，两人都不在家吃饭。

李雅云从厨房出来的时候，肖鹏飞从沙发上站起身，一脸严肃地说："雅云，对不起。"

李雅云一愣，问："对不起？对不起什么？"

"昨晚我酒喝多了,请你原谅。"

肖鹏飞郑重其事的道歉,让李雅云心里很不是滋味。

如果现在,清醒状态的肖鹏飞,能够延续昨晚的无礼和粗鲁,将昨晚的英雄气概进行到底,李雅云或许会很乐意地接受。

虽然她曾经无情地拒绝过,但此一时彼一时,现在的李雅云已经和当初的她有所不同了。只是肖鹏飞根本没有觉察到这种变化,他选择了道歉。

面对一本正经的肖鹏飞,李雅云惨淡地笑笑:"没关系,昨晚你确实喝醉,发生了什么,我也忘了。"

彬彬有礼的话说出口后,李雅云又有些后悔,心想,这是怎么了,有必要这样吗?她本不想这样说的,可话已然出口,无法收回了。

肖鹏飞在李雅云说完后,客气地点点头,便去卫生间洗澡,李雅云在客厅里呆立了一会儿,然后回到了自己的书房。

13

周一上班,欧阳香茹在公司门口碰到了王丽娜。

欧阳香茹亲热地上前和王丽娜打招呼,没想到王丽娜先是一脸的冷漠,接着上下打量了一眼欧阳香茹,嘴里阴阳怪气地说:"看不出来啊,你还真的不简单哎——"

王丽娜把"哎"字尾音拖得很长,欧阳香茹无辜地看着王丽娜,一时间莫名其妙。

王丽娜说完就头也不回地走进了公司大门,把茫然的欧阳香茹丢在公司的大门之外。

吃错药啦,欧阳香茹心里嘀咕了一句。

欧阳香茹也没往心里去,自顾到自己的办公室。

肖鹏飞已经早早地来了。此时他正坐在外间平时欧阳香茹坐的地方抽烟,见欧阳香茹进来,肖鹏飞说:"去看看销售部的王丽娜经理来了没有,来了的话请她到我办公室一趟。"

肖鹏飞说这话的时候,明显有些不自然。

怎么今天个个都神神叨叨的?欧阳香茹奇怪了。她眉头轻皱了一下,说:"我给她打电话吧,我在门口看到她来了。"

肖鹏飞说:"那好,你就告诉她我有事找她,必须马上来。"

在欧阳香茹拿起话筒的时候，肖鹏飞又补充了一句："她来后，你出去回避一下。"

欧阳香茹"哦"了一声。这个时候，她隐隐的感到，王丽娜和肖鹏飞之间有过什么事情发生，只是万万没有想到，他们之间发生的事，还和自己有关。

欧阳香茹打完电话后，没等王丽娜到场，便识趣的主动离开。

欧阳香茹在走廊上碰到了王丽娜，本想告诉她，不要惹老总生气，这几天老总心情不好。但王丽娜对她却视而不见，低着头，一溜烟地走进总经理办公室。

肖鹏飞之所以这么着急的找王丽娜，是觉得有必要向她解释一下那天晚上的事。

对那天的失态，他觉得有必要向王丽娜道歉，虽然记不清那个晚上到底说过哪些话，做过哪些事，但大致情形还是有点印象的。

最尴尬的一幕始终刻在他的脑海里，那就是近乎赤身裸体被他压在身下的王丽娜，在最关键的时候推开了他。他对她的这个做法尤感欣慰，要不然事情将不可收拾。

第二天早上从自家的床上醒来的时候，肖鹏飞懊悔不迭。

醉酒后的一个晚上做了两件错事，伤害了两个女人，他感到无地自容。

看来这人不能太自信，尤其是对自己的酒量。

在周日早上醒来的第一时间，他即给王丽娜打电话，打了许多次都没打通，王丽娜一直关机。

王丽娜进门后，肖鹏飞像对待贵宾一样，伸手指了指旁边的沙发，客气地说："王经理，请坐。"

王丽娜笑笑，他知道肖鹏飞找自己的目的，无非是别把那晚的事说出去。

我才不会那么傻呢，这事光彩啊？我又不怨你。王丽娜想。

王丽娜确实不怨恨肖鹏飞，她怨欧阳香茹。虽然明明知道，怨恨欧阳香茹是没有丝毫道理的，但也不知怎的，王丽娜就是怨她。这么好的机会，为什么偏偏就被她摊上？王丽娜很不甘心。

不甘心归不甘心，王丽娜也知道，这事勉强不得。与其怨天尤人，不如索性潇洒一点。她轻轻松松地往沙发上一窝，说："肖总，用得着这么客气吗？"

肖鹏飞不想过多纠缠，开门见山地说："那天晚上的事，对不起。我醉酒了，当然醉酒不是借口。"

王丽娜没事人似的说："哪天晚上？什么事？我怎么不知道。"

肖鹏飞见王丽娜并没放在心上，心头的一块石头总算放了下来。说："你能忘记就好。"

王丽娜拿起沙发上的一本杂志，很随意地翻了几下，然后说："我早忘了。你放心吧，那天的事，除了你我，不会在有人知道，除非你炫耀出去。"

确实是个聪明女孩，肖鹏飞想。

见肖鹏飞不语，王丽娜又说："你找我来就为这事？"

"是的，主要是向你道歉。"

"道歉就不必了，谁叫我这么傻呢。"

王丽娜起身准备离去，走到门口的时候，忽然又转过身来走到肖鹏飞面前，紧盯着他的眼睛说："我想知道，欧阳香茹有什么地方比我好？你为什么就喜欢上她了呢？"

"我喜欢欧阳？这话从何说起？这可不能乱说的。"肖鹏飞被王丽娜说得一头雾水，他确实不记得当晚说过哪些话了。

"用得着装吗，肖总经理？你说你醉了，我可没醉。你说的话我可句句记得清清楚楚呢。"

肖鹏飞这下显得有点慌乱了，有些不相信地试探着问："我说的都是醉话吧。"

王丽娜问："真不记得了？你那不是醉话，你那是真情流露。知道酒后吐真言吗？"

肖鹏飞说："我都说些什么不该说的了，你倒是说啊。"

王丽娜惟妙惟肖地学着肖鹏飞醉酒后的语态："欧阳，我喜欢你，你到公司的第一天，我就开始喜欢你。"

肖鹏飞的身体似乎被点击了一下，自言自语似的说："怎么可能呢？"

王丽娜说："是啊，我也在想，怎么可能呢？"

看肖鹏飞仍旧一脸的沉思状，王丽娜伸手摸摸肖鹏飞呆滞的脸，又整理了一下他的衬衫，然后温文尔雅地说："肖总，别不承认了，看你活得多累啊，正视你自己吧，我祝你们幸福。"

王丽娜抑扬顿挫地把话说完，打开办公室门，迈着猫步出去了。

出门后的一刹那，她又后悔起来，后悔刚才，不该说关于肖鹏飞喜欢欧阳香茹的话，更不该祝他们幸福。

要是肖鹏飞真的忘记了呢？

那该多好啊。

或许，肖鹏飞只是酒后一时胡言乱语。又或许，肖鹏飞是一直压抑着自己的感情，不愿去面对。

如果真是这样，那就糟了，自己的不怀好意居然办了好事。被自己一捅开，说不定他的感情就会爆发出来，就会把那天晚上对自己说的话，原封不动地对欧阳香茹说一次。

这是王丽娜不愿意看到的。

不行，不能就这样让欧阳香茹得逞，要想办法让她从肖鹏飞身边离开。自己已然得不到，也不能让欧阳香茹这么轻易的得到。

王丽娜离开后，肖鹏飞走进里间的办公室，他的耳边回响着王丽娜的话。是她撒谎？不像，看她的口气一点也不像撒谎的样子，再说她也完全没有必要撒这种谎。

如此说来，这是真的？肖鹏飞猛然一惊。

怕什么？短暂的心惊肉跳之后，肖鹏飞对自己说，不会的，欧阳香茹这丫头虽然可爱，但远远还没有到自己能够爱上她的程度，自己也不会为了她去离婚。

再说，现在公司正处在危机之时，哪有心思去想这些啊。

肖鹏飞走到窗前，打开窗户，似乎想让快速涌进的空气，吹走被王丽娜搅起的纷乱复杂的思绪。外面微热的风吹在他的身上，他的头发被吹乱了，潇潇洒洒地随风飘舞。

肖鹏飞极目远眺。远处的天边，风起云涌。

大片大片的乌云，像一群群慌乱的战马，在低鸣雷声的驱赶下，快速向近处奔袭而来，不一会儿，大地便昏暗起来。

天，马上就要下雨了。

14

冷战持续多天的许巍和欧阳香茹，不得不开口说话了。

这天晚上，许巍一如既往的做好饭，刚刚端上桌，两人又准备默默无声地吃晚饭的时候，房东突然驾到。

房东宣布，从下个收租日起，房子不租了。

许巍正在盛饭，听房东说房子不租，停下手中的动作，惊愕地问："不租了，为啥？"

房东说："不为啥，就是不租了。"

因为厦门市区找房子困难，还要付中介费，许巍不想搬家，便换成一副谄媚的笑脸说:"是不是想长点价?涨多少,您说。"

房东说:"真的不好意思,不是涨价的事,我外甥女来厦门工作了,没地方住,只能收回房子。"

"哦,这样。"许巍收起笑脸,变得垂头丧气起来。

房东又说:"你们的房租交到八号,还有七天。我也不想这样,租给你们我还有房租收,外甥女住什么都没有。就这样说定了啊,你们接着吃饭。"

房东说完,摆摆手走了。房东走后,许巍很自然的问欧阳香茹:"怎么办?"

"还能怎么办,找房子呗。"欧阳香茹脱口而出。

冷战到此结束。这要感谢房东,要不然还不知道要到什么时候才说话呢,两人都是倔脾气。

接下来的日子,两人似乎都忘记了曾经的发生的冷战了,都在为房子的事操心着。生活恢复到以前既吵吵闹闹又趣味盎然的状态。两人说好,下班时不急着回家,各自顺着单位往回走,顺便找房子,因为不想付中介费,他们决定自己找。

第一天,欧阳香茹沿着小巷走马观花,碰到坐在门前无所事事的大叔大妈,便上前客气的问,有没有房子租。大多数人都摇头。好不容易有个阿婆说有,价钱倒也便宜,才五百一月,欧阳香茹掩饰不住地一阵激动。可被阿婆领进房间一看,傻眼了,房间简直不能住人,狭小逼仄不说,陈旧得像是古董,还有一股刺鼻的霉味。欧阳香茹连忙像避瘟疫一样逃了出来。

天黑以后,欧阳香茹到家了,问同样刚刚回来的许巍,房子找得怎么样了,许巍垂头丧气地说:"房子哪有那么好找?"

因为走得有些累,欧阳香茹便没有好语气:"你怎么这么没用,连个房子都找不到。"

许巍也不示弱:"说我没用,你呢?你找到没有?"

"我是没找到,可我是女的啊。"

"干这事也分男女啊?"

"怎么不分男女?要不然女人要嫁男人干吗?知道吗?嫁汉嫁汉,穿衣吃饭。"

许巍嘿嘿一笑,总算找到破绽了:"对了,嫁汉嫁汉,穿衣吃饭,可不包括房子。"

欧阳香茹气得上前擂了许巍一拳,擂过了,也忍不住笑了。催促许巍道:"快做饭吧,肚子都饿扁了。"

于是许巍乖乖地做饭。吃好喝好洗好澡后,两人一起躺在床上,还在商量房子的事。

欧阳香茹说:"要么就到中介找算了,找个好点的,现在全装修的小户型一千四五可以租到的。"

许巍不干:"还是找找看吧,最多只能租一千元一月的,一千五,半个月的工资呢,还是省省吧。现在的中介黑得很,只会把房价往上涨。"

第二天又接着找,可是两人又都找到天黑后才回来,还是双双空手而归。

第三天,欧阳香茹在公司门口碰到王丽娜,突然想起她也是租房子住的,于是便问王丽娜,知道不知道哪有房子租。王丽娜问她怎么了,欧阳香茹说房东要收回房子,一时间找房子很困难,王丽娜问,急要吗?欧阳香茹说,很急。

王丽娜想了一下,说,房子急找,肯定找不到合适的,要么你暂时搬过来和我挤一挤吧。王丽娜让欧阳香茹搬过来和自己挤一挤,一半是出于好心,一半是出于私心。作为同事,她觉得,有义务在欧阳香茹需要帮助的时候,伸出一双温暖的手帮她一把。作为肖鹏飞喜欢的女孩,王丽娜觉得让她搬来和自己一起住,可以随时随地观察她下班后的一举一动,还可以近距离地了解一下,一个让肖鹏飞喜欢的女孩,到底是个什么样的女孩。

这是一个两全其美的好办法。

听说王丽娜让自己搬去一起住,欧阳香茹感激地一笑:"那哪行?这多不好意思。"

王丽娜说:"有什么不行的,我俩是同事,又是好姐妹,没什么不好意思的。"

欧阳香茹迟疑地说:"不是,是有些不方便。"

王丽娜说:"有什么不方便?我没男朋友,你也没有。"

说到这,王丽娜忽然停顿了一下,恍然大悟似的问:"莫非你有男朋友了?"

欧阳香茹点点头,接着又慌乱地摇摇头:"别瞎猜,不是。"

王丽娜看着欧阳香茹慌乱的表情,心一下子凉了半截。欧阳香茹第一次无意识地点头,是自然流露,而后面摇头否认,显然是在掩盖。这说明,她有男朋友了。当时她想当然地把欧阳香茹的男朋友当成了肖鹏飞。后来一想,不对,如果欧阳香茹承认的男朋友是肖鹏飞的话,怎么会要欧阳香茹出面找房子呢?肖鹏飞多少房子没有啊?

这个判断,让王丽娜很是兴奋了一阵。

和欧阳香茹分开后,王丽娜不住地懊恼自己的弱智,懊恼当时没有趁热打铁问个所以然出来。

房子最终找到了，许巍是在搬家期限的最后一天，通过公司里的朋友找到房子的。房子在国贸附近，一室一厅，简易装修。

许巍因为价钱问题一时拿不定主意，便打电话给欧阳香茹。欧阳香茹下班后赶来看，很满意，比以前的地方好多了，当即爽快地拍板：就它了！

两人连夜搬家。

搬家分多种，搬往比以前更好的自家房子，那叫乔迁之喜，而被东家赶出来，搬往同样不属于自己的房子，那叫活受罪。这种体力心力皆受折磨的事，没有切身体会的人，是无法感受到的。

许巍把家里属于自己的东西，统统塞往几个大塑料袋里，他不想放过任何一件物品，哪怕一根筷子。

整理好后，许巍叫来了一辆电动三轮车，两人一起把大包小包的东西，从四楼下来，搬上停在楼下的三轮车。搬家的时候，才知道东西多，总算搬完的时候，欧阳香茹已经累得不行了。

三轮车启动后，许巍因为心疼新租的房子贵，唠叨着："太贵了，每月一千两百元呢。"

看着满头大汗又郁郁寡欢的许巍，欧阳香茹劝道："贵就贵点吧，住着舒服点，反正我现在的工资比以前高多了，大不了都有我来出。"

许巍说："你的钱就不是我的钱呐？"

欧阳香茹说："才不是呢。"

吵归吵，心疼归心疼，当两个人精疲力竭的把家搬好后，都还有一些兴奋。

一桩心事总算了结了。

房子也确实不错，干净，整洁，白色的地板砖，白色的墙面，客厅是客厅，卧室是卧室，冰箱洗衣机彩电一应俱全，终于有个家的样子，再不像以前那样寒酸了。

尤其令许巍满意的是，卧室里的大床上，放的是席梦思。东家应许巍要求，刚刚从家具市场买回来的，上面的塑料皮还没撕掉。

两人简单的吃过晚饭又洗了澡后，欧阳香茹把被单刚刚铺上，许巍便躺在上面感受席梦思的效果。

还好，不软不硬，弹性适中。

许巍在上面做了几个仰卧起坐，很惬意，他感叹道："他娘的，这多花钱的日子就是不一样。"

还在整理床铺的欧阳香茹说:"那当然了,谁叫你没钱来着?有钱住在自己的房子里,更舒服。"

"我会努力的,老婆,再过几个月,我有可能升主管,虽然官不大,在公司也没有实权,但工资会涨一点。"

"你骗人吧?谁告诉你的?"

"不是骗你,谁说的并不重要,到时候你看好了。"

许巍说的是真话,这个消息是今天中午的时候,三十几岁的老总佘晓霞女士亲自告诉他的。

当时,佘晓霞把他叫到自己的办公室后,坐在宽大的办公桌后,言之凿凿且一脸妩媚地对他说了这个消息。

佘晓霞当时看他的眼神有些异样,这让许巍心里很不踏实。再加上佘晓霞这个女人,公司里有人传她的私生活有些问题,和总部的某个老总不清不白,当然只是传言,并没有人能够证实。

这佘晓霞,欧阳香茹是见过的,是那次公司举办的联欢会上,欧阳香茹对她的印象并不太好,回来后即半开玩笑半认真地对许巍说,你们老总,骚货一个,你要离他远点。许巍怕欧阳香茹误会,因此就没告诉欧阳香茹是谁说的。

欧阳香茹说:"没骗我就好,最好能拿个月薪一万,月薪一万的话,我们就敢在岛外买套小房子了。"

许巍憨憨的笑笑:"再等三年吧,三年后,一切皆有可能。"

欧阳香茹把枕头从包里取出放往床头的时候,许巍抱住了她。前几天因为冷战,一直没有身体上的接触,冷战后的这几天又为了找房子,心情不是太好,竟然把这事给荒废了。许巍想抓紧补回来。欧阳香茹也顺从着,两人就在刚刚铺好的床上亲热起来。

崭新的环境,两人都很激动,虽然仍旧戴套操作,但当晚两人比较尽兴。

15

欧阳香茹上班不久,就接到市土地局办公室的电话。一开始,欧阳香茹不知道是土地局打来的,漫不经心地对着话筒说:"哎,你好,龙飞公司。"

对方同样漫不经心:"你是谁?"

欧阳香茹又重复了一遍:"龙飞公司。"

这下对方不耐烦了:"我知道你是龙飞公司,我问你是谁,我是市土地局的。"

欧阳香茹坐直了身子，赶紧说："实在对不起，我刚才没听清楚，我是龙飞公司总经理肖鹏飞的助理欧阳香茹。"

办公室里的人通知她，让龙飞公司的肖鹏飞到土地局一趟。

欧阳香茹知道，一定是关于申请缓缴土地转让金的事，想问一下结果，但还没等问完，对方就把电话给挂了。

这土地局就是土地局，里面的人真牛。欧阳香茹嘀咕了一句，走进里间把消息传达给肖鹏飞。

肖鹏飞正在眉头紧锁地看交上来的销售报表，一听到土地局找，顿感不好。

肖鹏飞说："申请缓缴保证金看来没戏了。"

欧阳香茹战战兢兢地问："何以见得？"

肖鹏飞说："你想啊，如果申请成功，他们会有人通知我的，我的手机他们又不是没有。他们把电话打到办公室，这是公事公办。"

"那现在怎么办？"欧阳香茹更加紧张起来，"一个亿的资金交上去你啊？难道真的就这样白交啦？"

肖鹏飞看着欧阳香茹的紧张样，伸出手，想拍拍她的肩膀，但马上又缩了回来。

自从那天王丽娜给他说了那天他的酒后之言，肖鹏飞面对欧阳香茹时，总显得有些不自然。以前那种轻松自如的劲道没有了，取而代之的是一些莫名的拘谨，莫名的脸热，莫名的意乱情迷。有的时候，还会心跳突然加速。

那是他青春期的心跳，带着一些寂寞的温暖。

肖鹏飞知道这是为什么，夜深人静的时候，他做过一个荒唐的梦。最近一段时间，他总是夜梦连连。梦中，他见到了欧阳香茹，欧阳香茹可爱的脸，在他的梦里桃花般的灿烂，有时候，在他的梦里，欧阳香茹又幻化成妻子。

梦中的肖鹏飞，很纠结很矛盾同时也很意气风发，但梦醒以后，肖鹏飞一切照旧，不愿意多往这方面想。

不想归不想，人的意志可以控制行为，却不能控制意识。单独面对欧阳香茹的时候，肖鹏飞还是有些下意识地磕磕碰碰。

这是怎么了？都三十多岁的人了。肖鹏飞有时候也笑话自己。

肖鹏飞用缩回来的手，理了一下自己的头发，对欧阳香茹说："没什么，如果真的白交了，就当是为社会做点贡献吧。这是游戏规则，我们必须遵守。"

欧阳香茹没心没肺道："你嘴上说得轻巧，心里可不是这么想的吧，看你这些天来，一直闷闷不乐的。"

　　肖鹏飞说："是有点闷闷不乐，但这些天，我也想明白了一件事，如果他们真的不让我做点事，我也就歇歇了。"

　　欧阳香菇听得一头雾水，急急地问："你说什么？不会因此看不开吧？"

　　肖鹏飞问："看不开？什么看不开？"

　　欧阳香菇支支吾吾道："我是怕你……"

　　肖鹏飞哈哈一乐，终于伸出一根手指，点了一下欧阳香菇的鼻子："丫头，说什么呢？我会看不开？"

　　肖鹏飞说完，往沙发上一躺，示意欧阳香菇也坐下。看着处于迷糊中的欧阳香菇，肖鹏飞接着说："放心吧，欧阳，你的老板不会那么脆弱的。现在对我来说，钱已经不是生活的目的，我只不过是想干点事，至于成与不成那要看天意了，正所谓谋事在人，成事在天，我不强求，努力过就够了，即使失败也不会有太多的遗憾。"

　　肖鹏飞说到这里，慢慢的将目光投向窗外。

　　这些天来，肖鹏飞确实想了很多，回想起当初创业的目的，只不过是想挣到一套房子的钱，现在这个目的显然得到了。

　　肖鹏飞算过一笔账，即使交上去的一个亿泡汤，但把龙飞公司名下所有的资产以最低价变现，除去银行贷款后，余下的也是一笔巨大的数字。

　　这笔钱，足够支撑他这辈子衣食无忧了。

　　他甚至想过，如果这次申请缓缴不成，便就此放弃。也许，自己真的不是做企业的料。现在的房产市场，再不是数年前的那个市场了，现在的竞争太激烈，简直就是一片红场。在红场里做企业，要善于周旋，善于同流合污，肖鹏飞显然做不到这些。

　　给老部下一些补偿，解散公司，把资产变现和李雅云平分，尽快结束这段婚姻，再带着钱回老家的小城，娶一个像欧阳香菇这样的女人，安安稳稳地过完下半辈子。远离商场的尘嚣，钓钓鱼，打打牌，闲云野鹤，云淡风轻。

　　或许，那个时候，也闲下心来看看弗洛依德，了解一下李雅云一直痴迷的心理学，看看这奇妙的心理学，是怎样把一个女孩变成一个灭绝师太的。能有这样随心所欲的日子，夫复何求呢？

　　这个想法，是欧阳香菇无数次出现在他梦里的时候产生的。

　　当然，肖鹏飞知道，这种理想化的日子，现在离他还很远，如果有机会能够继续将龙飞公司经营下去，他是不会轻易放弃的，轻易的放弃，是不负责任的。

对部下的不负责，对龙飞公司不负责，也是对社会不负责。

虽然没有"安得广厦千万间，大庇天下寒士俱欢颜"的豪情壮志，但肖鹏飞自信，这些年来，自己对地产市场还是有贡献的，龙飞公司所有的房子都无质量问题，让老百姓住上放心的房子，不也是对社会的一种贡献吗？

肖鹏飞本想和欧阳香茹谈谈这些，但他知道，他所想的东西，是常人难以理解的。这些东西有些空泛，说了欧阳香茹也听不懂，所以在说到没有遗憾之后，肖鹏飞就打住了。

肖鹏飞没猜错，欧阳香茹确实不能理解，刚才听了肖鹏飞说的没头没脑的话，她固执地问："那一个亿的钱难道不是你的？你就真的不心疼？"

肖鹏飞微笑地看着欧阳香茹："说一点不心疼，那是假的，毕竟它曾经属于我，我可以自由的支配它，甚至有可能让它创造更大的价值。但换个角度，有什么好心疼的呢？这钱还在，并没有消失掉，只不过换了个地方而已。"

欧阳香茹"哦"了一声，似懂非懂地点点头："你没放在心上就好，我还以为你看不开呢？"

欧阳香茹说完不好意思地笑起来。

肖鹏飞起身，看看办公室里的大钟后，对欧阳香茹说："我去了，看看土地局的葫芦里到底卖的什么药。"

16

缓缴土地转让金的申请，果然没通过。

肖鹏飞赶到土地局的时候，局长大人亲自接待了他。局长是个比肖鹏飞大几岁的男人，头发油光锃亮，干劲十足的样子。

把肖鹏飞请进自己的办公室后，局长让年轻但不太漂亮的女秘书给肖鹏飞沏茶。局长吩咐，肖总只喝绿茶，不喝别的。

这让肖鹏飞有些意外。和这位局长并无深交，但他能记住自己的生活习惯，肖鹏飞甚至还有些感动。

一番寒暄之后，局长对肖鹏飞说，实在对不起，你们公司的缓缴申请，我们和市委通了气，结果是，不予接受。局长接着说了一大堆不接受的理由。

肖鹏飞听完后，冷冷地说："您不用解释，我早料到了。"

局长一愣，接着又笑了："你料到了？不要有情绪嘛，我话还没说完呢。"

肖鹏飞觉得有点唐突了，忙喝了一口茶，以缓解一下心里的尴尬。

肖鹏飞说:"这段时间被这事闹得焦头烂额,是有点情绪,请局长指示,我洗耳恭听。"

局长丢给肖鹏飞一根烟,自己也点上一根。局长说:"其实刚才说的都不是主要理由,最主要的理由是,不是没有银行给你们贷款,据我所知,就有一家愿意为你们提供这笔贷款。你们干吗不贷款而要申请缓缴保证金呢?堂堂的龙飞公司,不会就为了省这点利息吧?"

肖鹏飞一听,先是迷糊,紧接着便恍然大悟,顿时来劲了。"呵呵,局长大人,有话你就直说,卖什么关子啊?是哪家?"

局长又递给肖鹏飞一张名片:"是这家,已经讲好了,你们明天就可以去办手续。"

肖鹏飞接过名片后,局长又在他的耳边说:"这事,市委办公室指示后,我可没少花心思,电话都打了好几个。"

肖鹏飞心花怒放,说:"谢谢局长大人关心,小弟一定记住您的大恩大德。"

局长狠狠抽了一口烟,接着交代肖鹏飞:"肖老弟啊,厦门的建设离不开你们,为你们服务是我们土地局应该做的事,你也不用谢我了。工程尽快上马吧,土地转让几个月了,现在还荒着,影响不好,那几家进场的停工了,也不知道他们怎么想的。不过这是他们的企业行为,我们土地局无权过问。现在房市遇到挫折,需要稳定市场,你们先开工,起个带头作用吧。"

肖鹏飞说:"好,我回去后,立即安排,争取最快时间进场。"

局长说:"放心干吧,肖总经理,虽然国家有意调控房价,但注意了,是调控,不是打压。房价需要稳定,不会有事的,万一有什么,我们地方政府是你们坚强的后盾,以后有什么困难,尽管来找我。"

肖鹏飞再次致谢:"谢谢局长,以后局里有什么事,也尽管找我。"

局长正等着这句话呢,肖鹏飞刚刚说完,局长便说:"肖总果然是爽快之人,事嘛,眼下倒真是有一件,不知道肖总愿不愿意帮忙。"

肖鹏飞一听,心想坏了,真不该在这些官老爷面前表这种态,你一表态,准有事。想虽这样想,但肖鹏飞嘴上却虔诚无比地说:"有事局长尽管吩咐。"

"是这样的,肖总经理,"局长说,"公安局的事,他们经费有点紧张,但再紧张,办大案要案的经费总得保证吧,可是市里的拨款不够,他们的局长和我关系特铁,所以就找到我了。我这边也一样啊,我们哪有钱啊,都在一个市委底下,哪家经费都紧张,我们卖土地的钱是要上交的。"

局长说到这的时候,又凑到肖鹏飞的耳边,生怕别人听到似的说:"肖老弟，咱们是一根藤上的蚂蚱，都是吃地产饭的，真人面前不说假话，就是有，我也不能明出啊，这钱一出那还得了，我底下的人有意见不说，要是传出去，别的局会说，你看你看，土地局就是有钱，要是到时候都找我土地局咋办？"

肖鹏飞点头，表示理解，心想这家伙真有趣，如果不是因为他当官，倒还真的可以交个朋友。肖鹏飞问："大约多少？"

"不多，给他们两百万就行了。"

"没问题。"

肖鹏飞答应得很干脆。肖鹏飞之所以这么爽快地答应这笔钱，是因为他觉得这笔钱给得不冤枉。

用两百万换一亿五千万的贷款，并且救活了五缘湾项目，这事太划算了。

虽然明知道遭遇了公权抢劫，但肖鹏飞被抢得心甘情愿。这钱还给得正大光明。

私人给私人黑钱，那叫行贿受贿，单位给私人黑钱，那叫单位行贿，单位给单位行贿，便叫友情赞助，赞助不但不犯法，还可以落个乐善好施的美名。

第三章
Chapter .03

弗洛伊德说：性爱是人类一切幸福的源泉。

1

龙飞公司的会议室里炸开了锅。

肖鹏飞回到公司后，随即召集所有总监到会议室开会，宣布了五缘湾项目马上就要上马的消息。

有人兴奋，有人担忧。双方各执一词，争论不休，谁也说服不了谁。

兴奋的人说，不管以后怎样，起码眼下起码是保住了这个项目，保住了交上去的一个亿的资金；担忧的人说，现在这个时候上马这个项目，是明显的飞蛾扑火。

大家的火热的议论，肖鹏飞早有预料。

他清清嗓子，首先肯定大家的担心有道理，大家担心的无非是房价泡沫严重，地产会崩盘。接着便话锋一转说，不会，绝对不会。

肖鹏飞先从91年日本房地产泡沫破灭说起，再到海南、北海地产神话消失，联系到厦门目前的情况。

他大胆的下了结论，厦门的楼市绝不会崩盘。

肖鹏飞说，我最近看了一些资料，资料上说的我相当赞同，日本楼市和中国的楼市没有可比性，当年日本泡沫破灭前，一个东京城市的土地价值可以买下整个美国，中国的楼市，显然没有达到那种天价。

日本全民投资房地产，只要买房，银行就会无条件贷款，中国目前的状况，比这理性得多。

造成日本楼市泡沫破灭的又一直接原因，是国际热钱的大量涌入。1985年，"广场协议"签订后，日元兑换美元的汇率由原来的240比1升至80比1，升值幅度太大，导致国际热钱蜂拥而至，吹大了他们的房产泡沫。

当市场预期转向负面，已经赚得盆满钵满的国际热钱便迅速出逃，留下日本人自己收拾烂摊子。而中国这方面控制得也比较好。

肖鹏飞说，厦门和海南、北海当年的情况也不相同，海南北海当年的神话，是过度投资所致，很多人拿着麻袋装钱买房，炒楼花，这些地方的经济当年并不发达，硬性需求不大，房产的高价位便成了空中楼阁。一旦风向不对，投资客集体出逃，没有支撑的房产神话便会轰然倒塌。于是便留下一栋栋烂尾楼，至今还没清理干净。

肖鹏飞还说，厦门目前的情况比较理性，房产投资占国民生产总值的比例控制在合理水平，投资客买房的比例不到百分之十，所以，这轮房产冷风过后，厦门的房产必将欣欣向荣。

肖鹏飞的长篇大论做完后，不待其他人有任何反应，便接着宣布，下午放假半天，所有员工一起到歌舞厅放松一下。

会议里顿时欢呼雀跃。

这段时间公司里太压抑了，去歌舞厅放松一下的消息，无异于兴奋剂，每个人都被很很的扎上了一针。

下午的时候，公司里十几辆小车，装着二三十人，浩浩荡荡的杀到市中心的一家娱乐总会。

肖鹏飞让欧阳香茹包了一个豪华中厅。大家鱼贯入场，开场的迪斯科音乐响起，这群年轻人立即投入狂欢，都是自己人，当然用不着遮遮掩掩。在震耳欲聋的音乐声中，他们无所顾忌地展示着并不曼妙的舞姿。

欧阳香茹看肖鹏飞坐在边上，扭动着身子走到他的面前问："怎么不一起活动一下？"

肖鹏飞说："你们去吧，我老了，这种体力活不适合我。"

因为音乐声太大，欧阳香茹没听见，她大声喊："你说什么？听不见。"

肖鹏飞笑笑，示意欧阳香茹继续跳，别管他。

欧阳香茹果然就没管肖鹏飞，自顾迈动着装有弹簧似的双脚，重新加入到狂欢的人群中。

人群中的欧阳香茹，像一只快乐的精灵，她活力四射，精力充沛。肖鹏飞的目光，不知不觉的追随着欧阳香茹。

真是一个可爱而美丽的女孩，肖鹏飞想。

这一刻里，肖鹏飞的眼里，分明有些温情脉脉。但没人发现，歌舞厅里忽明忽暗的灯光，成了他最好的掩饰。

迪斯科结束的时候，欧阳香茹带着满脸的细汗，走到肖鹏飞的旁边坐下，两人离得很近，欧阳香茹的手臂几乎就紧贴着肖鹏飞的膀子。在众目睽睽之下，欧阳香茹这样毫无顾忌的和自己并排而坐，肖鹏飞一时有些尴尬，但一看欧阳香茹那天真无邪的样子，又打消了顾虑。

他无话找话地说："你跳得真起劲。"

欧阳香茹说："今天是个值得快乐的日子，难道不该疯一下吗？"

肖鹏飞说："应该，谁说不应该来着？"

欧阳香茹说："就是。"

这时候，只听咔嚓一声，闪光灯遽亮，王丽娜举着相机站在两人面前。由于灯光太暗，看不清王丽娜的脸。

欧阳香茹说："王经理，你搞什么鬼啊？"

王丽娜说："今天是个值得纪念的日子，我们公司很久没搞这种联欢了，我会给每个人都照几张的，然后放在公司的橱窗里。"

肖鹏飞没想理王丽娜，闷头喝了一口茶。

《蓝色多瑙河》的音乐响起，肖鹏飞起身请欧阳香茹跳舞，欧阳香茹也不拒绝，随肖鹏飞款步迈入舞池。

肖鹏飞的舞跳得真不赖，三步都能跳得如此轻松，欧阳香茹在他的带领下，感觉这种自己本不熟悉的舞步也变得娴熟起来，他们随着音乐的旋律辗转腾挪，身轻如燕。

欧阳香茹曼妙的身体在肖鹏飞的臂弯中自由舒展，她浑身身下散发出的青春气息，有如带毒的花香，令肖鹏飞心醉。

被肖鹏飞搂在怀里跳舞，欧阳香茹也是一脸的兴奋。

面对一脸兴奋又小鸟依人的欧阳香茹，肖鹏飞的目光不再躲闪，他紧盯着面前的这种脸。生命中能够有这样的一个女人，该多好啊！

欧阳香茹确实是个令人心动的女人。

轻歌曼舞中，肖鹏飞彻底心动了。这一刻，他看似坚强其实却很脆弱的感情防线，犹如决堤的大坝，彻底地垮塌了，奔涌而出的洪水，来势凶猛，势不可当。

他不想躲避，他想搂紧她，他想抱住她，他想俯在她的耳边说："欧阳，我爱你。"

可是，洪水仅仅奔涌了一会，决口就被堵上了。

一向理性的肖鹏飞用了不多的时间，便让自己冷静下来。他知道，这个时候说这种话，欧阳香茹不吓坏才怪呢，欲速则不达，凡事得有一股过程，不能太仓促。

欧阳香茹看肖鹏飞的嘴动了几下，但说什么没听清，于是便问："你说什么？"

肖鹏飞有点心慌，他想，我没说什么啊？难道是说了？但紧接着就恢复了平静，说："你的舞跳得不错。"

"是你带的好。"

肖鹏飞干咳了一声："是吗？"

"是的，我平时都不太跳这种舞。"

"喜欢迪斯科？"

"是滴！"欧阳香茹调皮地歪了一下头。

"欧阳，"肖鹏飞选择着词汇，"看你整天快快乐乐、无忧无虑的，你有过烦恼的时候吗？"

"有啊，人哪能没烦恼呢？"

"都有些什么烦恼，说来听听。"

欧阳香茹眨了几下眼睛："这个嘛，多了，一时说不清。"

"这样吧，说说你的愿望，你最大的愿望是什么？"

"有一套房子。"欧阳香茹不假思索地说，"能够在这个城市，有一套属于自己的房子，就是我最大的愿望，也是我奋斗的目标。"

肖鹏飞问："就这么简单？"

欧阳香茹笑了："你是站着说话不腰痛，饱汉不知饿汉饥。这还简单啊？够我奋斗一辈子了。"

"你难道就不想点别的？有了房子以后呢？难道就搂着房子过一辈子？"

"还要哪样啊？人，还是简单点好。我才不想那么多呢，想多了，多累啊，你就是想得太多。"

肖鹏飞说："你说得对，做人还是简单点好。"

一曲终了，两人回到座位，肖鹏飞本想坐下来歇一歇，不想王丽娜婀娜多姿地走到面前，向他做了一个优雅的手势："我能请我们的老板跳一支吗？"
　　王丽娜的邀请，明显带有挑衅的意味，肖鹏飞感觉到了。但当着欧阳香茹和公司同仁的面，肖鹏飞又不好拒绝。他瞟了一眼欧阳香茹，对王丽娜说："当然可以。"
　　"多谢肖总赏光，我还怕你拒绝呢。"王丽娜说着，瞟了一眼欧阳香茹。
　　欧阳香茹对王丽娜灿烂的一笑，王丽娜趾高气扬地扬了扬脸，拉起了肖鹏飞的手。
　　肖鹏飞拥着王丽娜走进舞池，这是一曲中四，节奏不快不慢。但刚刚开始，王丽娜就踩了肖鹏飞一脚。
　　王丽娜说："对不起。"
　　肖鹏飞说："没关系。"
　　没过一会儿，王丽娜又踩了肖鹏飞一脚。她脸带歉意地笑笑："对不起。"
　　肖鹏飞说："没关系，你请继续。"
　　王丽娜说："你不会认为我是故意的吧？"
　　肖鹏飞说："你难道不是故意吗？"
　　王丽娜扬起脸，迎着肖鹏飞审视的目光："你没猜错，我是故意的。"
　　肖鹏飞说："何必呢，王丽娜。"
　　王丽娜说："我是想提醒你，不要玩火。"
　　肖鹏飞说："我在玩火吗？"
　　王丽娜说："难道不是吗？你敢说你对欧阳香茹没想法？"
　　肖鹏飞沉默不语。
　　王丽娜说："你咋就不多看看我呢？我也不错啊？"
　　肖鹏飞说："王丽娜，你在公司工作一直兢兢业业，我很感激你对公司所做的贡献，但公归公私归私，我想你也知道，有些事，是勉强不来的。"
　　王丽娜说："我明白，但我不甘心。我想知道，欧阳香茹到底哪里好？"
　　肖鹏飞说："你不会明白的，因为你是女人。不过，你也是一个好女人，一定会有自己的幸福的。"
　　王丽娜笑了："肖总，你太认真了吧？我只是提醒一下你，你现在还没有离婚，而欧阳她，很可能有男朋友了。"
　　肖鹏飞问："她有男朋友了？你么怎知道？"
　　王丽娜说："猜的，时间会证明一切的。"

肖鹏飞说："谢谢提醒，我有分寸的。我也不瞒你了，我对欧阳，确实有好感了。"

王丽娜说："祝贺你！你终于敢承认了。"

那一刻，王丽娜的眼里有一些不易觉察的怨艾，还伴随着一些愤懑。

2

肖鹏飞想和李雅云做一次长谈。

这个想法，像一粒发芽的种子，默默地在肖鹏飞的心头滋生暗长。自从有了这个决定之后，他一直在找合适的机会。准确地说，是一直在下这个长谈的决心。

每天晚上，肖鹏飞开车走在路上时，都想今天回去一定和雅云好好谈谈，可一回到家，真正面对李雅云时，他又难以启齿了。

不是没有机会，只是开不了口。

自从那天晚上肖鹏飞醉酒以后，李雅云看书的日子明显少了，更多的时候是坐在客厅看音乐会，有时候也看那些不痛不痒的、平时她毫无兴趣的电视剧。

肖鹏飞到家后，她便把电视的声音开小，有时候，她也随口问一声肖鹏飞晚饭吃了没有，在得到肖鹏飞肯定的答复之后，还给肖鹏飞沏上一杯热茶。

李雅云给肖鹏飞沏茶，看似随意，其实的蕴有深意的。她想，肖鹏飞一定能够感觉到她的这种努力，感觉到她的这种变化。

李雅云的这种变化，如果放在几个月前，那么肖鹏飞一定能够觉察得到。可是这个时候，因为有欧阳香茹的缘故，肖鹏飞对李雅云的感觉变得迟钝了。一个男人的注意力是有限的，如果心里已经有了一个女人，那么他只会关注这个女人的一举一动，一颦一笑，对其他女人所有的动作，都可视而不见。

这天晚上，肖鹏飞终于下了决心。

那个时候，肖鹏飞刚刚回家，李雅云的碟片放完了，她关了影碟机，但并没有马上离开，也没有给肖鹏飞泡茶，而是坐回沙发上摆弄一个刚买回来的包。包是朋友从意大利带回来的，某著名品牌的限量版新款，李雅云摆弄着包的跨带，一副把玩心爱古玩的架势。

李雅云做这些的时候，是默默无声的。

肖鹏飞坐到李雅云旁边，看了李雅云一眼，又看了一眼她手中的包，用极具抒情的语气说："雅云，我想和你谈谈。"

李雅云慢悠悠的放下包，抬眼看着肖鹏飞道："好啊，你想谈什么？"

　　"谈谈我们。"

　　李雅云的脑子一时短路，愣愣地问："我们？我们怎么了？"

　　"我想谈我们……"肖鹏飞欲言又止。李雅云对目前的生活状态已经习以为常了，和她谈离婚，肖鹏飞有些于心不忍。

　　李雅云满怀期待地说："说啊，有话就说吧。"

　　"我们……我……"肖鹏飞仍旧吞吞吐吐。

　　"今天这是怎么了？没喝酒吧？"

　　"没喝酒。"肖鹏飞脸上挤出一丝笑意，鼓起了勇气说，"我想谈谈我们的婚姻。"

　　李雅云的眼睛在肖鹏飞的身上晃悠了一下，说："是该谈谈了，其实我们早该谈了，我也正想和你谈呢，鹏飞。"

　　李雅云的话让肖鹏飞有些意外，他说："你也有意，那就好。我们是该坐下来好好的谈，以前都怪我，白耽误你这么多年，这么多年来，你受苦了。"

　　李雅云惨淡地一笑："别说这些了，我不好的地方占多数，我也深刻地检讨过自己，不过，都过去了，过去的就让它过去吧。"

　　这个时候的李雅云，心头百感交集，既有对往事的回味，又有对未来的信心。同时也很庆幸，庆幸自己的努力没有白费，庆幸肖鹏飞看到了自己对他态度的转变。

　　不料肖鹏飞却说："雅云，我想好了，我们离婚吧。"

　　肖鹏飞石破天惊的话，让李雅云的嘴张得像个月光宝盒，半天没合拢过来，她似乎不相信自己的耳朵。

　　肖鹏飞接着说："以前都怪我太固执，早先没同意和你离婚，让你这么多年来，一直在没有丈夫的关爱下生活。我知道，我不是一个合格的丈夫。现在我想好了，我同意离婚。"

　　李雅云愣愣地问："你说什么？同意？离婚？"

　　李雅云的反应出乎肖鹏飞的意料，本以为她会很愉快地答应的，没想到李雅云是这种口气。

　　肖鹏飞没敢看李雅云的脸，盯着自己脚上的拖鞋，拖鞋是他很早以前在商场随便买的，已经很旧了，但穿在脚上很舒服。

　　肖鹏飞说："是啊，这不是你一直想要的结果吗？"

　　李雅云怅然地轻叹一声："哎，是啊，是我一直想要的。你都想好了？"

"我想好了，"肖鹏飞说，"与其这样有名无实的过下去，不如早点结束吧。以前，我一直没同意离婚，是因为我想对你负责，同时也为了自己的面子，现在想来真是幼稚。"

李雅云无言以对。她站起身，在宽大的客厅里踱了几步，眼泪"唰"地一下就流了出来。

眼泪来得如此之快，连李雅云自己也措手不及，生怕被肖鹏飞看见，她装作不经意地转过身，慌乱地用衣角擦了一下眼角。

客厅的顶灯照得木质地板有光程亮，地板上倒影着李雅云摇摇欲坠的身子。肖鹏飞起身扶了一把李雅云，问："你怎么了？是不是不同意离？"

"不是，只是有点感慨，毕竟十年了。"李雅云说着，眼睛直视着肖鹏飞，"既然你都想好了，那就离吧。"

肖鹏飞躲避着李雅云锥子一样的目光，重新回到沙发上坐下："是啊，一晃十年了。这套房子你住惯了，归你，如果你想换一下环境，买套别墅也行。公司里的财产我们一人一半，但暂时不能分割，放在一起经营吧，你看咋样？请你放心，我会把公司好好经营下去的。"

"不用，这套房子归我就行了，其余的我一概不要。我还能够养活我自己。"

"别说意气的话，"肖鹏飞说，"女人，特别的离婚的女人，有些钱总归有好处。我不会亏待你，也算对得起我们这十年。"

"那你看着办吧。"李雅云说完，就急步去了自己的房间。

李雅云将房门不轻不重地摔了一下，弹子锁咔嚓一声脆响之后，整个家里便一片寂静。

3

六月的厦门，草木疯长。

一身休闲装的肖鹏飞，和打着小花伞的欧阳香茹漫步在五缘湾大桥旁的海滩边。这是一块处女地，还从未开发过，龙飞公司中标的四号地块，高低不平，杂草重生，远远望去荒芜一片。就在这样一片原始的滩涂上，即将生长起一排美轮美奂的大厦。

工程虽未正式开工，但设计图已经下来了。肖鹏飞请市设计院的首席设计师，根据市规划局的规定，设计了四幢地中海风格的建筑。肖鹏飞还给这个项目起了个好听的名字：龙飞海上花园。

一幅未来的五缘湾蓝图，已在肖鹏飞的脑海里形成。

肖鹏飞极目远眺，不远处的大海一片湛蓝。肖鹏飞对欧阳香茹说："今天带你来这里，是想让你看看这个地方现在的样子，两年以后，我会让你看到另一番景象。"

欧阳香茹将手中的伞转了一个圈，问："为什么要带我来？"

"让你见识一下我的事业，你天天坐在办公室里，感受不到。"

和李雅云谈了离婚的事后，肖鹏飞顿感轻松，压在心头多年的石头终于放下，他感觉自己的呼吸都畅通了许多。

原来，在不得不放弃的时候，勇敢地选择放弃，不失为明智之举。放弃，同样是一种积极的生活态度，同时也是一种疗伤的方式。

肖鹏飞对欧阳香茹的态度，也有了明显的转变，在她面前也自然了许多。他想让欧阳香茹更多地了解自己，以便在将来的某一天，向她发动攻势的时候，欧阳香茹不会因为对他了解不彻底而措手不及。

现在的肖鹏飞做事有板有眼，对待感情，也一样。

第一段感情，就是因为和李雅云了解得不够，而宣告失败。肖鹏飞不想再犯同样的错误。他问过自己，自己是喜欢欧阳香茹的，也自信对她很了解了，怕的就是欧阳香茹不了解自己。

欧阳香茹说："我知道你的事业，不就建房子吗？"

欧阳香茹一点也没有感觉到肖鹏飞对自己的态度有些异样，在他面前，照样无拘无束，快快乐乐，有时候还照样开些无伤大雅的玩笑。

肖鹏飞说："这建房子和建房子不一样，这块地，你知道两年后会变成什么样吗？"

欧阳香茹说："我已经从你的神往中感受到了，两年以后，它将是一片现代化的住宅小区。"

肖鹏飞说："是的，到那时这里会是一个极好的海滨度假胜地。这里卖给人们的不仅仅是房子，和房子一起买的还有阳光，沙滩，海浪。"

两人沿着草间小路一直向前，很快到了海边。

靠海的地方，是大片的沙滩，这里的沙子粒粒金黄，没有杂质。只是沙滩有些不平，肖鹏飞请来了一台大型推土机，正在推沙滩上的沙子。

项目还没有开始，但肖鹏飞已经开始打造环境了。

他想先把这块海湾，建造成一个天然的浴场。现在已经初具规模，海里的沟壑被整平了，靠岸边的地方铺上了许多鹅卵石，一道石块砌成的整齐的驳岸也初具雏形。

肖鹏飞还准备购进一批大树栽在岸边，再在树下建一些亭子，以便到这里游玩的人乘凉或者避雨。

海里已经有许多人在游泳，各色泳衣在蓝色的大海里争奇斗艳。肖鹏飞见欧阳香茹看得出神，问："想不想到海里游一游？"

"想啊，可惜我不会。"

"我可以教你，可以随时随地的教你，只要你愿意。"

"得了吧，要你教？你还未必会呢？下去游一个我看看？"

"好啊，可惜没带泳衣。总不能光着身子下去吧。"

"去，没正经，你哪像个总经理啊。"欧阳香茹说，"不过，有时间我真该学学，看他们游得多开心。"

"是啊，这样的生活，真令人向往。"

看完了海，两人回公司，路上欧阳香茹坐在疾驰的车里感叹道："五缘湾真是个好地方。"

肖鹏飞说："当然。"

"这地方的房子，两年后真能涨到那么高的价？"

"一定会，我想不会低于两万一平米的。"

"那么高的价谁买得起啊？"

"有钱的人多的是。"

"唉，"欧阳香茹摇头，"你专门为有钱人建房，干吗不想想没钱的人啊？怎么不建一些穷人买得起的房子？"

"给穷人建房？那不是我现在应该干的事，政府部门不是有廉租房吗？"

"廉租房很有限啊，不是每个人都有资格买的，那么应该建一些便宜的房子，让大家都买得起。"

肖鹏飞眼盯前方的路，笑笑："丫头，你不懂的。"

欧阳香茹的傻劲上来了，打破沙锅问到底："你说说看，有什么高深的东西我不懂的？"

肖鹏飞轻点一下刹车，车速慢了下来。他微笑着瞄了一眼倒车镜里的欧阳香茹，欧阳香茹正睁着一对大眼盯着自己。

肖鹏飞说："我也想为老百姓多建一些便宜的房子,但知道吗？我实力不够，我们的企业现在还很弱小，还处在积累的过程中，现在首先要考虑的是生存问题，我也知道做企业必须承担社会责任，但是，如果不能生存，又怎样承担这种责任？皮之不存毛将焉附？所以现在我们考虑的是怎样生存，怎样快速壮大自己。等我们有这种能力回报社会的时候，我当然会回报社会。等我能够在房产界呼风唤雨的时候，我也一定会多为平民百姓建便宜的房子。明白了吗？"

"不明白，"欧阳香茹说，"照你说的，那你现在就不用承担社会责任了？"

"咋不承担责任呢？我们把房子建好建牢，不出质量问题，就是承担责任的表现。"

欧阳香茹哈哈大笑："不愧为老总，说得一套一套的，逗嘴我不是你的对手，认输。"

4

欧阳香茹和肖鹏飞双双回到公司的时候，刚巧被王丽娜看到了。当时的欧阳香茹快乐得像一只放出笼子的小鸟。

王丽娜看了一眼欧阳香茹，又看了一眼同样意气风发的肖鹏飞。当看到两人的脚上粘有泥土时，王丽娜在心里骂道，这鬼丫头，不知道带肖鹏飞到哪疯去了。

欧阳香茹脸上洋溢的如桃花般的笑容，深深的刺痛了王丽娜，她的心里很不舒服。回到办公室后，王丽娜又开始摆弄那个相机起来。相机里有那天歌舞厅里，肖鹏飞和欧阳香茹一起跳舞聊天的照片。

那天公司全体到歌舞厅狂欢的时候，王丽娜带着相机本没想干别的，只想随便拍几张以做纪念。晚上回到家时，翻到肖鹏飞和欧阳香茹亲密的搂在一起跳舞照片的时候，王丽娜心里的醋坛子忽然就被打翻了。

王丽娜本不是一个心胸狭隘的人，但在这件事情上，她明显不能保持应有的理智。她把他们坐在一起聊天和跳舞的两张照片放进电脑里，反复看了多遍，越看心里越不是滋味。

这被肖鹏飞深情俯视的女人，为什么就不是自己呢？

不行，不能就这样轻易认输，更不能让欧阳这小女孩就这样轻易地俘获了肖鹏飞。

王丽娜准备实施一点破坏。

他本想马上就把照片发给李雅云，李雅云的手机号码她有，是一年前公司搞年夜饭时，每个已婚的员工都带家属，李雅云也来了。席间，王丽娜因为想认识老板娘，李雅云也因为坐在肖鹏飞旁边应付局面很尴尬，所以相谈甚欢，并互换了手机号码。

可当王丽娜准备给李雅云发彩信的时候，又感觉此招不灵。因为李雅云本来就和肖鹏飞同床异梦，在知道肖鹏飞另有心仪对象时，一定不会吃惊，更不会和肖鹏飞吵吵闹闹，说不定还会加速他们离婚的进程。

她想起上次欧阳香茹找房子，自己问她是不是有男朋友时，她的反应有些奇怪。王丽娜想从这方面入手，调查一下欧阳香茹是不是有了男朋友，如果有，那就太好了。

可又一想，这样也未免太卑鄙了，人家有没有男朋友关你什么事，人家和老总好又关你什么事，是老总没看上你，怪不得欧阳香茹。人家就是脚踏两只船，那是她的道德问题，与你无关。这样想着，王丽娜又放弃了调查的计划。

可是今天看到肖鹏飞和欧阳香茹，双双脚上带泥回到公司后，王丽娜的想法又变了。不行，还是得调查调查，王丽娜想。

王丽娜的调查进行得异乎寻常地顺利。

她只付了一点点工资，让一个开摩的载客的人跟踪下班时后欧阳香茹，就得到了一个欧阳香茹有老公或者是男朋友的准确消息。

王丽娜又付了一点工资，让摩的师傅跟踪一下许巍，摩的师傅见许巍在保险公司上班，拦住许巍向他要了一张名片，说是要买保险。然后把名片交给了王丽娜。

王丽娜拿着名片，给许巍打电话，也说是要买保险。

当王丽娜在一家小茶室里见到年轻有为的许巍时，心中对欧阳香茹的嫉妒，便变成愤怒了。

有了这样一个老公还不够，还要勾引有妇之夫肖鹏飞，肖鹏飞哪点比眼前的这位好？不就是有钱吗？你欧阳香茹就是一个见钱眼开的家伙，为了钱什么都做，可以出卖自己，可以背叛老公，是可忍孰不可忍，这种人，罪不可赦。

王丽娜怒火中烧。

愤愤不平的王丽娜，当即把早已打印好的，肖鹏飞和欧阳香茹在舞厅里的照片，从随身携带的包里取出来，"啪"地一下拍在正准备向她介绍保险产品的许巍面前。

"实话对你说，我找你不是买保险的，我是要让你看看你老婆干的好事。"

许巍看着手里的照片，脸一下子就绿了。

欧阳香茹和肖鹏飞跳舞的照片，因为角度问题，看上去像是紧依在肖鹏飞怀里似的，肖鹏飞紧搂着欧阳香茹，附在她的耳边窃窃私语，一看两人的关系就不一般。另一张两人聊天的照片，几乎是头对着头，肖鹏飞一脸的奸笑，而欧阳香茹也一脸的轻浮。

许巍只觉得头发胀，腿发软。

王丽娜火上浇油地说："这是在公司联欢时候拍的，大庭广众之下都这样，私下里的事你自己想去吧。"

许巍呆头呆脑地问："私下里？私下里会是怎样？"

"这用脚趾头都能想象的事，还用说吗？"

"我知道了，谢谢你。"许巍说着拿起照片就要走。

王丽娜抢回了照片："你不想问问我是谁吗？"

许巍说："对啊，你是谁？"

"我是欧阳的同事，这照片是我拍的，那天只有我一个人带了相机，欧阳香茹一看照片，就知道是我出卖了她，我们毕竟是同事，知道了以后很难相处，所以照片不能给你。"

看着六神无主的许巍，王丽娜又说："我可是为你们好，你心里有数就行了，千万别和你老婆说照片的事。"

"我不会说的。"

"还有，他们在室内卿卿我我还不够，有一次还一起去荒郊野外疯狂，我亲眼看到他们回公司时，脚上还带有没来得及擦的泥土，而你老婆，幸福得满脸潮红，到公司时还没散尽。"

"我知道了。"许巍铁青着脸，握了握拳头，扭头就走。

5

欧阳香茹和许巍之间的战争，像一只被丢进火盆里的炮竹，不可避免地爆炸了。

晚上欧阳香茹下班的时候，脸色发青的许巍没有像往常那样做饭，而是气鼓鼓地坐在空空如也的饭桌前。欧阳香茹本以为许巍是单位里有事不开心，想上前问问怎么回事。刚刚坐到许巍的对面，许巍劈头盖脸的责问就来了："你在单位都干了些什么？"

"干了些什么？在单位？"欧阳香茹莫名其妙。

"看你装得多像。"

"我装？我装什么了我？"

"别再装了，我全知道了。"许巍的声音陡然高了八度。

"你知道了什么？吃错药了，你？神经病。"

欧阳香茹说完，不准备再理许巍，她见饭还没做，便嘀咕一句：饭也不煮。拿起电饭锅准备做饭。许巍从椅子上一跃而起，夺下欧阳香茹手中的电饭锅。

"你还有心思做饭？不把事情说清楚，这日子没法过了。"许巍怒目圆瞪，嘴角抽搐不止。

欧阳香茹本以为许巍只是一时不开心，想找碴，看许巍这幅模样，知道一定是有事了，但又不知道什么事，因为她在单位实在是什么事也没干。本也想恶语相向，但转念一想，还是算了。

自从上次冷战过后，欧阳香茹乖多了，吵架实在没有意思，又不是有什么不可调和的矛盾，大多是鸡毛蒜皮的小事，吵来吵去，只会徒增烦恼。

于是，欧阳香茹伸出细嫩的小手，摸了一把许巍铁青的脸。欧阳香茹脸带笑意问许巍："到底是怎么了吗，宝贝？你倒是说说清楚啊？"

欧阳香茹的嬉皮笑脸让许巍心头一颤。果然是做贼心虚，许巍想，平时自己发脾气时，她哪有这么好的态度，一定是做了什么不可告人的事。

许巍用手臂隔开欧阳香茹摸在自己脸上的手，说："别来这一套，你老实交代，都和你们老板干了些什么？"

看着一脸严肃的许巍，欧阳香茹忽然哈哈大笑："许巍啊许巍，你整天都在胡思乱想什么呢？我和老板能干什么？"

"你自己心里清楚。"

"我当然清楚，除了工作上的事情之外，我们什么都没干。"

"还在装，你真会装，我真可笑，一直被你蒙在鼓里，亏我一直对你那么好，用情那么专一，你倒好，居然背叛我。"

"你别烦好不好，"欧阳香茹一屁股坐到椅子上，"我背叛你？我什么时候背叛过你？"

"你老老实实的回答我，你和你们老板到底到哪一步了？是不是和他上过床了？"

欧阳香茹的心被狠狠的刺了一下，看着几乎失去理智的许巍，她的忍耐也到了极限。

许巍的话刺伤了她的心。

欧阳香茹两眼冒火的盯着许巍，说："许巍，饭可以乱吃，话不可以乱说，这话你也说得出口？你怎么可以血口喷人呢？"

许巍更加气急败坏："我血口喷人？你做的一切我都清清楚楚了。"

欧阳香茹大叫起来："好，既然你清清楚楚，那你就把你知道的全说出来。"

"你是不是和你们老板去过舞厅？"

欧阳香茹愣了三秒，说："是，是去过，不过只有一次，那是全体员工都去了的。"

"你们是不是搂在一起跳过舞？"

"是跳过，那怎么能叫搂？"

"你是不是还和他一起去过荒郊野外，回公司时脚上还有泥土？"

欧阳香茹又一愣："是去过，那是去看五缘湾工地，那是工作你知道吗？不为了工作谁愿意往那鬼地方跑啊？"

"你都承认了是吧？还干了些什么？是不是还出去开过房？"

欧阳香茹缓缓的从椅子上站起，对着许巍的脸上就是一掌，"啪"的一声，许巍的脸上有了几根手指印。

被气疯了的欧阳香茹说："够了许巍，你太不可理喻了。好！我承认，我什么都承认，我们是去开过房，也上过了床，你想怎样？"

许巍颤抖着身子问："开过几次房？一共搞过几次？"

"太多次了，记不清。"

"你终于都承认了对吧？"

"我承认怎么了？你是我什么人？你有资格管吗？"

"对，我没资格。"

"知道没资格就好，和你这种人生活在一起实在没意思，好聚好散吧，分手。"

"分手就分手，和你这种人生活在一起才没意思，这绿帽子我顶不动。"

战争逐步升级。

欧阳香茹哽咽着整理了自己的衣服，准备搬离出租房。她越想越气，越想越委屈，这种日子实在过不下去了。当初真是有眼无珠，找了这么个窝囊废。无钱无权无本事，还整天疑神疑鬼的。今天一定是听了什么风声了，也不问问青红皂白，听风就是雨。离了你还不过了？三只腿的蛤蟆难找，两只腿的男人满大街都是。

在她提着大包将要跨出房门的时候，许巍拉住了她。

许巍说："你别走，我走，你走了这房子我也住不起。我搬到公司住，我们公司有宿舍。"

欧阳香茹努力挣脱许巍，想冲出去，无奈许巍力气太大。许巍把她抱起往里间的床上一扔，席梦思颠了几下，欧阳香茹只觉得头一阵发晕。

　　"最后听我一句话吧，你住这里，我搬走，找房不容易。"许巍说着，又想起什么似的，补充道："噢，你现在不用租房了，攀上房产公司老总这么个高枝，房子有的是。不过还是我搬走，这房太贵，我不住。"

　　许巍说完，就三下五除二地收拾自己的东西，"噼噼啪啪"的响声在屋里四周的墙壁上四处乱撞。

　　收拾好后，许巍看了一眼床上的欧阳香茹，连夜搬了出去。

　　许巍走后，房里一片空寂，欧阳香茹和衣横卧在床上，欲哭无泪。她忽然感到心痛。那是一种撕心裂肺的痛。

6

　　一连多天，欧阳香茹都在恍恍惚惚中度过。没有许巍的日子，还真不习惯。生活突然换了一个轨道似的，她感到一种寂寥的空虚。

　　每天晚上回到家后，家里冷冷清清的，不再有煮好的饭等她吃，不再有人和她叽叽咕咕，洗澡的时候也没有了人和她鸳鸯戏水，就连吵架也找不着对象了。

　　每天上班，欧阳香茹更是心神不宁。

　　她知道，告诉许巍这些是非的，一定是公司里的人。真是人心难测，平白无故的，干吗要到许巍面前搬弄这些无中生有的是非呢？欧阳香茹百思不解。

　　她也想到了，最有可能是王丽娜，但她没去质问王丽娜。是谁说的并不重要，重要的是，许巍居然相信了。

　　这是不能饶恕的。

　　一起同床共枕了几年的人的话都不相信，居然去相信别人唯恐天下不乱的信口胡说，这种男人还有什么值得留恋的？

　　分手，势在必行。

　　肖鹏飞感觉到了欧阳香茹这些天来有些不对劲，但他不知道这是为了什么。问过几次，欧阳香茹都以"没什么"而搪塞过去，肖鹏飞也就不好继续问下去了。女孩有女孩的心思，一个大男人追着女孩问东问西，总不是太好看。再说，这些天来，肖鹏飞的日子过得也不太平，他自己也烦着呢。

　　本以为终于下决心答应和李雅云离婚，李雅云会欣然接受的，没想到根本不是那回事。

这些天来，李雅云对他不理不睬的，肖鹏飞想再和她谈谈，问问她到底怎么想的，同意还是不同意。同意就快点，已经拖了五年了，不同意再说不同意的话。

可是李雅云连这种谈的机会也不给肖鹏飞。

每天肖鹏飞回到家后，几乎在客厅就看不见李雅云，她和以前一样，把自己关回书房了，连书房的门也反锁着。肖鹏飞想给她送杯茶都进不去。

偶尔在家中碰面，肖鹏飞刚启口喊一声，李雅云微微点头之后，便急急地走回房间，同样是反锁着门。好不容易等到了礼拜天，两人都在家，肖鹏飞早早起床坐在客厅等，可李雅云一露面却问肖鹏飞："今天我回妈家，你要不要跟着一起去？你好长时间没去了，他们现在还是你的岳父母，还担心你呢。"

肖鹏飞准备好的台词，在那一刻全忘光了，只好说："你去吧，代我问他们好。"

肖鹏飞搞不懂李雅云了，都说女孩的心思难猜，这三十几岁女人的心思更是捉摸不定。肖鹏飞还有点窝火，这样占着厕所不拉尿，霸着窗口不买票，到底算什么？

离婚的事，李雅云态度暧昧，肖鹏飞心中被欧阳香茹点起的火，便熄了一半。李雅云不答应离婚，肖鹏飞便不能对欧阳香茹表白，更不敢有什么举动。婚姻没解除，又对另一个女人表示好感，肖鹏飞做不到，他不想包二奶，也不想金屋藏娇。

他也明白，欧阳香茹不是那种甘做二奶的人。

别看她平时嘻嘻哈哈的，但主意大着呢。和她共事几个月了，肖鹏飞很清楚这点。

中午吃饭的时候，肖鹏飞和欧阳香茹两人在办公室里吃快餐，饭很不错，炸鸡块，基围虾，还有青菜，红的绿的都有，还有粒粒饱满的米饭，可欧阳香茹只吃几口，便将饭盒扔进了垃圾桶，肖鹏飞见了，忍不住关心地问："欧阳，你这些天怎么了？身体不舒服？"

欧阳香茹凄然的一笑，还是那句话："没什么。"

"你到底是怎么了嘛，饭也吃得少？"

"你别问了，真的没事。"

"不可能没事，有事情说出来啊，说出来看看我能不能帮到你，你这样闷在心里，会闷出病的。"

欧阳香茹的眼圈,这时候有些红了,她想掩饰,低下头,仍轻声地说:"没事。"

肖鹏飞也再无食欲,放下饭盒,给欧阳香茹倒了一杯水。

欧阳香茹忙站起身说:"谢谢。"

在欧阳香茹仰面朝肖鹏飞的一刹那,肖鹏飞看清了她发红的眼圈。

"客气啥,快坐。"

肖鹏飞说着,随手按了一下欧阳香茹的肩,欧阳香茹的肩在微微发抖。

肖鹏飞又伸出另只手,双手把欧阳香茹按在椅子上坐下,这个时候,欧阳香茹的肩膀抖动得更厉害了,整个人也跟着颤抖起来。

瘦削的欧阳香茹颤抖起来,像一只受伤的麻雀。

肖鹏飞缩回手,心也随着欧阳香茹抖动的肩膀,一起抖动起来。出了什么事?有什么天大的事嘛?就是天有漏子,我也有能力给你堵起来。

这一时刻,肖鹏飞忽然产生了一股强烈的冲动,他要保护这个女孩,不管她遇到了什么,都要保护她。

一缕男人的情怀,在肖鹏飞的心里激荡。

肖鹏飞说:"有什么事和我说说,只要能够帮到你的,我一定会帮你。请你相信我,好吗?"

肖鹏飞的话很轻,但很有力量,欧阳香茹心里最柔软的部位被击中了。她坐在椅子上,只感觉身体摇摇欲坠,肖鹏飞离他如此之近,结实的胸口就在眼前,她很想靠上去,可又有些顾虑。

在肖鹏飞的双手又一次按住她肩膀的时候,她终于顾不得许多,一下子靠在肖鹏飞的怀里,嘤嘤地哭了起来。

欧阳香茹并没别的意思,这个时候的她,只想找个地方靠靠,哪怕一颗大树,或者一个枕头。而身材魁梧的肖鹏飞此时正好充当了大树的角色。

肖鹏飞拍了一把欧阳香茹的后背:"想哭就哭一会吧,哭出来就好了。哭完后和我说说到底是怎么回事。"

肖鹏飞说完,垂下双手,真像一颗大树那样立在欧阳香茹旁边,静等欧阳香茹哭完。

其实肖鹏飞此时此刻是很想伸手搂一搂怀里的欧阳香茹的,但他知道不能怎么做。欧阳香茹此时正情绪失控,这个时候如果动作不当,就有乘人之危的嫌疑。

肖鹏飞垂着双手,任凭欧阳香茹的头靠在他的怀里哭泣。

见欧阳香茹哭的时间够久了，肖鹏飞才安慰她起来："欧阳香茹，差不多就行了啊，天还是那个天，地还是那个地，不用哭太久了。我的胸口有点麻，你让我休息一会再哭嘛。"

欧阳香茹抬起头，不好意思地看看肖鹏飞，见肖鹏飞一脸搞怪的表情，又忽然破涕为笑了。

哭过之后，她的心情也好了许多。对啊，天还是天，地还是地，哭什么哭，离了许巍就不活啦？

肖鹏飞在欧阳香茹旁边坐下来，说："我的衬衫都被你的热泪洗了一遍，看在这个份上，现在该给我说说是怎么回事了吧？"

欧阳香茹递给肖鹏飞几张纸巾，说："不好意思，我真的没事，刚才忽然想家了，现在好了。"

"真的没事了？"

"真的。"欧阳香茹对肖鹏飞吐了吐舌头，"你看，没事了。"

"女孩就是就是女孩，就是不可理喻。"肖鹏飞摇头，慢悠悠地走回了里间的办公室。

7

王丽娜这几天一直注意着总经理办公室的动静，但楼上一直静悄悄的，似乎什么都没有发生。

上下班的时候，她也留意着肖鹏飞和欧阳香茹的反应，但观察了多天，似乎一切照旧。本以为许巍会来公司大吵大闹一番，那就有好戏看了，但那窝囊废一直没露面。

花了几百元给摩的师傅跟踪，终于得到欧阳香茹有老公的准确消息，自己还做了一回小人，到许巍面前添油加醋地说了那些话，却没能起到应有的效果，这让王丽娜很失望。

她本想把调查的结果直接告诉肖鹏飞。

可心想肖鹏飞知道这些以后，一定会追根问底她是怎么知道的，一旦被他猜到自己用了不太光明的手法，那样自己在他心中的形象将会大打折扣，说不定还会开除她，那就得不偿失了。

在公司里工作了两年，王丽娜已经对肖鹏飞相当了解了，他可以忍受自己的刻薄，可以忍受自己对她的阴阳怪气，但绝对不会忍受她的小人行径。

王丽娜也很清楚，在肖鹏飞心里，欧阳香菇有没有男朋友都是次要的，重要的是欧阳香菇对他的态度。说不定她有男朋友肖鹏飞早已知道了。所以，告诉肖鹏飞欧阳香菇有男朋友，不是明智之举。

　　没有取得预想中的效果，王丽娜就有点后悔那天见许巍，早知道这样，何苦做这种小人啊。做小人，本不是王丽娜的本性。

　　可后悔归后悔，王丽娜还是很希望欧阳香菇能离开公司。

　　开弓没有回头箭，既然小人已经做了，那就索性做到底吧。再说，这是为了两对夫妻的和好，是让他们不在错误的道路上继续走下去，从某种意义上说，这也算是一种积德的好事，不算小人行径。

　　为了达到某种好的结果，过程的正确与否，其实是不重要的。

　　许巍这条路没有走通，王丽娜准备用李雅云试试。李雅云那个女人，看上去文质彬彬知书达理，但说不定比许巍那个窝囊废会闹。

　　王丽娜到街上买了一张新的手机卡，把欧阳香菇和肖鹏飞一起跳舞聊天的照片，发到了李雅云的手机上。

　　李雅云是在刚刚结束下午的课后，收到彩信的，那个时候她正站在车边准备回家。车停在校园的树阴下，阳光透过树叶，渔网似的照在宝石蓝的轿车外壳上。

　　李雅云站在车边，恰似一幅古典油画。

　　手机滴滴的响了几下，李雅云从包里取出手机，一看是个陌生号码，心想一定是广告或者骗子短信来了，现在这种短信彩信特别多，她看都没看就想删除。

　　就在准备删除的一瞬间，她瞄了一眼彩信标题，上面写着：你老公和他的新女友。

　　李雅云好奇的打开彩信，仔细看看上面的画面。

　　同样的照片，在李雅云眼里，倒不像许巍眼里那样不堪入目，这只不过是跳舞和聊天的照片，单从照片上，倒是看不出什么。但彩信的题目，让李雅云浑身的皮肤突然发起紧来。

　　这种事，一般是无风不起浪的。

　　原来另有新欢了，怪不得主动提离婚呢，李雅云苦笑着打开车门，风驰电掣地回到了家。

　　家里空空的，肖鹏飞还没有回来。李雅云坐在客厅，手拿一本书，无聊地翻了几页，索然无味，然后便索性放下，坐在客厅静等肖鹏飞回家。

　　李雅云也不知道，这么急于见到肖鹏飞是为了什么。

可以说，肖鹏飞有了中意的女朋友，是情理之中的事，当初离婚是自己提出来的，但肖鹏飞不同意，那时候还巴不得他早有女朋友呢。

可是现在真正听到他有女朋友时，李雅云的心里去不是滋味。李雅云更不知道见到肖鹏飞后，自己能干什么？

责问他？显然没有理由。

九点多的时候，肖鹏飞还没回来，李雅云这时候觉得肚子有点饿了，这才想起，今天没有像往常一样在小区旁边的那家餐馆吃晚饭，而是直接到家的。于是到厨房去找了一包泡面，用开水泡好，坐回客厅吃了起来。

天大的事，也得先填饱肚子再说，李雅云想，人只有温饱之后，思维才不会混乱。

李雅云正一根一根小心翼翼地往嘴里放面条的时候，肖鹏飞回来了。见到李雅云今天没在书房，肖鹏飞很是意外。看着她手里的方便面盒，肖鹏飞说："怎么又吃方便面啊？那东西少吃，上火。"

李雅云没说话，继续用筷子往嘴里送有点卷曲的方便面。

肖鹏飞俯下身，把李雅云的方便面盒拿在手上："没吃晚饭？我也有点饿了，一起去外面喝一杯吧。"

"好啊，"李雅云说，"是你请我呢，还是我请你？"

肖鹏飞手拿泡面盒，难堪地一笑："什么时候变得刻薄起来了？这可不像你。"

"是啊，我变了，你没看出来吗？人是会变的。"

肖鹏飞把泡面仍进垃圾桶，扶着已经站起身来的李雅云道："走吧，吃了饭再说，都老夫老妻了，有什么话直接说，不用打哑谜，你的哑谜我猜不透。"

两人一起步行到常去的那家餐馆。餐馆装修得很雅致，不像大酒店那样豪华，但却透着一份随意的温馨。

西式的小包厢里就坐后，肖鹏飞点了几个菜，要了红酒，倒上后举杯对李雅云说："喝一杯吧，好长时间没在一起喝酒了。"

李雅云轻举酒杯，和肖鹏飞碰了一下，玻璃桌面倒映着两只高脚酒杯亮丽的身影，酒杯杯碰撞之后发出悦耳的一声呻吟之后，李雅云道："这是最后的晚餐吗？"

肖鹏飞说："何必说得那么凄然，搞得像生离死别似的。"

李雅云将酒杯举在空中："难道不是生离？"

"很快就会过去的，喝酒吧。"肖鹏飞将杯中的酒一饮而尽。

"说的轻巧，十年了啊。"李雅云啜了一口杯中的酒，"你好像都想好了？"

"是啊，想好了，其实我早该答应你的。"

"要是我不同意呢？你拖了我五年，我也想拖你五年。"

"你不会的。"肖鹏飞说，"何必呢雅云，我们毕竟夫妻一场，好聚好散吧。这样下去，你我都没有好的生活，我们应该更好的活下去。"

李雅云淡淡一笑，脸上的酒窝也随之跳动了一下。

"你好像活明白了，"李雅云说，"那你老实告诉我，是不是有目标了？"

肖鹏飞点头道："是，我不想蒙你。"

果不其然，李雅云想。

她的心头突然一酸，赶紧幽幽雅雅地用餐巾纸擦了一下嘴角，以掩饰心头的酸楚。

"你觉得这样对我公平吗？"

"不公平。"

"那你还这样对我？"

"怎么？"肖鹏飞疑惑地问，"你不想离婚？"

李雅云很想在这个时候对肖鹏飞说说心里话，她想说：是的，以前是我提出离婚，那是因为我觉得对不起你。可是现在，我真的不想离了。

但是，面对肖鹏飞询问的眼神，面对那张不解风情的脸，李雅云的心又有些黯然了。

李雅云又鬼使神差地联想到，彩信里的那个和肖鹏飞跳舞的女孩。那个女孩年轻靓丽的身影，在这一刻里深深地刺痛了李雅云。于是，李雅云言不由衷地说："不是，我也想离，我同意。"

肖鹏飞垂下头道："那，什么时候抽空去办一下手续吧。"

"再过几天吧，我最近有些忙，你不急于这一两天吧？"

"当然不急。"

李雅云问："你的目标接受你了吗？"

"还没有，我还没和她说呢。"

李雅云若有所思，然后便低头吃饭，肖鹏飞也不再说什么，就看着李雅云慢条斯理地把菜往嘴里送。

这餐饭吃得很晚，一直到饭店打烊的时候，两人才默默离开。

整个晚上，李雅云只吃了半分凉拌小黄瓜，而肖鹏飞也忘记了提醒李雅云，还有别的菜。

8

令人开心的事情接二连三的发生在肖鹏飞的身上。李雅云终于答应了离婚的事,五缘湾工地也顺利开工了。

开工典礼的这天,鞭炮齐鸣,锣鼓喧天,龙飞公司所有部门的总监都来到现场,一起来的还有市土地局的领导,公安局的领导也因为肖鹏飞赞助的事而前来捧场,电视台,报社也来了记者。场面很是热闹。

典礼上,肖鹏飞做了热情洋溢的讲话。

肖鹏飞说:"无论市场风云如何变化,龙飞公司坚持为老百姓建高品质放心房的决心不会动摇,龙飞公司感谢社会各界的大力支持,以后将一如既往的为厦门的建设做贡献。"

肖鹏飞还说:"龙飞公司之所以有今天,是因为领导和市民的关心帮助,企业的发展离不开社会的支持,请社会各界以后多多支持龙飞公司,龙飞公司也将会最大程度的承担起社会责任,大力回报社会。"

肖鹏飞激情四射的讲话,极具感染力,讲话完毕,现场掌声雷动,热闹的场面持续了大半天。

仪式结束后,肖鹏飞送走领导,等看着他们的小车,一溜烟的消失在临时修建的土路上时,满面春风的肖鹏飞对欧阳香茹说:"香茹小姐,今天是个好日子,我带你去个地方。"

欧阳香茹说:"怎么,你叫我香茹小姐?改称呼啦?"

肖鹏飞说:"叫香茹小姐有错吗?你就不能让我风雅一回吗?"

欧阳香茹说:"行,爱咋叫咋叫,你是老总,这是你的权利。去哪?该不是又去酒吧庆贺吧?"

欧阳香茹这些天来一直闷闷不乐,但今天受现场欢快气氛的影响,不快的心情也有所缓解,此时的她,倒是巴不得去酒吧喝上一杯。

"走吧,去了你就知道。"

一身轻松的肖鹏飞,开起车来就显得特别随心所欲,他在车里放了音乐,是年轻人喜欢的周杰伦的歌,这种歌,以前他一听就头疼,但现在肖鹏飞觉得有必要体验一下这种无厘头的东西。

香车载美女,一会就到了目的地。

这是厦门的一个中档小区,虽是市中心,但闹中取静。这个地块,有龙飞公司以前经营过的项目。

肖鹏飞停好车，领着欧阳香茹进入电梯，肖鹏飞按了一下键：十八层。

　　要带我去哪啊？欧阳香茹心里嘀咕起来，可迅即打消了顾虑。因为她知道，肖鹏飞不是那种无聊又无赖的人，和他在一起，随便到什么地方，都是安全的。

　　下了电梯后，肖鹏飞领着欧阳香茹走到一户人家前，从包里掏出一把钥匙，交到欧阳香茹手上："打开。"

　　欧阳香茹不明就里，犹豫地问："这是谁家啊？打开？"

　　肖鹏飞重复了一遍："打开。"

　　欧阳香茹用钥匙开了门，映入眼帘的是一个大大的全新装修的客厅，客厅里还摆放着几件红木沙发和家具。

　　"先参观一下吧，"肖鹏飞说，"这是公司这个项目的样板房，装修得还可以，家具也是全新的，楼层很好，一直没舍得卖。"

　　欧阳香茹"哦"了一声，随肖鹏飞参观房子。房子不算太大，三室两厅两卫，一百二十平米，但在欧阳香茹眼里，已经是豪宅了。主卧次卧书房布局合理，装修也很讲究，地下是清一色的亚光实木地板，墙壁是素雅的墙布，天花是西式的吊顶和顶灯。

　　看完几个房间后，欧阳香茹张开双臂在客厅转了一圈。

　　"太棒了，这是我们公司建的？"欧阳香茹问。

　　"当然。"肖鹏飞说，"满意吧？"

　　"满意啊，可又不是我的，我有什么满意不满意的？"

　　"是你的。"

　　"是我的？"欧阳香茹不屑地笑了，"肖总开什么玩笑？怎么可能是我的？"

　　"我送你的，还不行吗？"

　　"送我的？别开玩笑了，我可消受不起。"

　　肖鹏飞说："丫头，我没开玩笑，只要你满意，这房子就是你的了，你看，钥匙不是已经在你手里了？"

　　"确定没开玩笑？"

　　"确定。"

　　欧阳香茹提溜着手中的一串钥匙，银色的钥匙在她的手里哗哗作响。欧阳香茹仔细地看了看这串钥匙，套钥匙的环上还挂了一个红色的小辣椒，不知道是什么做的，辣椒形态逼真，鲜艳欲滴，尤是可人。

　　"肖总啊肖总，你不是想金屋藏娇吧？"

　　"嘿嘿，"肖鹏飞也陪着笑，"金屋藏娇？不行吗？"

"不行。"欧阳香茹把钥匙塞到肖鹏飞的手上,"肖总,我的为人,想必你是知道的,我无功不受禄,这份好意,我不能接受。"

肖鹏飞把钥匙又还给欧阳香茹:"听我说,香茹,我不是什么金屋藏娇,我记得你曾经对我说过,你最大的愿望就是有一套厦门的房子,这个愿望,你实现了。"

"凭什么呢?凭什么你帮我实现这个愿望?你凭什么送我这么大的房子?"

"凭什么?"肖鹏飞近前一步,"你难道真的不知道?"

"不知道。"欧阳香茹肯定地说。

此时此刻,欧阳香茹已经隐约的感到,将有什么事要发生,但具体是什么,她又不敢确定。

但有一点是可以肯定的,那就是,将要发生的事,和感情有关。

欧阳香茹本能的想离开。

她看了一眼房门,想打开它,立即从那道门里走出去,可是她的双脚不听使唤,迈不开离开的第一步。将要发生的,虽然显而易见,但在没有揭晓结果之前,仍是一个谜。在欧阳香茹的潜意识里,有一股强烈的知道谜底的欲望。

果然,肖鹏飞又像在办公室里一样,伸手双手扶住欧阳香茹的肩。

"欧阳香茹,"肖鹏飞正色道,"我喜欢你,这个理由够吗?"

欧阳香茹忽然笑得花枝乱颤:"肖总,你没发烧吧?刚才还说你不是金屋藏娇嘛?这会儿又来了。"

"我不是金屋藏娇,也不想包二奶,更不是养小蜜。"

"那是什么?"

"你别笑,给我听好了,我不是和你开玩笑。"肖鹏飞说,"我和我太太马上就要离婚了,已经谈好了,你明白我的意思吗?"

"离婚?你们?"

"是的,我们马上离婚了,过几天就去办手续。我是一个不善于表达感情的人,希望你能了解我。我们认识的时间虽然不长,但你的活泼可爱,你的善解人意,你的楚楚可怜,你的清新单纯,已经深深的打动了我的心,希望你能给我一个机会,我是认真的。"

肖鹏飞的一番话,说得至真至纯,直把欧阳香茹说得心花怒放心旷神怡,欧阳香茹的心里瞬间起了波澜。

但她嘴里却说:"你背台词啊,肖总?"

肖鹏飞放下扶着欧阳香茹的手，尴尬地搓了搓："都被你看透了，说实话，这番话我是准备好久了。当然，你有拒绝的权利。"

欧阳香茹说："如果我不拒绝呢？"

肖鹏飞喜出望外，手舞足蹈地问："真的？！"

肖鹏飞的欣喜若狂，出乎欧阳香茹的意料之外，她后悔起自己的玩笑来，连忙后退一步，生怕情绪失控的肖鹏飞做出什么不恰当的举动来。

如果在这个封闭的房子里，被自己的玩笑冲昏头脑的肖鹏飞，真的疯狂起来，那是自己难以阻挡的，也是百口莫辩的。

还好，没有。

肖鹏飞手脚并用的做了几个夸张动作之后，便停下了。他愣愣地看着欧阳香茹。

他问："是不是真的？"

"那是不可能的，"欧阳香茹又笑了，"我开玩笑呢，你觉得我们之间真的有可能？"

"你这丫头，开玩笑啊，我还当真呢。哪有拿这事开玩笑的。"肖鹏飞感到口干舌燥，坐到沙发上，又问："有什么不可能？你是在意我的年纪？我知道，你对我有好感，要不然我也不会这样唐突，难道是我错了？"

欧阳香茹走到肖鹏飞面前，蹲下，拉起肖鹏飞的手，很认真地说："鹏飞，不，肖总，我知道你不是一个拈花惹草的人，我也知道你刚才对我说的都是真心话，说句实话，我也对你有好感，但不是你想象的那种好感，你懂吗？再说，这事对我来说也太突然了，我没有这方面的心理准备。希望我们都忘了今天说过的话，暂时不去想这些，从明天起还能相安无事的做同事，我不想因为这件事而失去这份工作，这份工作现在对我来说很重要。"

肖鹏飞明显有些失望，但很快恢复了过来，他慈爱地摸了一下欧阳香茹的脸："好，我答应你，暂时不去想这些。不过你也答应我，从明天起，试着了解我，给我一个机会，同时也给你自己一个机会。当哪一天你终于知道，我是一个值得你托付终生的人，我们再谈这事，好吗？"

"好！"欧阳香茹郑重地点点头，把房子的钥匙还给了肖鹏飞。

肖鹏飞说："这房子你可以收下，房子和这事无关，请相信我。"

欧阳香茹又以习惯性的玩笑口吻说："不，吃人的嘴软，拿人的腿短，你的这份好意我心领了，但房子，我不能要。"

9

　　笼罩在欧阳香茹心头多日的阴霾，被肖鹏飞下午搞笑的举动一扫而空。甜滋滋的回到自己租住的小屋，欧阳香茹迈着轻快的脚步，在客厅里转起了华尔兹。原来，除了这个该死的许巍，还有别的男人看中自己，自己并非嫁不出去。

　　今天的事，充分证明了这一点。

　　欧阳香茹心头的甜味，并不是来自肖鹏飞对自己示爱的本身，而是通过这件事，她得出了如下结论：既然肖鹏飞这样的优秀男人都能看上自己，那么其他优秀的男人也会，这证明自己还有魅力。

　　这让欧阳香茹信心大增。

　　舍得舍得，有舍才有得。看来苦闷确实都是自找的，何必自寻烦恼呢？

　　我还行，我无敌。人应该向前看，不能一棵树上吊死。欧阳香茹漫无边际地胡思乱想，自鸣得意地哼着小调："当里当，当里个当。"

　　她双手举在空中，划着优美的弧线，并不娴熟的舞步，同样显得韵味十足。

　　一个大房子，这个自己朝思暮想的东西，真真切切白在自己面前的时候，居然能轻易的将它拒于千里之外，这连欧阳香茹自己都难以理解。

　　但她并不后悔自己的决定，不是自己的东西，不能轻易拿。欧阳香茹很庆幸能够在这个巨大的诱惑面前，保持住了自尊，这又是一件值得高兴的事。

　　欧阳香茹的圈转够了的时候，坐到床上歇了歇。

　　一件一百二十平米的大房子啊，就怎么轻易的放弃了？欧阳香茹又觉得有些可惜。

　　但仅有一点点。

　　不就一间房子吗？有什么稀奇的，总不能见钱眼开吧。好好工作，好好存钱，好好做人，面包会有的，房子会有的，男朋友也会有的。欧阳香茹这样安慰着自己。

　　一幅美妙的未来图景，在欧阳香茹的心头次第展开。

　　都怪许巍，要不是给他耽误了大好的青春，这些东西可能早就实现了。在床上天马行空想了一会心思的欧阳香茹，又想起许巍来。

　　这狗日的许巍，这些天来一个电话都没有，真是狠心到家了。

　　欧阳香茹不知道，这些天来，许巍也一直在悔恨和懊恼中度过。

　　当天晚上，从刚刚搬过不久的新家搬到旅馆的时候，被夜风一吹，许巍一直发热的脑子就冷静了许多。

这个时候他才想起，刚才太冲动了。仅凭几张照片和别人的一番话，就断定欧阳香茹和别人有染，这也未免太荒唐了。

如果那照片是别人 PS 的呢？

欧阳香茹后面说的话，现在想来完全是气话，不像是真的。凭着对欧阳香茹的了解，许巍知道，如果真的变心，她完全没有敷衍自己的可能。她不可能一面在白天和别人上床，晚上又回到自己身边。她不是那种人，更没有敷衍自己的必要。

可是错已经错了，许巍不想回头。

如果欧阳香茹还像以前一样爱自己，会主动打来电话的，许巍想。

第二天，许巍从旅馆搬到单位的外来员工宿舍暂时住下，这一整天，他无数次地拿出手机查看，生怕手机出故障。手机状态正常，可就是没有欧阳香茹的电话。

第三天，有同事问他，为什么搬到宿舍，是不是被老婆赶出家门了？

许巍无奈地点点头道，是的，接着又摇摇头说，不是，是我自己把自己赶出来的。

同事说，你们一定是吵架了，快点回去吧，认个错，态度诚恳点，你老婆会原谅你的，那么好的老婆，丢了可惜。你前面一丢，说不定有多少人在后面抢呢。

同事说这话的时候，狠狠的擂了一下许巍的胸口。

同事是见过欧阳香茹的。

"她不来请我，我偏不回去。如果别人能抢得去，也活该不是我老婆。"许巍故作轻松。

其实许巍心里一点也不轻松。

几天了，欧阳香茹一直没打电话，也过来找他，这让许巍很受伤。这个狠心的女孩，就这样对我不理不睬啊？你不睬我，我也不睬你，看看谁厉害。

憋气归憋气，可住在宿舍里终究不是滋味。

只怪当时不问青红皂白，一时的冲动，落得现在个尴尬的下场。许巍也想回去，可这样灰溜溜地回去，他有些不甘心。

多没面子啊，这以后在他面前还怎么混啊？

许巍也想到龙飞公司找欧阳香茹，可没吵架以前，欧阳香茹就一直不让他去她的公司，现在去了，她会更不高兴。许巍因此放弃了去龙飞公司的想法。

一想到欧阳香茹一直不让他去龙飞，许巍多疑的毛病又犯了。这里面肯定有事，到底有什么事，他不知道。或许，欧阳香茹是真的有不可告人的秘密？许巍又有些拿捏不准了。

他还想到龙飞公司问问清楚，可又一想，问什么问啊？问谁呢？和欧阳香茹大吵大闹一番？那样太丢人了，这种人，他许巍丢不起。

唉，管它呢，一切顺其自然吧，先过段时间再说，爱是需要时间考验的。后来，许巍给自己的懦弱找了个借口。

他决定，暂时坚决不去找欧阳香茹。

10

王丽娜走进总经理办公室时，欧阳香茹正在打印一份无关紧要的文件。一贯不喜欢穿制服的王丽娜，今天穿上了龙飞公司为女员工特制的夏天制服。

公司的制服其实也不错，白色的衬衫，黑色的裙子，该大的地方大，该小的地方小，不大不小的地方，肯定刚好。这套服装，在穿惯了连衣裙的王丽娜身上，也别有一番风味。

看到王丽娜走进来，欧阳香茹停下手中的活，客气的问："王经理有事？"

王丽娜说："找肖总有点小事。"

王丽娜到总经理室来，一是想看看，这里最近到底发生了什么没有，想看看欧阳香茹和肖鹏飞的关系最近有无变化，二也真是有事。现在房市低迷，公司销售不畅，五缘湾工地正在开工，需要钱，公司也急需要回拢资金投入其它项目。王丽娜知道厦门的名校双十中学要搬往枋湖时，有了一个创意：打学区牌。

双十中学教学质量在厦门首屈一指，考上北大清华港大的学生不计其数，很吃香，很多学生都想往里挤。而非学区里的学生很难挤进。枋湖地块，龙飞公司曾经有一个很大的项目：紫竹院。房子卖了大半，现在还有两百多套房子在手。

这是一个机会，王丽娜想。

王丽娜很想在肖鹏飞面前好好表现一番，对销售，她还是很有心得体会的，知道房子应该怎么卖，什么样的房子卖给什么样的人，只是公司的产品定位策划部太过强大，一直没有给王丽娜这个销售部经理展示才华的机会。现在机会来了。

昨天晚上，她想了很久，把自己的计划逐步完善，直到认为差不多的时候，已经是夜里两点多了。今天终于信心十足地敲开了肖鹏飞办公室的门。

王丽娜走到里间，坐下来和肖鹏飞谈她的想法时，欧阳香茹给王丽娜泡了一杯茶送了过去。

尽管上次和许巍吵架，欧阳香茹已经猜到可能是王丽娜搞的鬼，但她对王丽娜一如既往的客气，毕竟朋友加同事，即使真的是她说的，也一定有她的理由。欧阳香茹不想因为此事而影响他们间的关系。同事和朋友之间，宽容最重要。

欧阳香茹笑盈盈地说："王经理，请喝茶。"

王丽娜起身对欧阳香茹致谢："谢谢，欧阳小姐。"

王丽娜的心里，其实是对欧阳香茹有愧疚感的，但此时此刻，她也只能装作若无其事。同时，她还对欧阳香茹相当地不服气。凭什么你既有那么一个好老公，又能赢得老总的欢心？不就是长得稍靓点吗？男人选老婆，又不是选花瓶。

肖鹏飞看着两人如此客气，用手指轻敲了一下黑色的办公桌，打趣道："喂，喂，你们在演戏啦？"

肖鹏飞其实也是用这种方式，掩饰一下同时面对两位与他都有着某种纠葛美女的尴尬。

王丽娜和欧阳香茹又相视一笑，两人心照不宣。

肖鹏飞又对欧阳香茹说："王经理有一个销售计划，你也坐下来听听，学点销售方面的知识也不错。"

肖鹏飞让欧阳香茹留下来，其实是怕单独面对王丽娜，自从上次王丽娜过生日后，肖鹏飞便一直不愿意和王丽娜单独相处。

欧阳香茹在王丽娜旁边坐下来，三人一起讨论王丽娜的计划。王丽娜的计划有一个亮点之处，就是客户现在购房，如果两年之后房价下跌，公司会给购房户补足差价。

这一招，让肖鹏飞顿觉眼前一亮。

现在房市冷清，不是没有硬性需求，相反，在经历了一段时间的压制之后，硬性需求反而被拉大。这一想法，很好地解决了购房户怕房子再次跌价的后顾之忧。如果再配上学区房这一概念，无疑会对紫竹院的销售有很大的促进作用。

欧阳香茹在听了王丽娜的计划后，心想，果然是个厉害的女孩，难怪人家能在销售部混得风生水起，就连销售总监也敬这个小女孩三分。这个小女孩得另眼相看。

王丽娜终于讲完后，肖鹏飞也对王丽娜的创意赞赏有加，这让王丽娜很是高兴。自鸣得意的王丽娜看看欧阳香茹，说："欧阳帮我看看，这计划有没有需要补充和完善的地方。"

面对王丽娜带有挑衅的目光，欧阳香茹并没有还以颜色，她呵呵一笑说："王经理，你就别难为我了，我只是个打打文件接接电话的角色。哪能给你的计划提意见啊？"

欧阳香茹的低调，让王丽娜心里很是受用。果然是个中看不中用的角色，王丽娜想。

肖鹏飞点上一直烟，稍作思索后说："确实是个好计划，我看这样，不如大胆一点，把补差价改为，如果两年后购房户有任何的不满意，公司不问缘由，无条件按购房价收回房子。"

老总就是老总，果然厉害，这一招在本质上其实和补差价区别不大，但这一改，恰恰起到了画龙点睛的作用。

"太妙了，"王丽娜说，"这样的话，购房后既不担心房价下跌，又不担心房子的质量问题了。"

肖鹏飞说："好，就这样定了，你去找策划部总监，就说是我说的，让他按照这个创意好好策划一下，然后找媒体发布出去。"

王丽娜在得到一阵褒奖之后，屁颠屁颠地去了。

王丽娜走后，欧阳香茹问肖鹏飞："两年后客户有任何不满意，公司就回收房子，那要是两年后房子跌得很厉害呢？"

肖鹏飞说："别担心，房价不会跌的，就是会跌，范围也不会太大，只要能在现在把房子卖出去，就是跌一点，对公司也有利。"

见欧阳香茹还没听明白，肖鹏飞进而解释："房价现在处于低位，下跌的空间已经不大，真正的自住户，即使两年后房价有所下跌，他们也不会退房，因为房子他们住习惯了，还花了大笔的装修资金，他们不会因为房价跌一点就把房子退回公司。这一创意，能够最大限度地吸引投资购房者，他们手里不是没钱，而是现在他们对市场没信心，我们这一举措，就是要恢复他们的信心。如果两年后他们真的退房，那么这两年中，他们的资金被我们无偿的用了，从银行贷款还要利息呢，在这两年中，我们可以利用这笔资金，创造更大的价值。再说，这房价短时间内的波动会有的，但我可以预言，两年后，房价必将有一幅大的增长。懂了吗？"

"说的好，可我还是听不懂。"欧阳香茹说。

"你这丫头。"肖鹏飞说着，又用手点了点欧阳香茹的鼻子。

欧阳香茹笑着躲避，然后走回外间继续做事。两人轻松如故，上次送房子的事，一点也没影响他们的和平相处，他们似乎都忘了上次的事。

这样很好，这丫头没对上次的事大惊小怪。肖鹏飞看着欧阳香茹的背影点了点头。

这样确实很好，他没因为上次的事而给自己穿小鞋，看来老总已经到了一种境界，欧阳香茹也自顾自的点了点头。

11

正午的阳光透过窗纱散射进来，办公室里一片明媚。

刚刚吃过午饭，肖鹏飞在里间的沙发上午睡，无所事事的欧阳香茹，在外间慵懒地踱步。欧阳香茹没有午睡的习惯，中午的时候，如果坐着，会漫无边际地想心思，有时候还会想到许巍，因此这一个多小时里，她一般都在外间运动运动。一是为了不想心思，二是为了锻炼身体。

欧阳香茹正左三步右三步的迈步到窗边的时候，办公室的门被推开了，一个三十几岁的女人走了进来。

来人没有敲门，径自推门而入，这让欧阳香茹很疑惑。

欧阳香茹看看对方，衣着很朴素，很大方，戴一副太阳镜，进办公室后，太阳镜取下来了，欧阳香茹看清了她一张稍显苍白但不失风韵的脸。欧阳香茹正欲问来者是谁，来者先开口了："你是谁？"

来者说完，上下左右看了看欧阳香茹，见欧阳香茹愣愣地站在那没回答，又说："小姑娘，我问你是谁。"

奇了怪了，欧阳香茹想，我还没问你是谁呢，你倒是先问起我来了。本不想回答，但在对方极具威慑目光的注视下，欧阳香茹还是老老实实地回答："我叫欧阳香茹。"

来人重复了一句："哦，欧阳香茹。"

说完，往沙发上一靠，又说："欧阳小姐，请给我倒杯水。"

欧阳香茹乖乖地给对方倒了杯水，毕恭毕敬地送到茶几上。

"我不喝冷水，请给我泡杯茶，我也不习惯这种一次性的杯子，请给我换上瓷杯。"

来人虽然嘴上说得极为客气，但语气里有一种不容讨价还价的命令成分。欧阳香茹不敢怠慢，又换茶杯，给来者泡了杯肖鹏飞喝的绿茶。

把茶放到茶几上时，欧阳香茹问："您，是谁啊？"

来人没有回答欧阳香茹，而是直直地看着她，说："没看出有什么特别的地方啊，肖鹏飞怎么就看上你呢？"

"你……"欧阳香茹张着嘴，半天没说上话。不知道地方底细的情况下，欧阳香茹不敢乱说话。

"不就是年轻点吗？现在的女孩子啊，就是不知道检点，只会勾引人。"

"你说什么？"欧阳香茹不干了，"请你说话主要点，你是谁啊？"

"小姑娘，别激动，我没别的意思，"来人说，"哦，我叫李雅云，快成你的前任了。"

欧阳香茹这才知道，来的人是肖鹏飞的太太，自己的老板娘。

李雅云也没想到自己会来龙飞公司，她本也没准备来。

在学校教职工食堂吃好饭后，因为下午没课，李雅云正愁怎样打发整整一个下午的时间。想着想着，就想到了公司里的肖鹏飞，很长时间没去公司了，这肖鹏飞都在公司里干些什么呢？不会是整天泡妞吧。然后，李雅云又想到了那条陌生号码发的彩信，想到了那个和肖鹏飞一起跳舞的女孩。那是一个怎样的女孩？什么样的人能够让肖鹏飞终于决定离婚？

李雅云好奇起来，所以就来了公司。

欧阳香茹一听说是李雅云，顿时有点慌乱，又一想，慌乱什么？我又没做亏心事，慌乱完全没必要。她脸上带笑地说："哦，是李老师啊，真是稀客。"

"稀客？我是客吗？"李雅云显得蛮横起来。

李雅云一点也不奇怪自己此时的蛮横无礼，来之前，她已经做了充分的准备。根据她的研究，彬彬有礼的人之所以彬彬有礼，是因为他扮演着必须彬彬有礼的角色，社会地位不同，所处环境不同，人的行为方式就会不同，彬彬有礼的人，是因为有一套彬彬有礼的规则约束着他们。如果放下这套规则，人的本性都是大同小异的。今天，她准备放下那套规则，放下大学老师的身份，做一回街头泼妇。

"您当然不是客，这公司是您的。"欧阳香茹感觉到了对方浓烈的火药味，强忍着，不想发作。她知道，不能和老板娘吵架，吵架的后果可想而知。

"那你刚才说我稀客？"

"我是说，您很少来公司。"欧阳香茹说。心想，这人怎么这样，还大学老师呢，大学老师原来就这素质，难怪和肖鹏飞不和。

"你是说，我对公司一点不关心，对吧？"

欧阳香茹知道了，李雅云今天来就是找架吵的，自己随便怎么答，总归都不对。于是索性闭嘴，坐回办公桌前佯装打字。

李雅云起身追了过来，居高临下的俯视着欧阳香茹。

欧阳香茹这天恰好没穿公司制服，穿了一件无袖圆领连衣裙，细长的手臂，雪白的脖颈，以及脖下风光，在李雅云的面前暴露无疑，青春的肌肤在李雅云眼皮底下骄傲地招摇。

这一切让李雅云的很不舒服，她下意识的看了看自己的手臂，想到了一个词：人老珠黄。

其实她并不老，只是感觉而已。

皮囊果然不错，年轻就是不一样啊，怪不得肖鹏飞被迷住了。这个时候李雅云思维十分敏捷，从欧阳香茹如玉般洁白的肌肤上，忽然联想到弗洛依德著名的理论：性是人类一切幸福的源泉。

这样的一个女孩，肯定比自己更能满足肖鹏飞。

李雅云看欧阳香茹打字，半天没打几个，气不打一处来。"小姑娘，你在干啥啊？你有听到我在和你说话吗？"

欧阳香茹说："我在听呢，老板娘。"

"我告诉你，这公司有我的一半，你可以用这种方式和你的老板说话吗？"

欧阳香茹站了起来，强忍着心头的怒火和委屈，有礼有节地说："老板娘，您请那边坐一会儿，我看您心情不好，您还是稍安勿躁吧。"

面对温文尔雅的欧阳香茹，李雅云想大发雷霆却找不到借口，原来这泼妇，不是那么好当的。

不行，李雅云想，不能这样半途而废，今天必须将这泼妇进行到底。

"啪"，李雅云横下一条心，将手里杯子里的茶水，泼在欧阳香茹的脸上。泼之前，她试过，水不烫，只是有点微热，这种水温，不会对人体有任何损伤。

"我心情不好？你怎么知道我心情不好？你这个不要脸的鬼丫头。"李雅云很别扭地破口大骂。

本来她想骂，你这个狐狸精、小骚货的，但实在骂不出口，话在她嘴边转了几圈，终于还是改成了刚才说的这句。

欧阳香茹瞬间被浇成了落汤鸡，呆立在那里，愣愣地问："李老师，你怎么会这样？"

"怎么会这样？"李雅云说，"问得好，你说我怎么会这样？"

肖鹏飞被外面的声音吵醒了，他一听到李雅云的声音，赶紧跑出来，吃惊地问："雅云，你怎么来了？"

肖鹏飞又看看一脸茶水和茶叶的欧阳香茹，关切地问："香茹，怎么回事？"两个女人都没回答他。

肖鹏飞又从办公桌上取来纸巾，体贴地给欧阳香茹擦拭。欧阳香茹再也克制不住，委屈的泪水，猛地涌出眼眶。

李雅云瞟了一眼肖鹏飞，说："你们这是演的哪一出啊？居然在我面前，肖鹏飞，你别忘了，我们还没离婚。"

肖鹏飞低喝："雅云，你这是干嘛？"又转向欧阳香茹："欧阳，对不起。"

李雅云围着两人转了一圈，高跟鞋很有节奏地叩击着地面，响声很清脆。李雅云阴阳怪气地说："哟，这就心疼上啦？喝问起我来了。"

欧阳香茹抹了一把眼泪，小声地说："李老师，您肯定对我有什么误会，我不怪你。有什么事，大家说说清楚。"

"好啊，说说清楚。"李雅云说，"说说你是怎么勾引肖鹏飞的。"

欧阳香茹说："李老师，说话要有证据。"

李雅云说："证据？难道还不够吗？刚才这会儿已经足以说明这个问题。"

肖鹏飞走到李雅云面前，用手摸了摸李雅云的额头，同样关切地说："没发烫啊，你今天是怎么啦？神经兮兮的，你没事吧？"

"我没事，"李雅云提高的音量，手指着欧阳香茹，把刚才没骂出口的话终于骂了出来，"都是给这个小狐狸精给气的。"

肖鹏飞背着欧阳香茹，瞪了一眼李雅云："雅云，够了，有事回家说。"

欧阳香茹没有还嘴，她的礼让，使得李雅云觉得她和肖鹏飞之间确实有事，她不依不饶："回家干吗，就在这里说，当着你们公司全体员工说，我倒是要问问清楚，这个小贱货是怎样勾引别人老公的。"

李雅云几次三番的出言不逊，终于让欧阳香茹忍无可忍。欧阳香茹只觉得心在发抖，她不再忍了，准备好好气一气这个不可理喻的女人。大不了这工作不要了。

欧阳香茹走到肖鹏飞的面前，脸上带着古怪的笑，用手勾着肖鹏飞的手臂，对李雅云说："你说对了李老师，我就是狐狸精，就是不要脸，我就是勾引你老公了，你看咋办吧？"

李雅云的脸被气得扭曲了，说："终于承认了？你这个下贱胚子。"

"问题是，你老公他接受了我的勾引，他爱我，我也爱他，事情就是这样。"

欧阳香茹说着又面朝肖鹏飞："鹏飞，我答应你，和你结婚。"

李雅云气急败坏地说："你……你们！"

肖鹏飞丢开欧阳香茹挽着的手,说:"欧阳,你这是干吗?给我回去,下午不用上班了,明天再来。"

肖鹏飞又走到李雅云面前说:"你,也给我回去。你们今天个个有病。"

两个女人一个也没动,站在办公室里横眉冷对。

肖鹏飞无可奈何地说:"好,你们不走,我走,可我警告你们,不准在公司里吵闹,谁吵,对谁没好处,都吃错药了,今天。"

肖鹏飞说完,摔门进了里间,欧阳香茹和李雅云面面相觑。过了一会儿,欧阳香茹先走出去,李雅云想了想,也跟着走了出去。

第四章
Chapter .04

——婚姻中只要因为爱,所谓的面子是分文不值的。

1

许巍升职了。

周一上班的时候,厦门大区的总经理佘晓霞的秘书,走到许巍所在的大办公室里,对许巍说,许经理,总经理请你过去一下。秘书说这话时,脸上带着甜美的笑。

这些天来,因为欧阳香菇的事,许巍一直闷闷不乐,听说总经理找自己,预感到有喜事发生,可能和升职有关。总算有开心的事了,许巍顿喜出望外,他两脚生风地随着秘书走到总经理办公室。

佘晓霞总经理虽然三十出头,但很会打扮,因此看上去比较年轻,据说和公司总部某领导走得很近,因此位高权重。

她身材稍肥,但不臃肿,属于丰满的那种,有一股贵妇人的韵味,脸上的职业淡妆,很好地修饰了她浅浅的鱼尾纹,整张脸看上去便多了几分姿色。齐肩的短发,总是在公司里一丢一丢的,使她显得很干练。

见许巍进来,佘晓霞示意他坐到办公室前的椅子上,笑着说:"许巍,你升职了,公司终于决定,提拔你为主管。"

预感被证实,许巍当然心花怒放,他拘谨地坐在椅子上,脸带媚笑地说:

"谢谢佘总经理栽培。"

"不用谢我，这是你应得的，好好干，今天我是口头通知你，正式任命过几天就下来，所有主管级别的干部，都要总部下达任命书。"佘晓霞在许巍对面的转椅上，转动着自己稍显发福的身子。

许巍说："我会努力的。"

"公司的年轻人中，你是最踏实的一个，我很看好你，你会大有前途的。"

"谢谢，谢谢。"许巍激动得嘴都有点哆嗦，但迅即冷静下来。

佘晓霞见许巍身子坐得笔直，对许巍摆摆手："不用那么拘谨，都是同事，放开点。"

许巍说："我拘谨了吗？哪有啊？不过，坐在你对面，不紧张那是假的。"

"我有那么吓人吗？"

"说实话吗？"

"当然要说实话，我不希望我的手下说假话。"

"是的，确实有点吓人。"许巍正色道，他准备拍拍佘晓霞的马屁，但在拍之前，有意欲擒故纵一下。

"怎么个吓人法？你倒是说说。"佘晓霞脸上虽然带着笑意，但眼里已经有了明显的不悦。

"你是一个美女，"许巍说，"我这人很胆小，和美女如此近距离的接触，我心里怦怦跳。"

"尽瞎说。"佘晓霞被许巍说得喜眉笑眼了，她挥挥手，"去忙吧。"

许巍起身告辞，刚走几步，佘晓霞又猛不丁地问："许巍，听说你搬到公司宿舍了，有这回事？"

许巍在离门不远的地方来了个急刹车，回过头疑惑地说："是啊？怎么，公司有意见吗？"

"不是，我只是关心一下。为什么搬回宿舍，和女朋友吵架了？"

许巍黯然地说："对，吵架了。"

"哦。"佘晓霞若有所思。

许巍升职的第二天，没等正式任命文书下来，公司就为他准备了一间独立办公室。许巍搬进了属于自己的办公室时，坐在和佘晓霞一样可以旋转的大靠背椅子上时，顿有苦尽甘来的感觉。升任主管，手下都二十几号人管着，包括几个经理。这都不是主要的，最让许巍沾沾自喜的是，主管固定月薪四千，外加奖金，每月的收入不会少于六千。

许巍在椅子上悠然自得地转了两圈后，掏出手机准备给欧阳香茹打电话。

昨天听佘晓霞经理宣布升职的消息后，许巍就准备在第一时间将这个好消息告诉欧阳香茹的，她知道这个消息，一定会很高兴，趁着她的高兴劲把她接回家，过去的不快，一定会烟消云散。

可一想的正式任命还没下来，告诉欧阳香茹，万一当中有变，让欧阳香茹空欢喜一场，欧阳香茹不把他数落得体无完肤才怪呢。于是便准备忍耐几天。

现在搬了办公室后，许巍想，这下应该不会有变了，于是便想把这个消息告诉欧阳香茹。

许巍的拿着手机拨打欧阳香茹号码，刚刚按了几个数字，门外传来敲门声，许巍抬头一看，佘晓霞已经随着敲门声走了进来，进门后，很自然的将门又关上了。许巍赶紧收起手机，站起身对佘晓霞说："佘总，您来啦，您请坐。"

许巍把自己的办公椅往佘晓霞身边推，佘晓霞按住椅子说："你坐你坐，不必客气，今天是你第一天上任，我来看看你。"

许巍哪里敢坐，笔直地站在那，佘晓霞微微一笑，在另一张椅子上坐下后，示意许巍坐下，许巍只好遵命。

佘晓霞先是问许巍对办公室满不满意，许巍说满意，十分满意。然后两人便谈许巍上任后主要的工作，以及将要达到的目标，佘晓霞谈这些的时候，眼里对许巍充满希望。

许巍信心满怀，一一应允，并谈了自己的打算。佘晓霞很是满意。

接下来，佘晓霞起身，走到让许巍旁边，让他打开办公桌上的电脑。佘晓霞给了一个密码后，许巍上了公司的操作系统。这套系统，是保险公司内部的管理系统，所有的客户资料和业务员的业绩都在里面，佘晓霞亲自教许巍如何操作。

程序并不复杂，聪明的许巍一学就会，佘晓霞怕许巍没会，不厌其烦地连教了几遍。

当时，许巍坐在椅子上，佘晓霞站在他的旁边俯身操作着电脑，膨胀的胸部正好紧挨着许巍的脸。

起初，许巍因为一心学操作，没在意，等对所有的东西都熟悉以后，才感觉到佘晓霞柔软的胸部正磨蹭着自己。许巍侧头看了看，佘晓霞虽然眼盯电脑，手持鼠标一门心思地教他操作，但两个皮球一样的乳房随着她操作电脑的动作，在他脸前一跳一跳的，似乎要从衣服里面钻出来，里面若隐若现的粉色的胸罩，此时就在他的鼻子底下。

还有一股不知名但很好闻的花香味绵延不绝地朝他袭来。佘晓霞对着电脑，嘴里抑扬顿挫地叨念着。她操一口苏州口音的普通话，声音很好听。

眼前的这些，有声有色地刺激着许巍的神经，许巍立马脸红心跳，他下意识地歪头躲开。

佘晓霞微笑着紧盯许巍的眼睛问："这么快就学会啦？"

许巍说低下头："差不多了。"

"这东西可不能马虎，来，再教你一遍。"

许巍坐直了身子，佘晓霞又开始教，许巍已经心不在焉了。他的注意力全在佘晓霞那丰满的胸部上。

如果说刚才她的碰撞显得有些有意无意，属于合理碰撞，那么现在，明显带有一些故意了，甚至还可以说有些肆无忌惮，还有一些明目张胆。

佘晓霞一面教，一面看许巍脸上的反应，许巍看到，佘晓霞的脸上有一抹绯红。许巍的心怦怦乱跳着，一时没了主意。这个女人惹不起，更得罪不起。阿弥陀佛，上帝保佑，许巍在心里祈祷着，希望这段时间快点过去。

然而，佘晓霞没有走的意思，她手持鼠标，动作自然，游刃有余。

"佘总，您先坐会儿，我要上厕所。"许巍很庆幸，在这个十万火急的时刻，想到了这个绝妙的理由。许巍说完就快步走往门边。

佘晓霞哈哈一笑，暧昧地看着许巍说："你办公室里有厕所。"

许巍尴尬地笑笑："哦，我还不知道呢，我还当是大办公室。"

许巍在厕所里呆了很久，待到觉得不能在待到时候才勉强走出来，佘晓霞还在，不过已经起身，看样子是要走了。佘晓霞站在办公室的门边对许巍说："许巍，晚上有空吗？"

许巍一愣，不知道如何做答。

见许巍不说话，佘晓霞又补充道："我家的电视想换个地方，老式的大电视，我搬不动，所以想请你帮一下忙。"

许巍疑惑地问："您老公呢？不在家吗？"

佘晓霞垂下眼帘道："我老公？我一个人住，有老公还麻烦你？"

不待许巍回答，佘晓霞又说："你不方便就算了，先忙吧，我有事了。你的任命文件要总部批呢，我去催一催。"

许巍在那一刻别无选择地选择答应："方便，当然方便。"

佘晓霞意味深长地歪嘴一笑："哦，那就好，下班后给我打电话。"

佘晓霞走后，许巍陷入了沉思，看来这主管的位置还没坐稳，佘晓霞的意思，许巍已经很直接的感觉到了。如果不过这一关，这主管没得当不说，就连经理能不能做，都难说了。

幸亏还没告诉欧阳香茹，许巍想。

2

窗外的知了有气无力地叫个不停，它们似乎在用这种杂乱无序的鸣叫，发泄着对燥热天气的不满。

下班后，许巍待在宿舍里已经很长时间了，知了的叫声让他心烦意燥。两个同事都出去了，宿舍里只有许巍一个人。

许巍走到窗前打开窗户，用一个空酒瓶猛的向窗外的树丛投去。知了们似乎受了惊吓，叫声停止了，可没等许巍坐会自己的床前，又一起齐刷刷地鸣叫起来。

"干你娘。"许巍骂了一句后，不再搭理知了，和衣躺上床，想着到底要不要给佘晓霞打电话的事。

不打显然不妥，总经理让干这点小事，自己答应后又反悔，如此不给面子，以后的日子肯定难过。不打显得小气，显得自己是以小人之心度君子之腹，人家又没明说让你干别的。

但是，如果电话打了，去了，说不定会发生什么样的事。

下午，佘晓霞说她一个人住的话，让许巍不寒而栗，她那对丰满到极致的乳房，现在还在许巍的脑海里晃悠。许巍想，这搬电视，肯定是个幌子。

平心而论，佘晓霞不算难看，甚至可以说还有些性感。和这样的女人有些风花雪月的事，不算肉麻，也不算丢人。让许巍不寒而栗的，不是佘晓霞比自己大几岁，而是怕陷入这种职场潜规则。如果她真的对自己有什么企图，踩进这种桃色陷阱，后果将不堪设想。

那样，真对不起欧阳香茹了。

目前为止，欧阳香茹在许巍心里的位置，无人能比。尽管现在还不知道，欧阳香茹能不能原谅自己的这次发浑，但许巍相信，欧阳香茹也是爱自己的。

许巍正躺在床上拿不定主意，电话响了。许巍战战兢兢地拿起电话，果然是佘晓霞打来的。佘晓霞在电话里问许巍："许巍，下午答应给我搬电视的事，你忘了吗？"

许巍赶紧说："没有，没有，我刚刚忙完，正准备给你打电话呢。"

"是吗？"佘晓霞笑声如铃，"那就好，你到湖滨路小公园旁边等我，我来接你。"

放下电话，许巍想，这不去也得去了。

管她呢，兵来将挡，水来土掩，就不信斗不过一个女人。就算是刀山火海，也得去闯一闯。

佘晓霞的家，豪华但不失温馨，许巍被领进门后，即被这豪宅的气派给强烈的震撼了。

他蹑手蹑脚的站在客厅中央，问佘晓霞电视要搬到哪儿。佘晓霞说，不急，先休息一会儿吧。许巍说，还是先干完活吧。佘晓霞便朝背景墙下的大电视一指，说就那电视，请把它搬到小客厅里。

许巍一看，电视果然大，佘晓霞确实是搬不动的。

许巍捋了一下衣袖，把电视搬到佘晓霞指定的位置后，问佘晓霞，电视放在这里好好的，干吗要搬地方。

佘晓霞把一杯茶放到茶几上，示意许巍坐下后说："我喜欢看韩剧，房间里的液晶电视颜色太艳太真，我不喜欢，所以就看这台大的，可是大客厅太大了，一个人坐在里面空空荡荡的，所以换个地方，我试过几次，搬不动，不好意思，麻烦你了。"

听着佘晓霞合情合理的解释，许巍忙说："哪里哪里，应该的。"

佘晓霞往许巍旁边一坐，跷起了二郎腿，她的腿和身体的其他部位一样，圆润而白皙。许巍在她的旁边，如坐针毡，现在的他只想尽快逃离这个是非之地。

许巍喝了一口茶后，站起身说："佘总经理，如果没有其他的事，我想走了。"

"现在就要走吗？"佘晓霞看都没看许巍，"随便你吧，不过，我要是你，肯定会再坐一会儿，因为这对你有好处。"

许巍从佘晓霞的话里，听出了明显的威胁，他无奈的坐下来，看着眼前的茶杯。

茶杯里是一杯好茶，此时正袅袅婷婷的往上冒着热气，茶香四溢。和茶香混在一起的，还有一股淡淡的香水味，那是佘晓霞身上散发出来的味道。

佘晓霞眼盯许巍说："你怎么不问问我为什么一个人住呢？"

许巍的脸上挤出一丝笑："这是您的私生活，我无权知道。"

"那要是我想告诉你呢，你想听听吗？"

这个时候如果说不想听，比刚才强行离去，更会得罪人。许巍虽然心里对这些毫无兴趣，但嘴上还是说："佘总真是看得起我。"

"这话你说对了，不瞒你说，从你提升为经理的那天起，我就开始研究你了，你给我的感觉，还不错。"

"谢谢佘总赏识，我一定会好好工作，绝不辜负佘总的栽培。"

"这些都是后话，还是说说我为什么一个人吧。"佘晓霞说着，从包里掏出一根细长的烟，娴熟地对着自己的指甲颠了几下后，用小巧的打火机点上。这让许巍很意外，在公司里可是从来没有看到她抽过烟的。

佘晓霞又问许巍抽不抽，许巍说不抽，佘晓霞吐出一圈烟雾后，继续说："我是一个离婚的女人，前夫是个美国人，结婚三年没有孩子，后来才知道，这杂种在美国和他前妻离婚前就做过结扎手术了，后来我们离婚的时候，他才告诉了我实情。"

听到这里，许巍又对佘晓霞的身世产生了好奇，他忍不住问："你们离婚几年了？"

佘晓霞黯然的说："三年多了。"

"您应该再找个老公。"许巍脱口而出。

"说得轻巧，到哪找啊？"佘晓霞又抽了一口烟，忽然又说："找你？"

许巍吓得尴尬地干笑："佘总真会开玩笑，您这样大富大贵之人，找的人也一定是门当户对的。"

"难那，许巍，你不懂的，随便找个人，于心不甘，门当户对条件相当的，到哪儿找啊。"佘晓霞像是说给许巍听，又像是自言自语。

佘晓霞一根烟抽完后，看了看坐在一旁心神不定的许巍，终于鼓起勇气说："许巍，我不想浪费彼此的时间，实话说吧，我想求你办件事。"

许巍一听佘晓霞的语气有点不对，心里直打鼓。"有什么事您直说吧，怎敢让你用请字？能够帮你办的，我一定帮您。"

"那好，我直说了，不过我说了后，你同不同意不要紧，但是你要保证，第一，不能传出去，第二，不许笑话我。"

"好，我保证。"

许巍保证后，佘晓霞直截了当地说，"我想生个孩子，这事一个人办不了，这是我的心愿，我想你能帮我一下。"

"生个孩子？我帮你？"许巍听糊涂了。

"你是真傻还是装傻啊？"佘晓霞说，"本来呢，我不想这样直接说的，这事顺其自然比较好,但看来不说不行,因为我知道,你对我根本没兴趣,我也不想勉强你。所以,我就直说了。"

显然,佘晓霞是经过深思熟虑的,要不然,任何女人也不会把这种令人难堪的话说得如此顺畅。

许巍这下听明白了,他睁圆双眼,一时不知如何回答。

佘晓霞接着说:"许巍,你不必急着回答我,也不要被我这样的女人给吓着,我们开诚布公地谈谈,好吗?"

"行。"许巍点点头。

"你一定会很奇怪我怎么会有这种打算,也一定想知道我怎么会选中了你,对吧?"

"是。"许巍又点点头。

"我很早就留意你了,你呢,人很聪明,各方面条件都比较符合。"

"佘总,不是……"许巍艰难地说,"不是我不肯帮你,只是这事事关重大,你得容我考虑考虑。"

他本想直截了当回绝的,但又一想,如果太直接了,一定会伤到佘晓霞的自尊。她受伤了,自己主管的位置将会不保。于是便换成了一种婉转的表述方式。

佘晓霞沉默,难堪的沉默。

客厅里的空气仿佛被凝固了,一架古董坐钟"嗒嗒"地迈着永恒的脚步,寂寞而深沉。

过了好长时间,许巍终于打破沉默:"佘总,我觉得您还是……还是找个老公比较好。"

"我早想透了,这辈子不再嫁人了,但我想有个孩子。"佘晓霞说到这,温情脉脉地看了看许巍,"许巍,我希望你能帮我,我不会让你白帮的。"

许巍沉默不语,佘晓霞接着说:"当然,你可以考虑,也可以拒绝。"

许巍起身,说:"佘总,这事我现在回答不了你,您让我冷静地考虑考虑,我现在头脑里乱得很,一定是受宠若惊了。我们改日再谈,我现在真的还有点事,我女朋友刚才给我打电话了。"

"你女朋友?你们和好了?"佘晓霞有些不相信。

"是的,我们和好了。"许巍都不知道,在那一刻,怎么会把谎话说得如此顺畅。

"是这样啊……"佘晓霞若有所失的吐出了一长串烟圈。想了一下,又说:"那你去吧,回去后好好考虑一下,我等你回话。"

许巍告辞，他几乎逃也似的离开佘晓霞的家。坐上电梯的时候，许巍对着电梯壁做了个鬼脸，光滑的不锈钢挡板里，印着许巍一张古怪的脸。

3

欧阳香茹气鼓鼓地在家休息了两天。第三天的时候，肖鹏飞给她打来了电话。电话里，肖鹏飞用很轻松的口气问欧阳香茹，大小姐，都三天了，气早该消了吧，气消了怎么不去上班？

欧阳香茹一听肖鹏飞如此轻松的声音，就有些来气，连着说，我还有脸来上班吗？我还用得着来上班吗？你们家太太还要我来吗？肖鹏飞说，你不会那么小气吧，就为了那点事？那好，我代她给你道歉。欧阳香茹说，要你道歉干吗？错的又不是你。

"这样吧，我亲自来接你上班，这总行了吧。总得给你的老总留点面子，你说呢？就这样定了。"

肖鹏飞极具磁性的声音，让欧阳香茹的气消了一半，想了想说："不用了，你不知道我住哪儿呢，我搬家了。还是我自己去吧。"

"这就对了嘛，不愧为我肖鹏飞的好助手。"肖鹏飞在电话里轻松地笑了起来。

欧阳香茹到公司后，做的第一件事，就是很认真地向肖鹏飞解释，那天当着李雅云的面说的那句话，全是为了气气李雅云的，千万不能当真。肖鹏飞说，你那天说的话可多了，我一句都没记住，你是指哪句？

欧阳香茹媚眼斜视："明知故问。"

肖鹏飞又习惯性地点了点欧阳香茹的鼻子："你可把她气得不轻。她是不对，你也没客气，你们俩扯平了，这事不准再提了。"

欧阳香茹笑了："你这就太偏袒你太太了吧，明显是她无中生有挑起事端的，不过，我为你能偏袒自己的太太高兴，我也能理解，哪有老公不偏袒老婆的。"

"不是我偏袒，我是就事论事，好，不说了，干活！把这些打印一下。"肖鹏飞说完，丢给欧阳香茹一沓需要打印的文件。

欧阳香茹手拿文件，嘀咕道："真是个资本家，就知道压榨劳动人民的血汗，刚来就要干活。"

接下来的日子，大家相安无事，两人在办公室里有说有笑，轻松自如，似乎所有的一切都不曾发生。

虽然肖鹏飞觉得,和李雅云离婚的事,已经箭在弦上,势在必发,但他并不急于欧阳香茹现在就对他有所表示。

肖鹏飞把对欧阳香茹的那份好感,暂时深埋心底。

那次的表白,现在看来已经够兀秃了,太心急了,显得自己沉不住气,婚还没离呢,就去追另一个女人,难怪人家不答应。几乎是没太太的日子,已然过了五年,又何必在意这一朝一夕?再等一段时间,又有何妨。

肖鹏飞超级自信,凭借自己的努力,最终一定能够俘获欧阳香茹的芳心。

肖鹏飞想,上次的表白虽然唐突,但一定取得了预期的效果,最起码,欧阳香茹会认真考虑这件事的。

他哪里知道,欧阳香茹根本就没考虑。

要说上次送房子的事,在欧阳香茹的心里没有激起一点涟漪,那是假的。

欧阳香茹毫不否认肖鹏飞是个优秀的男人。和这样的男人结婚,是许多女孩子梦寐以求的事,结婚后,可以一辈子锦衣玉食,花天酒地,过上人上人的生活。这无疑有巨大的诱惑力。何况肖鹏飞是一个既令人心动又令人放心的人,他嘴里说出的话,一定是仔细斟酌的结果。欧阳香茹相信他不会信口胡言,更相信他的话,是出于对自己真心的喜欢,而非一时心血来潮。

但是这种涟漪,只给欧阳香茹的心里带来了些许的安慰——对许巍一去不回头造成伤害的小小的安慰。还有就是虚荣心得到了一点点满足。

些许的安慰和小小的虚荣心得到满足之后,欧阳香茹早把那事抛之脑后了,她很清楚自己需要什么。

4

一场瓢泼大雨将整个厦门清洗得一尘不染。

雨下了一整天,街上到处洪水泛滥,肆意流淌汇集的雨水,让厦门成了一个水乡泽国。晚上,欧阳香茹独自坐在窗前看着窗外的雨幕。

许巍正是在这个雨夜里,回到了曾经和欧阳香茹一起租住的家中。许巍是用自己身上的钥匙开门的。

乍一看到许巍,欧阳香茹有些吃惊,心想下怎么大的雨,这王八蛋怎么来了。

是这场罕见的大雨让许巍急忙忙地跑了回来。

当时许巍已经脱衣上床了,同宿舍的同事正在津津有味地给他讲黄色小段,而许巍根本无心体会，总是感觉心神不宁。

外面电闪雷鸣。

雷声加上肆意的雨声，使得许巍心惊肉跳。不是许巍自己害怕，而是担心欧阳香茹。这样的雨夜，欧阳香茹怎么过啊？欧阳香茹最怕打雷了，许巍清楚地记得，刚来厦门的一个夜晚，外面同样下着雨，突起的一个炸雷把欧阳香茹吓得浑身发抖，小猫一样钻进自己的怀里，嘴里说：老公，好吓人啊。

想到这的时候，许巍顾不得许多，迅速从床上爬起，穿上衣服打起伞，同样迅速地钻进外面的雨幕。

街上很少有出租车，许巍是等了好久才等到一辆黑车，花了二十元才回到家里。他像只落汤鸡一样抖落着头发上的雨水，雨下得太大了，他带的那把小伞根本就地挡不住雨点的四面夹击，浑身上下都快湿透了。

许巍抖了一会头上身上的水后，站在门边，像个做错事的孩子一样看着欧阳香茹，脸上带着傻笑。欧阳香茹看了一会儿许巍，也忍不住笑了。

吵架过后的这些天，欧阳香茹终于想明白了一件事，虽然许巍混蛋，但自己爱他。

其实，这些天，欧阳香茹无时无刻不在想着许巍。

"爱你的人一辈子不会忘，伤你的人一辈子忘不了。"许巍是"爱"和"伤"都占全了，欧阳香茹能不想吗？

最近几天，欧阳香茹似乎忘记了许巍吵架时的凶相毕露，想起他的种种好来。

浑蛋许巍还算是个好男人，这点无容置疑。自从来厦门后，家务活几乎都是他包了。就是在欧阳香茹和别的男人接触的问题上心眼小点。可心眼小的另一种解释，是太在乎自己。

在大学的时候，许巍可不是这样的。那个时候的他可谓风华正茂意气风发，要不然欧阳香茹也不会爱上他，当然许巍也爱自己。

欧阳香茹知道，许巍之所以到厦门后变得小心眼，是因为他不太自信。无论外在和内在条件，在帅哥如云的厦门，许巍都不占优，文凭不算高，收入不算好，还无车无房，他有充分不自信的理由。欧阳香茹同时也感觉到，来厦门后，自己对许巍的态度也变了。这份变化，可能也是许巍变得敏感的原因。

独居一室的时候，往日一幕幕温情的画面，在欧阳香茹遐想中，慢慢浮上心头。

有一天夜里许巍说过的一段话，欧阳香茹至今记忆犹新。"你的第一次给了我,我也是第一次给你的,这很珍贵,我们都要珍惜。我会爱你一辈子的,你是我这辈子唯一的选择,什么都可以改变,这个永远不变。"

许巍说这话时,他们正徜徉在学校后山的小树林里,脚下的落叶铺了一地。那是临近毕业的时候,欧阳香茹已经和许巍偷吃了禁果。他们相依相偎走在落叶之上,已然一对爱侣。天上月明星稀,欧阳香茹透过树叶的缝隙看看月亮。

月亮告诉她,许巍的话发自内心。

当时的浪漫,历历在目,温暖得如一杯冬日的奶茶。

想通了这些以后,欧阳香茹便很想给许巍打电话,但是,又一想,这狗日的许巍实在可恶,一吵架就离家出走,这算哪门子事啊。

不对,那晚好像是自己先要走的。每每这样想的时候,欧阳香茹又不好意思起来。

欧阳香茹对站在门边唯唯诺诺傻不拉几的许巍说:"傻站着干吗,还不快换衣服。"

许巍像得到大赦似的,屁颠屁颠地走到欧阳香茹身边,双手一摊说:"我没带衣服。"

欧阳香茹说:"就换我的睡衣吧,睡衣大一点。"

许巍到卫生间冲了个澡后,换上了欧阳香茹带碎花的睡衣,睡衣穿在欧阳香茹身上很宽松,但到了许巍的身上,显得又紧又小,肚皮都裸露在外面,他整个人看上去便很像戏台上的小丑。

欧阳香茹看着许巍,笑得前仰后合。"看看你,都成什么样了?"

"管他什么样呢?我历来就这傻样。"

"今天怎么想到回家啦?在外面玩够啦?"

"我想你了。"

"切,想我?真的?"

"真的!我对他发誓。"许巍说着,又将嘴凑到欧阳香茹的耳边小声说:"老婆,对不起。"

欧阳香茹故意问:"你说啥,我没听见。"

许巍又重复了一遍:"对不起,老婆。"

"对不起?为啥?"

"那天,是我发浑。"

"哪天?"

"我知道的,我的老婆怎么会是那样的人呢,都怪我,听信小人的谗言。"

许巍说着伸出手,深情地搂住欧阳香菇。

欧阳香菇推开许巍,大度地说:"嗨,都过去了,我早忘了,相信我就好。"

雨过天晴,阳光灿烂。

当然,雨是许巍心头的雨,天是许巍心头的天。窗外的雨仍在继续,淅淅沥沥的雨声响个不停。

欧阳香菇忽然又想起什么似的问:"罗里罗嗦地到现在,你吃晚饭了没有?"

"还真没有呢,不过见到老婆,我什么都忘了,哪知道饿啊?"

"别贫了,快做饭吧,冰箱里还有菜,我也饿了。"

许巍一惊:"你也没吃?我不在的这些天,你是怎么过的啊?"

"就那么过呗,地球离了谁都转。"欧阳香菇说。

许巍系上围裙,开始麻利地做饭,欧阳香菇在一边打杂,许巍一边忙一边数落欧阳香菇:"这些菜再不吃就坏了,坏了多浪费啊。"

欧阳香菇说:"我花钱买的,你管得着吗?"

许巍说:"你的钱不是我的钱啊。"

欧阳香菇说:"又来了又来了,我的钱怎么会是你的钱呢,你的钱才是我的钱,懂吗?"

许巍回来还没一会儿,吵吵闹闹便又开始了。

吵吵闹闹中,许巍已经做好了晚饭,端上桌后,欧阳香菇用筷子敲了敲碗,叮当一声之后,欧阳香菇说:"喂,许巍,喝一杯吧,家里还有啤酒呢,还是上次你在家时买的。"

许巍拿出啤酒,每人倒了一杯。

"来,干一杯,庆贺游子归来。"欧阳香菇举起酒杯。

"好,干杯。"许巍将杯中的酒一饮而尽。

"这次回来,准备住多久呢?"

"不走了,以后被老婆打死也不走了。"许巍说,"不过,你也不准走。不要一吵架就跑。"

"行,只要你以后不发浑。"

"好,我保证。"

晚饭过后,两人上床。小别胜新婚。许巍有些迫不及待,欧阳香菇也有些迫不及待。这一次,欧阳香菇没有要求许巍用套了。激情过后,许巍平躺在床上,吃吃地笑着说:"你好像忘了一件事。"

欧阳香菇说:"套吗?我知道?"

"咋？不要求我用那玩意儿了？"

"不用就不用吧。"

许巍惊喜的翻身，裹住了欧阳香茹滚烫的身体："你想透了？要是怀了怎么办？"

欧阳香茹平淡地说："顺其自然吧，不过你得注意点，最好别怀上。"

"要是怀了呢？"

欧阳香茹叹了口气："唉，怀就怀吧，我们岁数都不小了，也可以有小孩子了。"

"老婆，终于想通啦，谢谢你！"许巍激动得浑身颤抖。

两人都无睡意，一直不着边际地聊天。

许巍突然告诉欧阳香茹，自己被公司炒了。欧阳香茹说，好啊，是被炒了才回来的对吧。许巍说，是的，被炒了，没地方去才回来的。欧阳香茹虽然有些失望，但没过多地责备。问，为啥被炒。

许巍便把佘晓霞要求他做的事简明扼要的说了一遍，欧阳香茹一听便火冒三丈："这倒是什么人都有啊，这种事也想得出。我一看你们那个经理，就不是个好东西。"

"就是，"许巍说，"要是我答应并且做了，你会怎么样？"

"你敢？！休了你。"欧阳香茹斩钉截铁地说。

许巍又问："老婆，那我没工作了，以后的日子怎么办？"

欧阳香茹说："怕什么，一个大男人还怕找不到工作，找不到就找不到，大不了我养你。"

欧阳香茹平平淡淡的话，像春风一样吹进许巍的心田。许巍很感动，他根本没有想到这话能从欧阳香茹的嘴里说出来。

许巍搂紧欧阳香茹，说："老婆，暂时还没有被炒呢，我升官当主管了。"

欧阳香茹以鲤鱼打挺的速度坐直了身子，楸着许巍的耳朵问："到底怎么回事，你倒是给我说说清楚。你到底哪句是真，哪句是假？"

"都是真的。"许巍也被欧阳香茹楸得坐了起来，"升主管是真的，不过正式任命还没下来。佘晓霞的事，也是真的，我是怕不答应她，会被炒，所以先打个预防针。"

欧阳香茹狠狠地在许巍的胸口擂了一拳："还敢骗我。"

过了一会儿，欧阳香茹又担心地问："那你打算怎么应付？"

"怎么应付？就那样呗，反正我不答应，更不会干，随她咋样。"

"这就对了,真是我的乖老公。"

欧阳香茹又拥着许巍睡下,一高兴就把肖鹏飞送房子向她求婚的事,轻描淡写地说了一遍。许巍一听就乐了,说:"那你就要了啊,要了后我们平分。"

欧阳香茹问:"你不生气啊?"

许巍说:"有啥好生气的,我老婆有人追,说明有魅力,只要我老婆一心一意对我就行了。"

欧阳香茹说:"哈哈,看来,我老公长大了。"

许巍说:"当然,人都是要长大的。"

温情在房间里激荡,空气里弥漫着一股爱的味道,淡淡的体香味,氤氲在彼此的鼻翼周围。欧阳香茹紧紧依偎在许巍的怀里,喃喃地说:"许巍,不管何时何地,你都不能对不起我,在这个城市,我只有你了。你那个骚货总经理再找你麻烦,你就对她别客气。"

许巍说:"别对我们总经理出言不逊,她也是个好人,如果她再勾引我,我肯定招架不住,干脆从了得了。"

欧阳香茹狠狠的掐了一下许巍的胳膊,许巍一边躲避,一边夸张地大叫,两人迅即笑着抱作一团。

5

夜里两点的时候,肖鹏飞被李雅云痛苦的呻吟声吵醒。

肖鹏飞迷迷糊糊的睁开眼,只见客厅的灯打开,李雅云正扶着他卧室的门框上喊他的名字。

由于房间的灯没开,客厅里投过来的亮光照在李雅云的身上,她蜷曲着的身子犹如一幅剪影。肖鹏飞看不清李雅云的脸,黑暗处,披头散发的李雅云显得很狰狞。

只穿三角裤的肖鹏飞来了个鲤鱼打挺,一骨碌从床上跃起,连滚带爬地到了李雅云面前问:"这是怎么了?"

"我也不知道,"李雅云大口喘着粗气说,"肚子很痛,已经到了不能忍受的程度。"

李雅云说不能忍受,那一定是痛得非常厉害了,不然她是绝对不会说的。肖鹏飞一下子紧张起来:"要去医院吗?"

嘴巴张得像条大鱼似的李雅云点点头:"要,实在不好意思,半夜吵醒你。"

"都什么时候了，还说这种话。"

肖鹏飞一边数落着李雅云，一边给120打电话。等拨通后才想起，打什么电话啊，打电话都成为一种习惯了，让120来，哪有自己去医院快啊。

肖鹏飞迅速穿上衣服，又从衣橱里拿来衣服让李雅云换，李雅云一手捂着肚子，一手指指衣服，说："这件不行，换那条紫色的裙子吧。"

肖鹏飞嘀咕了一句，这个时候还臭美，但不敢怠慢，连忙又拿来李雅云指定的裙子，帮着她把睡衣脱了，穿上裙子。

肖鹏飞背上李雅云进入电梯后，李雅云已经快出于昏厥状态了。

"雅云，挺住！马上就会到医院的。"肖鹏飞喊，他的声音在狭小的电梯间里显得尤为急促。

李雅云软塌塌地浮在肖鹏飞身上，有气无力地说："你别太急，我会挺住的，没事。"

到车库后，肖鹏飞打开车后门，小心地把李雅云往后座上放好，又到前面开车门，弯腰的一刹那，他才发现自己衬衫的纽扣没扣整齐，衣角一长一短的，胸口一块肌肉裸露着。但他管不了许多，发动车，将左右转向灯同时打开，箭一般地冲向医院。

肖鹏飞背着李雅云跑到医院的急诊室，因为半夜三更没有病人，急诊室里有两个医生正在下棋，大约正下到高兴处，对肖鹏飞李雅云的到来视而不见。

肖鹏飞焦急地对医生说："医生，快救救我老婆，她快不行了。"

医生中一个年纪稍大，一个年纪稍轻，年轻的医生手执棋子正苦思冥想怎样应招，听肖鹏飞上气不接下气的罗嗦，随口说："哪有那么严重的？"

肖鹏飞说："真的，快不行了医生，我求你，你快给我看吧。"

年纪大点的医生走过来，随便翻了一下李雅云的眼皮，见怪不怪地说："先去那边挂号。"

医生说完，又坐回棋盘前。

"挂号？你能不能先给她做个检查？她都快不行了，你还让我去挂号？我背着她怎么挂号？"肖鹏飞大喊大叫起来。

年轻的医生冷冷地说："这是规矩，没办法。"

医生的冷漠激怒了一向处事冷静的肖鹏飞，他指着年轻医生的鼻子咆哮道："你们上班的时候下棋，我告诉你，我是肖鹏飞，龙飞房产公司的肖鹏飞，你们医院的大门楼子还是老子赞助修建的，你们局长也是我的座上宾，你们见死不救，对待病人如此冷漠，我现在就给他打电话，让他炒了你们这帮杂碎！"

这时候，两个医生同时从棋盘前起身，半信半疑地看了肖鹏飞几眼，然后让肖鹏飞把背在身上的李雅云，放到里间的病床上开始检查。年轻的医生嘀咕道："又没说不给你看，只是让你去挂个急诊号。"

肖鹏飞见两医生同时忙碌起来，赶紧道歉："对不起医生，我刚才太急，态度不好，请你原谅。"

医生没接肖鹏飞的茬。

一个医生对另一个说："可能是急性阑尾，先做个B超，通知手术室，准备手术。"

一听要手术，肖鹏飞吓得魂飞魄散，腿都软了，忙问医生："不要紧吧，医生？"

医生的态度有了明显地转变，年纪大点的医生说："没事的，肖老板。阑尾手术只是一个小手术，现在还不能确定，要等B超结果。一旦确诊，我们马上推你太太进手术室。"

肖鹏飞说："拜托了。"

肖鹏飞在医生的肩膀上轻拍了一下，然后转身，以百米冲刺的速度跑步到停车的地方，从放在车里的钱包中取出一沓钱，又以同样是速度跑回急诊室，把钱分成两份，往两个医生的口袋里塞。

两个医生都没有推脱，年纪大点的医生说："刚才的事，不好意思。"

肖鹏飞说："都过去了，也请你们原谅我的冲动。"

年轻的医生推着李雅云去B超室，肖鹏飞跟着去，年纪大点的医生走过来，把肖鹏飞没扣好的衬衫纽扣解开，重新扣整齐，拍拍肖鹏飞的肩膀说："你不用紧张，肯定没事。"

肖鹏飞对医生投以感激的一笑。

果然是急性阑尾炎发作，手术连夜进行。

李雅云被推往手术室的时候，脸色苍白如纸，修剪得很好看的睫毛，此时也无精打采的低垂着。她无力地向肖鹏飞伸出手，肖鹏飞紧紧地把她略显干枯的小手握在手中，一路护送，直到李雅云进了手术室。

6

欧阳香茹忙了起来，这段时间，肖鹏飞因为在医院照顾李雅云，公司里的大小事务都得有她协调、周旋。肖鹏飞只是偶尔急急忙忙地来公司一趟，余下的时候便通过电话遥控指挥。好在公司各部门运行正常，欧阳香茹也只是起一个传达作用。

公司在枋湖那个楼盘，因为有了王丽娜想出的那个绝妙的创意，销售很是火爆。王丽娜在公司里的人气提升了不少。王丽娜因此很得意。

最让他得意的，是欧阳香茹和许巍和好了。

那次和许巍说那些话，本想让许巍看住欧阳香茹，别让她和肖鹏飞走得太近，没想到这家伙居然和欧阳香茹分手，王丽娜隐隐约约的听到这个消息时，很郁闷。

破坏不成，反而帮了忙。

现在好了，欧阳香茹告诉她，许巍回来了。看来欧阳香茹不打算隐瞒有男朋友的事了，这就好，肖鹏飞不会再对她有非分之想了。

高兴了几天之后，王丽娜又有些失落。

她终于清楚，不管有没有欧阳香茹，肖鹏飞都不会看上自己，清醒这点以后，对欧阳香茹的愧疚感也加剧了。亏人家欧阳香茹，一向拿自己当朋友。

中午吃饭的时候，王丽娜端了饭盒来到总经理办公室。

肖鹏飞不在公司，办公室只有欧阳香茹，王丽娜进去总经理室的感觉自由多了。王丽娜今天本来在枋湖售楼现场的，售楼现场也有免费的午餐，但王丽娜早上的时候，特地打电话给销售部总监，说是中午回公司吃饭，为的就是见欧阳香茹。

王丽娜早就想和欧阳香茹好好谈一场了，可是最近因为卖房子，又是她自己策划销售方案的项目，便格外用心，一直没有找到合适的时间。

看到王丽娜进来，正在吃饭的欧阳香茹笑着让坐。欧阳香茹说："王经理吃饭的时候咋来我这里啦？是不是想我啦？"

王丽娜说："过来看看你，还不行吗？"

欧阳香茹说："行，谁说不行啊？我正一个人孤单呢，你来了正好有个伴。"

两人一起有说有笑地吃饭，饭毕，王丽娜收起笑容，支支吾吾地说："欧阳，我想和你说件事。"

看着王丽娜难堪的神情，欧阳香茹猜到她大约要说什么，于是打断她："丽娜，有些事不必说了，都过去了。我们是好朋友，一直都是，你说呢？"

王丽娜心想，难道她都知道？咬咬牙还是说："不，这事还是说出来好，不然我心里不安。你和许巍这次吵架，都怪我。"

欧阳香茹伸出胳膊亲切的楼主王丽娜，说："还得感谢你呢，真的。你让我们检验了爱情。"

"你是说风凉话吧？"

"才不是呢，说实话，一开始我就猜到可能是你搞的鬼，但我真的没怪你，你有你的理由，这事呢，都怪我，当时来公司时没说清楚有男朋友，要是说了，什么都不会发生了。"

欧阳香茹的大度，让王丽娜无地自容，她满脸通红地说："其实你早猜到了是我，对不？"

欧阳香茹点点头："是的，但我一直没怪你，我理解。"

"你理解什么？"

"你喜欢肖总，难道我不知道？"

王丽娜通红的脸更加发烫，嗫嚅着道："你咋知道？"

"你当姐姐是傻瓜啊，姐是过来人。喜欢一个人没有错，你放心，我不会说出去的。"

王丽娜一听很是感动，说："欧阳，你真是个好人，难怪肖总喜欢你。"

"又说疯话了，我是有男朋友的人，他怎么会喜欢上我？"

"真的，不骗你！"

"你咋知道？他告诉你的？"欧阳香茹逗起王丽娜来。

王丽娜尴尬地一笑："我，猜的。"

"鬼丫头，就乱猜姐姐。"

两人嘻嘻地笑个不停。欧阳香茹不计较自己的过错，王丽娜很开心。王丽娜能够开诚布公地谈这事，并道歉，欧阳香茹也很开心。

两个开心的女孩在一起，叽叽喳喳地，聊起来总是没完没了，一直到上班时间，王丽娜要去售楼现场才结束。

7

肖鹏飞这些天来，一直在医院照顾李雅云。

阑尾手术虽然很小，小得在医生眼里不值一提，但开刀、打麻药等等程序一样不能少。

那天晚上，李雅云从手术室推出来的时候，还在昏迷中。她口带氧气罩，裆插导尿管，吊针和心脏监测仪一直跟随着她进了病房。

肖鹏飞吃力地把李雅云从手术床抱往病床，平时身轻如燕的李雅云，此时不知道为什么那么沉重。

小心翼翼的把李雅云安顿好后，肖鹏飞问站在旁边的护士长："这么小的手术，为什么现在还不苏醒？"

护士长说："可能是体质太差，不过你别担心，没事的。"

护士长又嘱咐护士："注意观察，血压稍微有点高。"

肖鹏飞的心忽地一揪，摸着李雅云的额头，在她的耳边轻轻呼唤："雅云，雅云。"

"别叫了，"护士说，"没那么快醒的，你把导尿瓶放了吧，快满了。"

肖鹏飞顺着护士的手势一看，果然放在床底的导尿瓶里，装满了液体，血红血红的。

"这个，这么放啊？放哪？"肖鹏飞茫然的环顾病房的四周。

护士噗嗤一声笑了："你没照顾过做手术的病人吧，这还能放哪儿？卫生间里。你先到楼下商店买的尿盆，商店二十四小时开门。"

肖鹏飞买了尿盆，给李雅云放尿液，这事肖鹏飞从未干过。别看他是一个大男人，可平时一见到血腥，心里就发怵，何况这是尿液。但此时此刻，肖鹏飞别无选择，他将尿液放进尿盆里，又将尿盆倒进卫生间。由于不熟悉操作，血水弄了一手。肖鹏飞简单地清洗之后，便坐到病床前看着李雅云。

面无血色的李雅云睡了两个小时后才清醒过来，醒后的她蠕动着嘴唇说："鹏飞。"

肖鹏飞咧嘴一笑，伸手拉着李雅云的胳膊说："终于醒啦。"

"对不起，让你受累了。"

"别说这种话。"

"都几点了？你也睡会儿吧。"

"这会哪睡得着啊？"

李雅云努力地动了动身子，肖鹏飞急忙用手扶住她的肩膀。李雅云说："那你明天上班怎么办？"

"嗨，这还上什么班啊？"

"那公司怎么办？"

"你就别操那心了，公司我自有安排。"

李雅云说着又眯上了眼睛，仅仅过了一会儿，又睁开，吃力地说："鹏飞，你睡一会儿，我没事的，你明天还是去上班吧，我打电话让妈来。"

"还是我在这儿照顾你吧，"肖鹏飞说，"你这个样子，你妈看了会心痛，过几天再通知他们。"

李雅云想了想，觉得也有道理。

肖鹏飞对李雅云的照顾，可谓无微不至。肖鹏飞自己都不知道，怎么会有如此耐心照顾病人。因为怕伤口感染，病房里空调开得很低，李雅云睡着的时候，肖鹏飞便守在旁边，不时的给她披披被子，李雅云吃饭的时候，肖鹏飞一口一口地将瘦肉稀饭吹冷后，再用小勺小心的喂进她的嘴里。李雅云想吃水果，肖鹏飞又到街上买来大包大包的水果，用刀削好皮，再切成小块，用叉子戳着往李雅云的嘴里喂。

睡在病床上的人，嘴巴总是很叼，一种想吃得不得了的东西吃了几口，便觉索然无味，又想吃其他东西。但只要李雅云一开口，肖鹏飞立马去买，毫不含糊，也毫无怨言。

尤其是李雅云的导尿管拔了、压在伤口上的沙袋取了之后，李雅云的大小解，便要到卫生间里完成。

这个时候，肖鹏飞必须扶她进去。

李雅云在肖鹏飞的帮助下脱去裤子，让肖鹏飞出去，说是有味道。肖鹏飞怕此时弱不禁风的李雅云摔着，就坚持在里面一直拉着她的一只手，直到李雅云完事后，又搀扶着她出来，把她扶上床。

同病房的病友对李雅云说："你真有福气，嫁了这么个好老公，人长得帅，又懂得疼人。"

李雅云听了，心情便很复杂，和肖鹏飞对一眼，两人心照不宣。

肖鹏飞的体贴入微，让李雅云很不好意思，心想，自从结婚以来，作为妻子的自己，还没这样照顾过肖鹏飞呢。

李雅云说："鹏飞，你这样太累了，我们请个护工吧，请了护工，你就可以回公司了。"

肖鹏飞说："还是我来吧，我现在不就是护工吗？难道不称职？"

李雅云便不再说话了，她心里，其实也许巍肖鹏飞能留在医院照顾自己的。护工哪有肖鹏飞做得仔细啊。

星期六的上午，欧阳香茹和许巍一起来医院看望李雅云。

欧阳香茹早就想来了。那次的误会，让欧阳香茹生了几天的气。什么人啊，还大学老师呢，尽胡言乱语，信口雌黄，听风就是雨。但听说李雅云动手术后，欧阳香茹动了恻隐之心，气也消了。气消了之后，欧阳香茹又开始理解李雅云那天的举动了。

　　任何女人，都不会容忍别的女人抢了自己的老公，女人在听说这种事的时候，都是宁可信其有，不可信其无的，智商会明显的降低。虽然李雅云是大学老师，也一定不会例外，因为她同样是女人。听说老板娘病了，就想来看看，欧阳香菇想借这个机会消除彼此间的误会。

　　早上，欧阳香菇对许巍说，一起到医院看老板娘和老板，你愿意陪我一起去吗？许巍一听，顿时喜出望外，心想我这个地下党似的老公，终于可以见天日啦。许巍好好打扮一下之后，大步流星地随欧阳香菇来到了医院。

　　到病房的走廊上，欧阳香菇从许巍手中拿过鲜花，让许巍在外面先坐一会儿。欧阳香菇说："老板还不知道你的存在呢，我先进去打个招呼，然后你再进去。"

　　许巍说："行，我先等一会儿，搞得这么隆重，像见你父母似的。"

　　欧阳香菇进病房的时候，李雅云正斜靠在床上，肖鹏飞在一旁给她讲笑话。

　　见欧阳香菇进来，李雅云先是一愣，睫毛跳动了几下，接着礼貌地点头招呼："欧阳小姐，你好。"

　　欧阳香菇把鲜花放在床头柜上，极其自然地向坐在床上的欧阳香菇伸出了手："李老师好。"

　　两个女人的手握在一起。李雅云说："谢谢你的花，真漂亮。"

　　欧阳香菇说："不客气。"

　　肖鹏飞有些尴尬，看着床头柜上的康乃馨，又看看李雅云，然后对欧阳香菇说："来时怎么不打个电话？我好去接你。"

　　"想给你们一个意外，"欧阳香菇调皮的一笑，"知道我给你们带谁来了吗？"

　　肖鹏飞和李雅云目目相觑，几乎是异口同声地问："谁啊？"

　　欧阳香菇对着走廊喊了一声："许巍，进来。"

　　许巍潇洒地应声而入。

　　他脸上带着谦逊而自信的笑。欧阳香菇故意不做介绍，看李雅云和肖鹏飞见许巍的反应。

　　两人反应各异：肖鹏飞眉头轻锁；李雅云喜笑颜开。

　　许巍和肖鹏飞握手。许巍说："肖老板好，我叫许巍。"

　　肖鹏飞一脸迷惑地说："你好，你好。"

　　许巍又说："李老师好，早听说你大家闺秀、端庄优雅，今天一见，果然如此，即使是躺在病床上，也可以看出您的蕙质兰心。"

李雅云被这陌生小伙子的一席话说得梨花带雨，问欧阳香茹："这帅小子嘴真甜，是谁啊？"

李雅云是故意问的，其实，她已经猜出大概了。

"我男朋友。"欧阳香茹骄傲地说。

有这么个年轻帅气的男朋友站在身边，欧阳香茹心里很得意。心想，李老师，你看看，我的男朋友不差吧，我有这么个男朋友，怎么会对你老公有非分之想呢。

"哦，男朋友？认识多长时间了？"李雅云由衷的一笑，从他们俩默契的程度，李雅云一眼就能看出，眼前的两人，不是在演肥皂剧。

欧阳香茹答："好几年了，我们是大学同学，一起来厦门的。他在保险公司上班。"

肖鹏飞听后，脸僵硬得像一只被冰冻过茄子。

在最初听说来者许巍是欧阳香茹男朋友时，他恨不得立马钻进卫生间里。那一刻，他难堪之极。

这鬼丫头，早就有男朋友了，一直隐瞒着，害得自己像个十八岁小男孩一样自作多情，还傻帽似的送房子给她讨她欢心。这事让人情何以堪？

但肖鹏飞毕竟是肖鹏飞，是在商场和情场上趟过风抵过浪的肖鹏飞，是经历过许多大场面的肖鹏飞。他迅速地调整着自己的心态，心想，除了送房子时说过喜欢欧阳香茹之外，也没别的出格地方，在不知道对方有男朋友自己又即将离婚的状况下，喜欢一个人，不是什么罪大恶极的事吧。

肖鹏飞脸上的冰在逐渐融化，他又一次向许巍伸出手："你好，许巍，很高兴认识你。"

许巍说："我也一样。"

肖鹏飞又转向欧阳香茹："你这丫头，这么可喜可贺的事一直蒙着我们，让我们以这样的方式见面，许巍进来了我和雅云都不认识，这多让人尴尬啊。"

肖鹏飞的话一语双关。

欧阳香茹也一语双关地说："对不起，我不是成心的。"

几个人都笑了，笑声虽然不太畅快，但也很温馨，大家心有灵犀。

欧阳香茹和许巍告辞的时候，李雅云再次向欧阳香茹伸出手，两个女人的手再次握在一起，有一种默契，透过握着的手，传到两人的心里。

肖鹏飞送他们到走廊。肖鹏飞亲昵地拍拍许巍的肩膀说："小伙子，欧阳是个好女孩，好好对她。"

"我会的，"许巍说，"谢谢肖总一直以来对香茹的照顾。"

"应该的。"肖鹏飞说着又转向欧阳香茹："欧阳，啥时候结婚啊，请我去喝喜酒。"

"还早呢，到时候一定请您和李老师。"欧阳香茹银铃般地一笑。

欢快的笑声在走廊里回荡了好久。

8

度过了几个战战兢兢的日子后，许巍不再害怕了。要炒就炒吧，谁也拦不住。

抱住这种心态，许巍在公司里该干啥干啥，任劳任怨，兢兢业业。先把业绩搞上来再说。业绩上去了，即使被炒，别人也不会说是因为能力不行才被炒的。

群众的眼睛雪亮着呢。

好在底下的人，并不知道这位刚刚上任的头儿，其主管位置摇摇欲坠，再加上许巍本身在公司人员关系不错，所以他的每一条指令，在他带领的团队里都能得到最好的执行。一切运行正常，发展势头不错。

周三快下班的时候，佘晓霞来到了许巍的办公室。佘晓霞进办公室的时候，和上次一样，很随意地把办公室的门关上了。

一见到佘晓霞，许巍就紧张起来，生怕那天教她使用公司办公操作系统的一幕，再次重演。他本能地站起身来，毕恭毕敬但又不卑不亢地说："佘总好，您请坐。"

佘晓霞很随和地笑笑，示意许巍坐下，自己在许巍的对面坐了下来。许巍刚刚坐下，又起身给佘晓霞倒水。

许巍拿起杯子颤抖着倒水时，佘晓霞说："不用倒水了，你坐好，我有事和你谈。"

许巍一听，不由得就紧张起来，浑身汗毛倒竖。他本不想紧张，但就是做不到，手也有点微微发抖。人在关系到前途和命运的紧要关头，说不紧张，那肯定是假的。

许巍回到佘晓霞的对面坐了下来，想看看佘晓霞此时是什么表情，可是不敢抬头。

想到此时模样一定很窝囊，许巍的心里便对自己有些生气。不就是个主管吗，没得做就没得做，何必这样紧张。许巍在心里给自己打气。他紧握了一下拳头，终于抬起头，看了佘晓霞一眼。

佘晓霞并无异样，脸上和平时一样，洋溢着自信而亲切的笑。可是，这份笑意此时并没有带给许巍亲切的感觉，反而觉得她的笑不怀好意，似乎那笑容绵里藏针。

佘晓霞说："知道我找你干吗吗？"

许巍老实的摇头："不知道。"

"我想你应该知道，猜猜看。"

"猜不出来。"许巍又摇头。

佘晓霞紧盯着许巍的眼睛："我上次和你说的哪件事，你没对别人说吧？"

"哪件？"许巍故意装傻。有时候，装傻有装傻的好处，许巍想。

佘晓霞对着办公室的门边翻了一个白眼，长叹一口道："唉，就是在我家里说的。"

许巍还是摇头："没有，没和别人说。"

"包括你女朋友？"

这下许巍点头了："对，包括我女朋友。"

佘晓霞虽然有点不相信，但还是有些欣慰，说："那就好。"

许巍结结巴巴地说："佘总，这件事，请恕我……"

遽然而至的冰冷溢在佘晓霞的脸上，她迅速打断许巍："不要说了，你不会做的，对不对？"

许巍先是沉默不语，过了一会，艰难地说："佘总，你听我解释。"

"不用解释了。"佘晓霞再次打断许巍的话，"我明白的。"

又是沉默，压抑的沉默。沉默中，许巍偷眼瞄了瞄佘晓霞，佘晓霞的脸上明显有一些失意后的怅然若失，还有一些心灰意冷后的平静。

过了很久，佘晓霞从包里掏出一份文件，往许巍面前一放说："许巍，这是你的任命书，下来了。"

许巍有点不相信地捡起了看，准确无误，是盖了公司总部大印的任命书。许巍的心一下子狂跳起来，他激动得语无伦次地说："谢谢佘总，谢谢总部，哦不，谢谢佘总经理。"

佘晓霞"哼哧"一声笑出声来，许巍见了，跟着也笑了。

佘晓霞说："你是不是怕那件事不答应我，我就会给你穿小鞋？不让你做这个主管？"

许巍尴尬地搓搓手："怎么会呢？"

佘晓霞说:"真的会,我就差点这么做了。"

许巍无所适从地看着佘晓霞,佘晓霞接着说:"不过,后来一想,何必呢?不能为了我的私事而毁了一个勤奋的年轻人。"

"谢谢佘总。"这个时候,许巍简直感激涕零了。

"好好干吧,许巍,公司需要你这样的人。"

佘晓霞说完,站起身来告辞,许巍急忙起身送客。快到门边的时候,佘晓霞伸出手,在许巍的肩膀上拍了拍说:"那件事,彻彻底底地忘了它,好吗?"

许巍低下头说:"我已经忘了。"

"你是个聪明人,我喜欢和聪明人,也希望自己的部下个个聪明。"佘晓霞说。

9

李雅云出院的时候天气极好,天上朝阳高悬,万里无云,地下和风劲吹,花红柳绿。整个厦门生机无限。

早上九点多,肖鹏飞用车载着李雅云慢慢往家开。

李雅云坐在肖鹏飞的旁边,阳光打在脸上,温柔流在心里。街道上一切似乎都是新的,树更高绿了,花更红了,就连风儿也更温柔了。

在医院待得久了,突然来到大街上,感觉世界都换了个样。在医院的这些天,李雅云想了很多,有对过去的回味,有对未来的展望,天马行空,无所不包。

躺在病床上的时候,李雅云也有过关于人生和幸福的思考——这是一个永恒的话题,思考这个话题,躺在病床上和坐在书房里,肯定会有不一样的感受。

人总是喜欢在得一场大病的时候,思考这类话题,虽然李雅云的病不是很大,只是一个小小的阑尾炎而已,但这场病带给他的思考,一样深刻而久远。

特别是那天,导尿管已经拔了好久了,因为药物反应,李雅云的膀胱突然失去收缩能力,小便拉不下来,涨得很难受。肖鹏飞让医生再插导尿管,医生不同意,因为导尿管反复地插和拔,会引起尿道炎症,到时候会更麻烦。医生说,慢慢就会好的,不必担心,还让肖鹏飞试着像给婴儿把尿一样嘴里"嘘嘘"地诱导。

肖鹏飞照做了。

当时,李雅云坐在马桶上不断地变换着姿势,各种办法想尽了,可就是拉不出来。她又不敢太用力,因为怕伤到了刚刚开始长肉芽的刀口。李雅云只觉得下体火烧似的难受，那种难受只可意会，不可言传，更无法用语言描述。

肖鹏飞遵照医生的嘱咐，嘴里"嘘嘘"地吹着，可是"嘘"了半天，李雅云的症状照旧。肖鹏飞又放自来水，想用自来水的流水声诱导李雅云拉尿，白花花的自来水流了半天，肖鹏飞自己都被诱导得憋不住想尿了，但李雅云却一点反应没有。

眼看拉尿无望，肖鹏飞又扶李雅云上床，只在床上待了一会，李雅云又想去卫生间，到卫生间后照样拉不出来。

如此反复数次，李雅云简直被折磨得痛不欲生了。

这个时候，李雅云偷眼看了一眼病房里的其他人。别人好像都没有她这种症状，因此，李雅云就觉得他们个个都比自己幸福。

直到第二天早上，李雅云才酣畅淋漓地把那泡憋了很久的尿拉了出来。这个时候，李雅云只觉得神清气爽，畅快无比。原来，能够痛痛快快地把尿拉出来，也是一种幸福。

肖鹏飞把车开到楼下，小心扶李雅云下车，又搀扶着她进电梯，一路拥着婴儿一样拥着她回到了家。家，已经久违了，李雅云坐在客厅的沙发上，顿感亲切。

这个时候，他们才通知了李雅云的父母，刚好是周末，父母一听李雅云生病住院又出院了，很是吃惊，慌里慌张地赶过来。父亲拉着李雅云的手，母亲摸着李雅云的脸。老两口一面责备她和肖鹏飞，出了这么大的事也不通知他们，一面对李雅云问长问短。

要在以前，父母这样喋喋不休，李雅云一定会觉得很烦，而此时，被亲情包围着，她却感到十分温暖，心里似乎有一块蜜糖在慢慢融化，甜蜜无比。

父母来了，肖鹏飞要去买菜做饭，李雅云开给他一个菜单，让肖鹏飞照单采购。一大堆菜买回来后，肖鹏飞又系上围裙，和李雅云母亲一起在厨房忙碌起来。李雅云也闲不住，跑到厨房偷看，只见肖鹏飞围着白色围裙忙这忙那的，还真像那么回事。

吃饭的时候，翁婿对饮，母女斗嘴，杯觥交错，叽叽喳喳，一番热闹景象。

热闹整整持续了一天，父母直到晚饭后才回去。

李雅云要父母住这边一晚，父母都不愿意，异口同声地说，离了老窝，睡不着。告辞的最后，在房里的一角，母亲拉着李雅云小声地说："丫头，我不得不承认，当初反对你和肖鹏飞结婚，是我这辈子唯一的错。"

李雅云听了，苦涩地说："都过去了，已经不重要了。"

母亲又说:"现在看来,小肖确实不错。"

李雅云困难地咽了一口吐沫。

"同样看得出来,他很爱你。"

母亲说着,伸出那只握惯了指挥棒的细长的手,温柔地摸了摸李雅云的头,又说:"这段时间好好休息,休息好了,你们得抓紧啊,抓紧给我生个外孙,我们一说这事,你们就说丁克,丁克那是外国人玩的玩意,我们中国人,特别是中国的老人暂时还不能接受。别看你爸,嘴巴上不说,心里可急着呢。"

一向不善于撒娇的李雅云,破天荒地扭扭捏捏地撒起娇来:"知道了,妈——你别说了。"

李雅云把"妈"拖了一个很长的尾音。

"好好考虑我的话,我等你们的好消息。"

母亲丢下当晚最后的一句话,和父亲携手一起走了。他们俩的恩爱,溢于言表,这让身为女儿的李雅云都有些羡慕。

家里就剩下李雅云和肖鹏飞两个人的时候,尴尬的时刻来临了。

当时已近晚上八点,肖鹏飞因为怕术后身体虚弱的李雅云累着了,让她洗洗早点睡,而李雅云根本就没想这么早睡。准确的说,她不知道自己该睡哪儿。

李雅云是想睡肖鹏飞那张大床的,可肖鹏飞没说,她不好意思主动过去。不知道他心里咋想呢。

虽然离婚的事被这次病耽搁了,但肖鹏飞毕竟提过,自己也答应了,不知道会不会继续。如果继续,那么睡到肖鹏飞的身边,岂不荒唐透顶?这么多年都是分床而卧,却在即将离婚的时候,又睡到一起,这算什么?

肖鹏飞见李雅云坐着发愣,又催促道:"雅云,早点睡吧。"

"哦。"李雅云应了一声,慢慢的走向卫生间洗漱。

李雅云穿着睡衣从卫生间出来的时候,肖鹏飞正气定神闲地坐在沙发上喝茶。李雅云多情而复杂的目光,从肖鹏飞的脸上轻轻掠过,自己的脸便"唰"地绯红起来。

在卫生间洗澡的时候,李雅云就一直在想,出来后以怎样一种随意的口气和他说,晚上睡哪个房间里的事。可一见肖鹏飞,李雅云的心跳不知不觉就加快了,早想好的话,也一时说不出口。

肖鹏飞见李雅云愣愣怔怔的,问道:"怎么,不舒服吗?"

"不是,鹏飞,我有件事和你商量。"

"什么事,你说。"肖鹏飞显然没注意到李雅云脸色的微妙变化。

李雅云斟酌着说:"我现在刚刚出院,怕晚上有什么事到你房间叫你不太方便,你看,我这几天住你房间,可以吗?"

肖鹏飞愣住了,根本就不相信自己的耳朵,他放下茶杯,脑子一片空白,一时不知如何回答。

李雅云看着肖鹏飞发愣,心想他肯定不愿意。

李雅云的自尊很是受伤,要是以前,她一定会愤然离去。但此时的她,已经不是病前的李雅云了。

这场小病以前,李雅云是心高气傲的大学老师,自命不凡,目空一切,凡事追求完美,甚至还有些不食人间烟火的味道。这些毛病,都是婚姻出现问题以后才有的,没出毛病以前,李雅云也只不过是个小女人。

而此时的李雅云,经过这场病懂得了很多,对女人来说,事业固然重要,但家庭比事业更为重要。

爱和婚姻虽然不是生活的必需品,却是人生的必需品。

婚姻中,只要因为爱,所谓的面子是分文不值的。面子问题,有时候无情的阻挡了爱人之间的良性沟通,由于不能做到坦诚的沟通,使许多本来很简单的事情变得复杂起来,为了所谓的面子,许多女人失去了本来很美满的婚姻。

李雅云准备丢弃这可笑的面子,做回原先的那个小女人,小女人在老公面前,是可以耍点赖的。

再不做回小女人,她的婚姻可能真的没有了。李雅云分析过,虽然他们的婚姻有过缺憾,但这段婚姻还是值得彼此珍惜保留的。

李雅云坐到肖鹏飞旁边,主动拉起他的手说:"鹏飞,你别为难,我没有别的意思,只是想和你好好谈谈,我想谈的这些东西,还是在床上谈比较好,请给我一晚上的时间,可以吗?"

李雅云深情的望着肖鹏飞。

粗枝大叶的肖鹏飞根本不了解李雅云,更不知道她心中所想,她的眼神让他有些莫名其妙。面对李雅云的问话,只是模棱两可地点点头。

"哦,这样啊,好吧。"肖鹏飞说。

肖鹏飞看似冷淡的表情,并没有浇灭李雅云的热情,她没多说什么,起身去了肖鹏飞的房间。

李雅云躺上大床后,眼盯着对面墙上的结婚照。经过岁月的洗礼,结婚照略显陈旧,也没有像现今小年轻们的照片那样,PS得花里胡哨,但甜蜜的样子不亚于任何人。

李雅云一边看照片，一边静等肖鹏飞上床。

肖鹏飞终于上床后，两人并肩而卧，虽然彼此拘谨，但都有些激动，熟悉的身体，陌生的感受，新婚蜜月似的。彼此都知道，李雅云小腹上的伤口刚刚愈合，不宜做什么，但兴奋的感觉依旧强烈。这是一个多么奇怪的感觉。

但这份感觉只流淌在两人的心里，谁也没有表露出来。

空调在"嗞嗞"地吹送着冷气，李雅云的身体发僵，笔直的躺着，同样躺得笔直的肖鹏飞，习惯性地给她掖了掖被子，李雅云又习惯性的道谢。她本不想这样客气的，但习惯一时难以改变。

这个时候，不解风情的肖鹏飞问："雅云，你想和我谈什么？是不是关于财产的事？"

"财产？什么财产？"

"离婚时的财产分割啊，你说好了，都听你的。"

李雅云再顾不得许多了，慢慢侧过身来，面朝肖鹏飞："鹏飞，我想和你谈的可不是这件事。"

肖鹏飞仍旧仰面朝天："那是什么？"

李雅云犹豫了一会儿，说："你看对面墙上的照片，多甜蜜啊。"

"是啊，很甜蜜，我天天晚上看呢。"

"那段时光多美好啊，真想回到那个时候。"

李雅云深情的话语让肖鹏飞微微一愣，他也侧过身面对着李雅云，只见李雅云脸色温柔双目含情，眼窝深处，水波荡漾。

肖鹏飞不解地问："雅云，你是怎么了，这么多愁善感的。"

看着一根筋的肖鹏飞，李雅云鼓起勇气说："鹏飞，我们能不离吗？就这么过，你看行吗？"

"不离？"肖鹏飞显然没有进入状态，"为什么又不离了？你不是一直都想离婚的吗？"

肖鹏飞毫无感情色彩的话，让李雅云的心冷了许多，她长叹一口道："唉——看来，你还是对我以前的事耿耿于怀，都过去这么多年了，你就是不能原谅我。"

肖鹏飞伸出了手，拍拍李雅云的肩："说什么呢，那事我根本就没放在心上，别瞎想。"

"那你还要和我离婚？"

"不是你一直要离婚的吗？"肖鹏飞很无辜。

"对，以前是我提出要离婚，但现在的我，不想离了。你有看到我的变化吗？"

"你，不想离了？"

"对，不想离了。"

李雅云直截了当又斩钉截铁的回答，在肖鹏飞的心里激起了阵阵涟漪，他把李雅云搂住，紧盯着她的眼睛问："你说的是真的？"

"当然是真的。"李雅云也伸出手，拂去飘在肖鹏飞脸上的一缕头发。

肖鹏飞连声说："不离好，不离好。"

"看你，就像个孩子似的。"

"可我搞不懂，你为啥又突然不想离了呢？"

"一定要说吗？"

肖鹏飞点了点头，点头的时候，他的额头碰到了李雅云的额。李雅云双手托着肖鹏飞的脸，说："那你给我听好了，什么都不为，只为我爱你！我爱你，你知道吗？"

看着被说得晕头转向的肖鹏飞，李雅云接着说："我一直爱着你，从结婚到现在，对你的爱从未改变过，即使在那段非常时刻，我也是深深爱着你的，为此，我深深的自责，感觉对不起你，所以提出离婚。在医院的这段时间，你为我忙里忙外，我知道你是尽你身为名义上丈夫的责任，但给我的感受，是说不出的温暖，我问过自己，肖鹏飞还爱我吗？我回答不出，因为我真的不知道。我同样问过自己，还爱肖鹏飞吗？回答是肯定的，过去爱，现在爱，将来也会一直爱下去。"

李雅云的一席话，酣畅如滔滔江水，说完这些话后，她的眼睛湿润了。

这其实是憋在她心头已久的话，也是她内心深处最真实的想法，只是以前一直被她压抑在心底，像一只被巨大石块压住的春笋，没有出头的机会。而现在，终于说出来了，李雅云只觉得心情舒畅无比，自己也被自己感动了。

肖鹏飞捧住李雅云的脸，在她的额上轻轻一吻，接着又吻了一下她的嘴唇。李雅云本已湿润的眼睛开始流泪，泪水如涌泉般的喷涌而出。

"傻老婆，你咋不早和我说呢，我以为你不爱我了，我一直以为你不要我了。"

李雅云呜咽着，想说什么，努力了几下，终于没说出来。

肖鹏飞也流泪了，他一边吻着李雅云留下的泪水一边说："雅云，其实我也爱你，和你一样，一直爱着。"

李雅云的泪，流得更欢畅了，两人相拥着一起流泪。李雅云在肖鹏飞的怀里激动得浑身战栗，肖鹏飞心里最柔软的地方，被击中了。击中他心脏的，像是情人的舌头，那只舌头火热，此时正肆无忌惮地舔舐着他的心尖。肖鹏飞忍不住也浑身发抖，他搂着李雅云，陪着她一起战栗。

10

　　欧阳香茹怀孕了。
　　例假该来时没来，欧阳香茹就感觉不妙，她的例假一直正常。又过了几天，还是没来，遂拉着许巍陪着到医院检查，果然，检查结果显示怀孕无误。奇怪的是，以前一直惧怕怀孕的欧阳香茹，在怀孕得到确认时，没有过多感到意外。正常的年轻男女在一起久了，只要不采取避孕措施，都会怀孕的。欧阳香茹也没有恐惧，反而心里还有种窃喜。
　　毕竟是平生的第一次。
　　穿着白大褂胖乎乎的女医生微笑着对她说"恭喜你"的时候，有一缕淡淡的幸福感包围着欧阳香茹。
　　这是一种奇妙的感觉。
　　从医院检查出来，走到一条林荫小道上，欧阳香茹擂了许巍一拳："都是你干的好事。"
　　许巍心里虽然高兴之极，但嘴不饶人："你没干啊？"
　　"贫嘴。"
　　"本来嘛，这事我一个人也干不成？"
　　"你说，现在怎么办？"
　　"你说呢？"
　　"我哪知道啊？问你呢。"
　　许巍试探着问："要么，打掉？"
　　"咋？你想不认账？"
　　欧阳香茹再次狠狠地擂了许巍一拳，许巍躲避，由于用力有点猛，没能打到许巍，自己的身子反而失去平衡，向前跄了一步。
　　许巍赶忙扶住欧阳香茹，心疼地说："老婆慢点，你现在肚子里有咱们爱情的结晶呢。"
　　"知道就好，"欧阳香茹说，"我才不打掉呢，我要生下他。"
　　许巍压抑着心头的喜悦，故意用平淡的语气问："生下他？你想好了？"

"想好了。"

"那房子的事咋办?我们还没有房子。"

"先租着住吧,没有房子还不结婚了?天下没房子的人多了去了。"

"你终于想透了?太好了!"许巍欢呼雀跃。

两人带着欣喜和幸福回到家后,便开始商量下一步的事:结婚。既然已经到了这一步,不结婚还能哪样?

结婚的事,欧阳香茹的意思是,婚礼肯定要,就在厦门办,办得像样点,把双方的父母都请来,热热闹闹的,人生就这一次,得留点浪漫的回忆。许巍说,还是算了吧,过春节时回老家办,顺便把准生证给领了。欧阳香茹说,那哪成啊,就让我这么不明不白地帮你怀孩子?别人问起来我咋说啊?许巍想想,觉得如果不办婚礼,确实也对不起欧阳香茹,便妥协了。

"这样吧,"许巍说,"我们先在厦门办,办得简单点,反正春节回老家还要办一次的,我们不搞那些花里胡哨的名堂了,就请你我公司里的人到酒店热闹一下,再在酒店包间贵宾房,这样既喜庆又好看,你看行不行?父母们就不请他们过来了,他们年岁已高,路途遥远,车马劳顿,不方便,又额外花钱。"

"不行,你倒是无所谓,可我不行。儿女的婚姻大事,岂能够儿戏,父母不到场算什么婚礼?"

许巍说:"反正老家要办嘛,这又省不了,那时候他们一定在场。如果让他们过来,其他的亲戚怎么办?七大姑八大姨就不说了,舅舅叔叔总得来吧,老家的规矩你又不是不知道,一堂叔,二母舅,父母来了他们不来,到时候我们怎么做人?都是一些穷亲戚,来参加我们的婚礼,车费不能让人家贴吧?来了又住哪儿?还得开宾馆。总不能大老远的来一趟让他们参加完婚礼就走吧,还得请他们到厦门各地转转不是?你算过没有?这可是一大笔开销啊。"

看欧阳香茹不置可否,许巍又补充道:"能省则省,我们总不能这样租房子住一辈子吧,眼看再过几个月儿子就要出生了,我们也得为他考虑考虑。我早想好了,你我现在的工资加一起有一万多,再存一年,够岛外一套80平米房子的首付了,到时候,我们就在岛外买房子,买好后,好好的装修一下,我们就可以安安心心地过日子了。反正现在有快速公交,岛外到岛内只需半个小时,上班很方便。"

听完许巍长篇大论,欧阳香茹好气又好笑,同时也被他规划的未来感动。欧阳香茹说:"看你老谋深算的,是不是早就心怀不轨想好了?"

许巍老实地点头:"是的,我早想过了。"

"是不是也包括这次怀孕？这也是你预谋的结果？"

"是我预谋的，可这总得有人配合才能完成啊？怎么，你不乐意啊？"

"你又来了，"欧阳香茹面带笑容地白了许巍一眼，"唉，就这样吧，我为啥就找了你这么个人？"

许巍很得意："这是上天的安排，是上天把你这么个好女人安排给我许某人做老婆的，天意不可违，你就认命吧。"

"那你以后得好好对我。"

"一定，我许巍对天发誓，一定会好好对待你们母子。"许巍说着，嘻皮笑脸地摸了摸欧阳香茹的肚子，"我要是对你不好，儿子也不答应啊，是不是？"

欧阳香茹在许巍伸过来的手上轻拍一把："去，你咋知道是儿子？我还许巍是女儿呢，我喜欢女儿。"

许巍说："女儿也成，像你一样漂亮就好。"

第五章
Chapter .05

——爱有时候是一种奢侈，但亲情永远割舍不断。

1

对一个处于穷困状态的男人来说，有喜必有忧，这似乎是天命，无法逃脱。

初为人父的喜悦，在许巍的脸上还没荡漾多久，很快就被压力取代了。结婚要花钱，孩子出生要花钱，将来买房子还得大笔的花钱，这一切都与钱有关。钱这个字，对于积极结婚的许巍来说简直像山一样，压得许巍透不过气来。何况欧阳香茹又是一个特别会花钱的女人。

结婚礼服，欧阳香茹为两人各定了一套，价格都不菲。许巍说，你的婚纱价钱高就高点吧，我的西服就不用了，随便什么衣服凑合一下都行。欧阳香茹说，看你小气的，那哪儿行，礼服只我买你不买，结婚是我一个人结啊。

许巍只能不出声了。

那天和欧阳香茹一起去选婚纱照，面对几千到数万不等的价格，许巍说，便宜点吧，三千的就行了。可欧阳香茹偏偏不干，执意要选五千的。

许巍几乎是祈求着说："三千的就行吧，反正都一样。"

欧阳香茹说："咋会一样呢？价钱高的效果肯定好点，人生就这一次呢，要留点美好的回忆。"

许巍想说，人生只有一次的事情多着呢，你花钱的事都往这上面靠，三千元的就不能留回忆啦？但是看在欧阳香茹怀孕的分上，许巍嘴巴上没说，但心里很不舒服。

特别是酒店的选择上，欧阳香茹更显示出不能通融的一面，一定要选五星级酒店。许巍算了一下，他们的婚宴客人不多，但双方公司里的人加一起，至少也要八桌。五星级酒店八桌酒席加一晚套房，再加司仪摄像等等，他们去问过，需要二万二千元，且人家还不乐意，嫌酒席桌数太少。而三星级酒店，只需要一万六，足足少六千元。

许巍试着问欧阳香茹，就三星级的好了，反正只住一晚。欧阳香茹说，绝对不行，你买不起房子，连新婚之夜也不能让我享受享受啊，就要五星级酒店。

许巍一下子就蔫了。

许巍算了一下，全部按照欧阳香茹的设想，一场婚礼下来，两人的积蓄就会消耗殆尽。摸着自己瘪瘪的口袋，许巍感觉这结婚真该是有钱人干的事，怪不得那些有钱的，不停地结婚离婚呢。没钱又娶了个不懂节俭的老婆，压力总是大于欢乐。

虽然有压力，但许巍无怨无悔。在公司里，许巍更加勤奋了，不管什么工作，哪怕是最琐碎的事，他都干得有条不紊。

他明白一个很浅显的道理，一个男人，只有在事业上成功，才能保证妻儿的幸福。保证妻儿的幸福，是一个男人应有的责任。

可是他万万没有想到，一场灾难，正在等着他。

这天，许巍正低头在办公室里整理下个季度工作计划时，佘晓霞来了。许巍站起身，佘晓霞很客气地示意他坐下。

佘晓霞在许巍的对面坐下来，说："你最近的工作很出色。"

许巍照例致谢："谢谢总经理，谢谢夸奖。"

上次的危机解除，许巍心底对佘晓霞充满感激。这个女人很直接，但也很大度，并没有因拒绝那事，而刻意地整自己。因此，许巍对佘晓霞的感激，是发自心里的。

佘晓霞说："今天来，是想请你再帮个忙。"

许巍说："有事尽管吩咐，佘总不要客气。"

佘晓霞说："我家有个水龙头漏水，我试了几次，就是换不了，麻烦你去帮我换一下。"

"OK，没问题。"

"那好，下班后一起走吧，就在我家吃点便饭。"

"行。"许巍想都没想就答应了。

上次那么大的难关都安然渡过，现在会有什么事呢？再说，主管位置已经到手，她总不至于再拿这事威胁自己吧。所以，许巍根本不会想到这是一个圈套。许巍更不会想到，这一去，他的人生轨迹将会发生根本性的转变。

当晚，许巍轻轻松松的帮佘晓霞换好水龙头后没一会，佘晓霞也已经麻利的做好了晚餐。美式牛扒、苹果沙拉、三明治和红酒整齐地放到餐桌上时，许巍不得不佩服佘晓霞做西餐的功夫了。只一会工夫，就做好了这些，真的让人不可思议。

许巍也不客气，系上餐巾坐在饭桌前，便像吃中餐那样狼吞虎咽的吃起来，他想快点回家呢。佘晓霞本劝他喝一杯酒，许巍谢绝了。他知道，此时此刻，不宜喝酒。佘晓霞也不勉强，自己喝了一杯红酒后，就坐在许巍的对面摆弄着刀叉，看着许巍吃。因为减肥，晚餐她一般吃得很少。

许巍干净利落地吃完饭，便准备告辞，佘晓霞留住他了。佘晓霞说："许巍，喝杯茶再走吧，我想和你谈谈工作上的事，就一会儿。"

一听说是工作上的事，许巍只能留下。许巍说："哦，那好吧。"

许巍如坐针毡地在客厅的沙发上坐下后，佘晓霞送来了茶。佘晓霞把茶杯往许巍面前轻轻一放说："我知道你们北方人喜欢绿茶，上好的黄山毛峰，你尝尝。"

"谢谢佘总。"许巍有些受宠若惊了。

茶确实是好茶，色泽纯净，清香四溢。许巍一边慢慢地品着茶，一边听佘晓霞漫无边际的教诲。佘晓霞从公司近期的发展，一直谈到长远的战略规划，喋喋不休，滔滔不绝。许巍听着听着，头就有些发晕，但他并没有在意。

可是，一杯茶刚刚喝完，他就觉得浑身着火了。

奇怪，这是怎么了，许巍暗叫一声不好，想离开，可是此时的他哪里离开得了。

这个时候的许巍，大脑极度亢奋，只觉得浑身的血液在急速流动，心里奇痒难忍，像是有无数只蚂蚁在爬。特别是下体，火烧火烧地难受。再一看，已经鼓得老高了。

许巍身体里那种对异性的欲望，被无数倍地放大了。

他知道，佘晓霞在他的茶里放了东西，他想凭借毅力逃脱这种恶魔的爪子。

许巍张开血红的眼睛狠狠地瞪着佘晓霞,在心里骂了一句:这个婊子!

他想走,可是就是迈不动双脚,他的身体,像一只被钉子钉住尾巴的毒蛇,可以四周舞蹈,但无法离窝。许巍再瞪了一眼佘晓霞,此时的佘晓霞在他眼中美若天仙。

"许巍,这样看着我干吗?"佘晓霞抑扬顿挫地问。

许巍不说话,他只感觉呼吸急促,头大如斗。

佘晓霞伸手摸了一把许巍的脸,许巍的脸滚烫滚烫的。佘晓霞知道时间已经成熟,又将身子往许巍这边扭动了一下,对他轻轻一笑。

只这一笑,许巍再也无法控制自己了,仿佛一堆干柴遇到了烈火,砰的一下冒出丈余高的火焰。他张开双臂,猛地抱住了佘晓霞。佘晓霞的身体触电般地痉挛了一下,然后便顺势勾住了许巍的脖子。

许巍把佘晓霞压在沙发上,佘晓霞双手搂紧许巍的头,用嘴寻找着他的嘴唇。嘴唇相对后,佘晓霞贪婪地吮吸着。

许巍迫不及待地解佘晓霞的衣扣,佘晓霞挡住了。佘晓霞说:"这么急干吗,慢慢来嘛。"

许巍用力扯下佘晓霞的裙子,说:"快点吧,我受不了了。"

佘晓霞在沙发上卷曲着身子说:"那好,上床吧,抱我进房。"

许巍把佘晓霞抱上房间里宽大无比的大床。

床上的被单极其考究,纯丝绸质地,手感很好。许巍开始脱自己的衣服,脱自己衣服的时候,他在心里警告自己,慢点,慢点,千万别扯坏了,扯坏了回家不好交代。

当两人赤身裸体裹在一起,许巍正火急火燎的想进入的时候,佘晓霞用力推开了他。佘晓霞说:"许巍,咱俩可说好,可不是我勾引你的哦。"

许巍点头称是,这个时候,心急火燎的他只有点头称是的份,哪里容得了多想。

佘晓霞平躺在床上,一手故意捂着自己的下身,一手拨弄着许巍勃起的下体说:"那你求我啊。"

许巍跪在柔软的床上,双手握着佘晓霞其高无比的乳峰说:"姑奶奶,我求你,你就快点吧。"

佘晓霞哈哈大笑起来:"那好,开始吧。"

许巍听了,便饿虎扑食般将佘晓霞压在了身下。

整整几个小时,许巍一直不知疲倦的运动着,一波刚平,一波又起。佘晓霞不断地变着花样,一会儿站,一会儿蹬,一会儿又骑到许巍的身上。这些动作,她都游刃有余了。

房间里的一面大镜子,映着两只疯狂的身子,同时还有一个摄像头正对准他们。

一直到下半夜,许巍才终于释放完浑身的能量,耗尽了身上最后一点力气,像只死狗一样,在佘晓霞那张舒适的大床上沉沉地睡去。而佘晓霞却意犹未尽的躺在他的旁边,用赤裸的身子贴在他的身上,摸了摸他的脸。佘晓霞面带满足的笑容对着熟睡的许巍说:"许巍啊许巍,你也有今天。"

第二天早上晨曦初露的时候,许巍醒了。

他迷迷糊糊的睁开眼,看到身边躺着的不是欧阳香茹而是佘晓霞时,浑身吓出了一身冷汗。

他依稀还能记得昨晚的情形,心里暗叫一声糟了,便很狼狈地急急地穿衣下床。

这个时候,佘晓霞也醒了。佘晓霞用被单裹住自己光光的上身,坐在床上说:"许先生,早上好。"

许巍气急败坏,抬起手指了指佘晓霞,又急忙颓然放下。许巍小声的说:"佘总,你怎么能这样?"

佘晓霞咯咯笑了起来,用带着苏州口音的普通话说:"许巍,你这是哪回事情?"

"我,唉——"许巍的头扬了一下,又低下来。

佘晓霞说:"你别忘了,昨晚可是你求我做这事的。"

"什么都别说了佘总,都是我不好。"许巍说完,摔门而去。

看着许巍离去的背影,佘晓霞意味深长的笑笑。你是白骨精,我就是孙悟空,你是孙悟空,我就是如来佛,你无论如何也跑不出我的手掌心。

2

如果说第一次和佘晓霞苟合,是落入圈套的话,那么第二次许巍就算是自愿了。那天快下班的时候,还是在许巍的办公室,佘晓霞莺声燕语地对许巍说:"许主管,今晚再帮我装一下水龙头好不好?"

佘晓霞此时的神态,绝然不像以前那样端庄,而是明目张胆的轻浮。看着一脸淫荡又无所顾忌的佘晓霞,许巍连连摆手:"佘总,你就放过我吧。"

"咋？放过你，这是什么话？"

"你心里清楚的。"

"我心里当然清楚，那天可是你求我做那事的。"

"到底是怎么回事，你心里有数的。"

"我心里有什么数呢？你那天求我的样子，我可记得一清二楚哦，呵呵，得手后就不认人了是吧。"

许巍愣愣的说不出话。

佘晓霞走上前，搂住许巍的脖子亲昵地说："何必装得那么清纯呢？你难道真的不想？"

许巍闻到了一缕好闻的香味，这股味道似花香，又像是女人的体香味，芳香四溢，煞是怡人。很奇怪，许巍的身体又有了反应。

这些天来，因为欧阳香茹是怀孕初期，不能有儿女之事，许巍一直克制着那股冲动。现在，佘晓霞温柔臂弯，仿佛是春雷唤醒了沉睡的大地，唤醒了许巍内心深处的渴望。

这个时候，许巍还想起佘晓霞家里的那张舒服无比的大床，想起来她家那质地柔软的丝绸被子。

他妈的，一次是干，十次也是干。一次和十次在本质上是没有区别的，反正已经上贼船了，谁怕谁啊。

许巍的心理防线在这一刻已经彻底垮了。但是，也不能这么轻易就范，许巍想。许巍往旁边一步，躲开佘晓霞的搂抱。

许巍说："佘总，别这样，在办公室呢。"

佘晓霞轻轻一笑："我都不怕，你怕什么，门我进来后锁上了。"

许巍在办公桌前坐下，说："佘总，我们能不能不这样？你能不能放过我？我知道你对我不薄，也很感激你能够赏识我，可是，我是有女朋友的人，她知道了我该咋办？"

"许巍，我们是我们，我们之间是你情我愿的事，我也不是真的想勉强你，别提你女朋友好吗？她能和我比吗？"佘晓霞直视着许巍。

许巍躲开佘晓霞的目光，低着头说："当然不能，不过……"

"没有不过，"佘晓霞打断了许巍，"和你说实话，看上你是你的福气，我不会亏待你，只要你听话，我可以把你扶上副总经理的宝座，何去何从，你自己决定吧。我先走了，希望今晚我在家里能够看到你，反正我家你也认识了。"

佘晓霞说完，就走出了许巍的办公室。许巍愣愣地坐在椅子上，许久之后，他在心里大喊一声，去，干吗不去。

佘晓霞许诺的副总经理的宝座，诱惑力实在太大了。副总经理年薪十万以上呢，有了这个职位，何愁妻儿不幸福？

下班后，打的去佘晓霞家的路上，许巍给欧阳香茹打了个电话，说是晚上要加班，然后给自己荒唐的行为找了一个借口。他在心里说，欧阳香茹啊，你可不能怪我哦，我也是为了我们好啊，为了我们这个家，为了我们即将出生的孩子有一个稳定的环境，我也是没有办法啊。

许巍甚至还恶毒的想，欧阳香茹，其实也怪你自己，要不是你对我的要求太高，我又何必走这条路？这和标准的男妓无异，你以为我心甘情愿啊，还不是为了你！

许巍一脸悲壮的到佘晓霞家后，佘晓霞满面春风地迎了上来，极其温柔地递上一个毛巾，让许巍擦脸。许巍坐下后，佘晓霞说："这就对了嘛，我就知道你会来。"

许巍心里有些不服气："你咋知道？"

佘晓霞说："我当然知道，因为我也很有魅力。"

许巍苦笑了一下。

佘晓霞又说："难道不是吗？"

"是。"许巍说着就上去抱住佘晓霞，他想快点解决问题，早点回家。

佘晓霞笑盈盈地推开许巍："看你猴急的，先别急，喝杯茶，我带你出去吃好饭后再来。"

"还要喝茶？你的茶我可是不敢喝了。"

"哈哈，你就放心吧，不会让你再喝那东西了，你以为我想啊，谁叫你以前那么不是抬举呢。你在我身上留下的印记现在还在，还痛着呢，再让你喝那东西，我可受不了。"

看着陶醉在某种情绪中的佘晓霞，许巍无言了。

当天晚上，佘晓霞果真带着许巍去了一家五星级酒店共进晚餐。佘晓霞的用心，无非就是让许巍感受一下，什么是高档次的生活，什么叫醉生梦死。席间，佘晓霞不断的向许巍灌输她的那一套"人往高处走，水往低处流"的理论，而许巍根本不为所动。坐在酒吧最豪华的包厢里，烛光摇曳，红酒飘香，但许巍并没有迷失自己。

许巍想的是家里等他的欧阳香茹。见许巍的目光有些游移，佘晓霞提议去顶层的游泳池游泳，许巍谢绝了。

许巍直截了当地说:"佘总,如果你今天不想那事,我就回去了,我老婆还在家等我呢。要是想,就在这开个房间得了。"

见许巍如此不解风情,佘晓霞瞄了许巍一眼说:"那好吧,回我家,这里还没我家温馨呢。"

回到佘晓霞的家后,节目开始了。

佘晓霞要求许巍温柔点,不要太猛,许巍照做了。佘晓霞做这事,总是吃不饱,花样也很多,一会儿要求颠鸾倒凤,一会儿又要蜻蜓点水,一直到许巍满头大汗筋疲力尽方才罢手。

事后,佘晓霞让许巍欣赏那天晚上的杰作。

当时,许巍有气无力的躺在床上,佘晓霞打开了房间里的CD机。电视屏幕上,出现了许巍和佘晓霞一起疯狂的画面,画面上许巍丑态百出,模样清晰可辨。

佘晓霞一边欣赏一边说:"录得不错吧,看看你那求我的样子,一看就想笑。"

许巍问:"你录这个干嘛?"

佘晓霞说;"好玩呗。"

许巍摇头道:"你真会玩。"

佘晓霞说:"许巍啊,人活在世上能有多少年呢?玩都不会,还做人干吗?"

"但总要有个限度吧。"

"既然是玩,还要什么限度?每一个道貌岸然的躯壳背后,都有着同样渴求刺激的灵魂,你也一样。"

许巍模棱两可地笑笑。

当时的许巍,除了感觉佘晓霞是个荡妇之外,并没有多想,他根本就没有意识到,半个月以后,就是这盘录影带,把他送进了万劫不复的深渊。

3

许巍锒铛入狱的消息,欧阳香茹是在临近中午的时候得到的。那个时候,欧阳香茹正在为许巍昨晚一夜没归而提心吊胆。

最近一段时间,许巍总是这样,经常彻夜不归。问他,总是回答和朋友一起喝酒,当主管了,应酬免不了会多点。再问,许巍就有些闪烁其词了,眼里也有了一丝别样的东西。

欧阳香茹不知道许巍眼里的这些东西，具体包含了那些内容，但总感觉不好。

　　昨晚，许巍照样没有回来，打他电话也一直关机，欧阳香茹上班以后，一直感觉心神不宁。

　　电话是派出所打来的，对方问欧阳香茹，许巍是不是她男朋友，欧阳香茹答是，对方便让欧阳香茹去一趟，欧阳香茹问什么事，对方说，你男朋友杀人了。

　　一听杀人二字，欧阳香茹吓得魂飞魄散，浑身一下子就软了，瘫在椅子上，半天说不出话来，她甚至怀疑自己的耳朵出了毛病。

　　电话再打过去，对方就有些不耐烦，一个男人对着话筒吼道："你以为派出所没事和你开玩笑啊，这种事是开玩笑的事吗？你快来吧，许巍今天就刑拘，下午就送走，有些事要交代你。"

　　浑浑噩噩的欧阳香茹，跌跌绊绊地跑进里间肖鹏飞的办公室，对肖鹏飞说："肖总，求你帮个忙，许巍出事了。"

　　肖鹏飞显然被欧阳香茹慌张的神色吓得不轻，小声问："许巍？出事？他能出什么事？"

　　欧阳香茹说："杀人了，派出所的人说他杀人了。"

　　肖鹏飞揉了揉自己的太阳穴，让自己冷静了三秒，然后说："走，赶紧。"

　　到派出所后，一个三十岁左右胖胖的警官告诉他们事情的大概经过。

　　警官说，许巍杀人了，杀的是他的上司佘晓霞。时间是昨天夜里一点。佘晓霞是赤身裸体着被许巍用手掐死在床上的。

　　警官说，许巍杀人，是为了抢一盘录影带。

　　警官说，许巍杀人后，自己报的警。

　　警官还说，证据确凿，供认不讳，已经批准刑事拘留了，现在算是正式通知家属，下午就要送他进看守所，让欧阳香茹最好给他送一点换洗衣服。

　　欧阳香茹问："他现在哪儿？我能不能见见他？"

　　警官摇摇头说："不行，现在是拘留审查阶段，不能见。"

　　"哦。"欧阳香茹点点头。

　　欧阳香茹不知道自己在那一刻，怎么会如此冷静，冷静得近乎不近人情，冷静得近乎冷酷。

　　一旁的肖鹏飞见势不妙，用手按住欧阳香茹的肩膀说："欧阳，想哭就哭出来，不要憋着，你这样会伤身体的。"

　　欧阳香茹无力地摇摇头："不，我不想哭，我为啥要哭？"

肖鹏飞问:"你没事吧?"

欧阳香茹甚至还对肖鹏飞一笑,但笑容里有说不尽的凄惨。

"没事。"欧阳香茹说。

走出派出所后,欧阳香茹浑身已经被汗水湿透,虽是夏天,但欧阳香茹感觉浑身发冷,身上流的汗,也是冷汗。肖鹏飞问欧阳香茹,是不是要送她回家,欧阳香茹摇头。肖鹏飞问那是不是回公司,欧阳香茹还是摇头。肖鹏飞想了一下道,还是回家吧,我送你回家。

"家?我哪里还有什么家啊?"这个时候,欧阳香茹心里凄切,彻底爆发了。她蹲在大街上,不顾一切地嚎啕大哭起来。

欧阳香茹的哭声,犹如石破天惊,迅速有人朝这边跑来。肖鹏飞起先还示意大家别看,但围的人越来越多,示意也不管用了。

人群中有人问为什么哭,肖鹏飞告诉大家,她钱包丢了。

见只是丢了钱包,围观的人们索然无味,纷纷摇头说,丢了钱包也哭得如此伤心。在肖鹏飞的央求下,散开了。但是前一拨刚走,后一拨又来。肖鹏飞见这样实在不好,也顾不了许多,弯腰抱起欧阳香茹往车里走。

欧阳香茹在肖鹏飞的怀里,哭得更加欢畅了,泪水如滂沱大雨,浑身都在抖动。

4

下午三点的时候,欧阳香茹被肖鹏飞送回了家。

在看守所门口,把欧阳香茹抱进车里,等她歇斯底里地哭到虚脱而不能再哭的时候,肖鹏飞说:"还是回家吧,这样待在大街上总不是办法。"

欧阳香茹摇头,还是那句话:"我不想回家。"

欧阳香茹不行回家,是因为不想看到家中许巍的衣物。虽然许巍锒铛入狱,欧阳香茹很心疼,但是一个同床共枕多年的人,居然隐藏着如此巨大的秘密,和别的女人厮混,自己却不知道,这让欧阳香茹对许巍又很厌恶。看到他的东西,一定会更加伤心。欧阳香茹恨许巍,同时也恨自己,恨自己不长眼,当初看上了这么个狼心狗肺的东西。

欧阳香茹不想回家,肖鹏飞也没有办法。他发动了车,总不能就待在看守所门口吧。他一边在街上瞎转悠,一边想着办法。提议要么到自己家先住几天再说,欧阳香茹不肯,又提议到王丽娜家暂时凑合一下,欧阳香茹还是摇头。

最后，肖鹏飞说："你总不能就这样呆在大街上吧，那就到我上次带你去的那套房子里，先安顿下来吧。"

欧阳香茹坚决地说："不行。"

最后肖鹏飞实在没没辙了，只好使出杀手锏："小姐，你再这样我就不管你了，你自己看着办吧。"

欧阳香茹这才从悲痛欲绝的状态中醒悟过来。人家是公司的领导，没有义务陪你承受这一切。这样想着，才乖乖地在肖鹏飞的护送下回到了令她厌恶的家。

回到欧阳香茹的家后，肖鹏飞把她扶上床休息。看欧阳香茹渐渐平息之后，肖鹏飞才想起中饭没吃。于是叫来了快餐，让欧阳香茹吃，欧阳香茹被叫起后，默默地流泪，吃不下，肖鹏飞也胃口全无，只简单吃了几口。

肖鹏飞说："欧阳，你这样可不行啊，许巍在里面，现在一切指望着你呢，你得好好保重身体，要想办法为他保命啊。"

欧阳香茹怯怯的问："保命？杀人偿命，他还有保命的可能吗？"

许巍的挂在墙上的一件衬衫映入了欧阳香茹的眼帘，欧阳香茹不知不觉又流泪了。现在的欧阳香茹，对许巍是又恨又怜。

"你别急，"肖鹏飞赶忙安慰，"当然有，要找个好律师，这可以交给我来办，但是，你要保重身体啊。一切需要你配合呢。"

"那太谢谢你了，肖总。"欧阳香茹对肖鹏飞感激涕零。

当天晚上，肖鹏飞没有走。

白天，欧阳香茹撕心裂肺的哭泣，让肖鹏飞怕欧阳香茹想不开，所以晚上执意留下来陪她。这个时候，肖鹏飞已经忘了男女授受不亲的古训了，人命关天的大事，容不得他多想，更容不得他有非分之想。他留下来，只有一个单纯的愿望，那就是好好照顾欧阳香茹，在遭受如此打击时，千万不能让她出事。

肖鹏飞甚至忘掉了还有其他办法，比如，让公司的女同事来陪陪欧阳香茹等。而欧阳香茹，也根本没有意识到，这样孤男寡女独处一室有什么不妥。这个时候，她肯定无心去想这些乱七八糟的东西。

也就是这个晚上，让肖鹏飞彻底的明白，自己原来一直深爱着这个叫欧阳香茹的女孩的。

当天晚上，欧阳香茹躺在床上，肖鹏飞一直坐在一边陪欧阳香茹说话，鼓励她打起精神，不要因为突然的变故而一蹶不振，无论怎样，生活总得继续。欧阳香茹在肖鹏飞的安慰下，如同死灰一样的心情，才慢慢有所好转。

午夜时分，精疲力竭的欧阳香茹终于熟睡了。

此时的欧阳香茹，像是刚刚经历了一场旷日持久风浪的小船，终于回到港湾一样，睡得很沉。肖鹏飞坐在旁边，看着欧阳香茹婴儿一般的睡脸时，忽然意识到，自己此时此刻在这里是多么的荒唐。

他想回去，可又怕欧阳香茹突然醒后看不见自己，会出什么状况，于是又没走。

肖鹏飞就那样坐在床边，像照看婴儿那样看着欧阳香茹，想着接下来该做的找律师的事，想着想着，一不小心，也跌进了梦的深渊。

第二天早晨，阳光透进窗纱的时候，肖鹏飞醒了。

自己竟然真的在欧阳香茹身边待了一夜，而且，居然没有给李雅云打电话，这是为了什么？

看着眼前的欧阳香茹，肖鹏飞想来想去，也找不出昨晚留在这里的理由。那些怕欧阳香茹出事的借口，被早晨明媚的阳光一照，显得苍白而无力。

而此时的欧阳香茹，也被噩梦惊醒。她梦见许巍被枪毙了。欧阳香茹惊慌失措地看了看身边的肖鹏飞，才知道这是在做梦。

睡眼蒙眬的欧阳香茹，看着肖鹏飞还像昨晚一样坐在床前，不好意思地说："肖总，实在对不起，让你陪了我一夜。"

肖鹏飞说："说啥话呢，应该的。"

两个刚刚睡醒的人对望了一眼。

欧阳香茹显得有些楚楚可怜，她睡眼惺忪，头发散乱，但在早晨的阳光下，又是显得那样可爱。

肖鹏飞到卫生间放好热水，又找到牙膏，帮欧阳香茹挤好，让欧阳香茹洗刷。做这些的时候，肖鹏飞显得极其自然。

看着以前刚刚起床的欧阳香茹时，肖鹏飞的心猛然一震。

他终于知道，自己是多么的爱这个女孩——这是昨晚为什么留在这里陪她的最好解释了。

这个时候，肖鹏飞在心里暗下决心，无论何时何地，都要保护好这个女孩，无论她出了多大的困难，也要竭尽所能帮她。再也不能让她受委屈了。

5

许巍自己做梦也没有想到，竟然会杀人。

当天晚上，许巍应佘晓霞之约，来到了佘晓霞家。许巍已经记不清，这是第几次上佘晓霞的床了。

最近一段时间以来，佘晓霞约许巍的次数明显增多了，有时候，两天一次。许巍有些受不了，他感觉这样下去对不起欧阳香茹。要是欧阳香茹知道这事，说不准有多伤心。

同床共枕这么多年，他对欧阳香茹太了解了，她可以容忍自己没钱，可以容忍自己脾气不好，但绝对容忍不了这事。

这是原则问题，任何一个女人，都不能接受自己爱的人和别的女人有染。许巍知道，欧阳香茹是爱自己的。

当晚，一番虎狼似的云雨之后，许巍和佘晓霞靠在床上聊天。许巍说："佘总，你的肚子怎么到现在还没有动静啊？"

这个时候许巍还天真地认为，佘晓霞设套让自己上她的床，只是为了生儿育女之事。

也许是刚刚到天堂走了一遭的缘故，佘晓霞的脑子一时没转过弯，被许巍问糊涂了，反问许巍："肚子？什么肚子？"

"就是怀孕啊，怎么到现在还没动静呢。"

佘晓霞这才明白了许巍的意思，侧过身来，用稍显肥胖的身体裹住了许巍。佘晓霞说："许巍啊，许巍，说你是个孩子，你还真是个孩子。你以为我找你真的就为生孩子的事吗？"

许巍在佘晓霞的怀里扭动了一下身子，说："不是为了孩子，那是为啥？你以前不是说只想生个孩子吗？"

"哈哈，"佘晓霞肆无忌惮的笑了起来，"你怎么那么天真呢？"

佘晓霞的笑，让许巍毛骨悚然。他坐起了身子，俯视着佘晓霞说："那你告诉我，到底为啥？"

佘晓霞拉着许巍的手，让他躺下，然后自己坐了起来说："实话告诉你吧，我喜欢你。"

"佘总开什么玩笑。"

"不是玩笑，开门见山吧，我想让你陪我三年。"

看着佘晓霞的脸，许巍知道佘晓霞这话不是开玩笑了，于是说："三年？那不行。"

佘晓霞又笑笑："我不会让你白陪我的，我答应你的事一定做到，三年后，我保证让你坐上副总经理的职位。"

"那也不行。"许巍说,"这事要是让我老婆知道,我非玩完不可。"

"我都不在意你有她,她要在意有我干吗?"

"你和她不一样。"

"有什么不一样?"

"她是我老婆,当然在意我们的事,而你不是。"

佘晓霞半开玩笑半认真的说:"那你干脆和她分手,和我过得了。"

许巍苦笑了一下:"怎么可能呢?"

"怎么就不可能呢?"佘晓霞说着,用手摸了摸许巍的脸,"你看你这张脸,多英俊啊,多让人着迷啊,放了你,我可舍不得。"

"佘总,既然这样,我们就到此为止吧,今晚是我们的最后一晚,好吗?我还一直以为你真的就想要个孩子呢,我也一直把这当成任务。我不可能让我老婆伤心,她还怀着我的孩子呢。我求求你放过我吧。"

"怎么?你想开溜?告诉你,不可能的。"

许巍定定地望着佘晓霞:"咋不可能?"

"你还回得去吗?宝贝。乖乖的听话,我就不找你麻烦,如果……"佘晓霞顿了顿,接着说:"如果不听话,我就把你那天晚上和的杰作,复制一份给你老婆,看看她看了之后会有怎样的反应,不休了你才怪呢。"

这话让许巍吃惊不小。最毒妇人心啊,许巍想。

但是,当时的许巍并没有过多的反应,故装殷勤地给佘晓霞按摩起来。许巍说:"何必呢?佘总。"

佘晓霞说:"你听话就好啊,听话的话,我保证不给你找麻烦,但你必须听话。"

"好,我听你的,但你一定要保证三年后,我能够当分公司的副总。"许巍假装讨价还价,说完又和佘晓霞亲热起来。

"这就对了,我知道你会听话的,因为你是个聪明人。"

大约半夜时分,佘晓霞睡着了。许巍悄悄地起床,他先是轻手轻脚的打开佘晓霞的电脑,还好,电脑并没上锁。许巍很快找到了存放录影的文件,迅速的给删除了。接着许巍又开始轻手轻脚地找那盘刻录好的录影带。

佘晓霞家的柜子太多,大多上了锁。许巍把没上锁的柜子的抽屉都找了一遍,没找到,他又拿着钥匙,一个个开抽屉的锁,终于在一个抽屉里找到了一张没有封面的碟,许巍感觉有点面熟,放进电脑里一放,果然是。

这个时候,佘晓霞醒了。

佘晓霞迷迷糊糊地看着许巍问:"许巍,你在干吗?"

许巍说:"没干吗。"

佘晓霞终于看到许巍手上拿着的碟片时,笑了:"许巍啊许巍,你想偷那碟?"

许巍当着佘晓霞的面,把碟片一扳两半。这个时候,许巍也笑了。许巍走到床边对佘晓霞说:"佘总,我们结束吧。"

佘晓霞说:"你都想好啦?"

许巍说:"想好了。"

佘晓霞说:"就为了那个女人而毁了前途?"

许巍说:"那个女人是我老婆,虽然我很珍惜这份工作,但我更爱我的老婆,现在碟片没有了,您看着办吧。"

佘晓霞阴阳怪气的说:"工作都不想要了?我看你是疯了。"

许巍说:"我没疯,疯的是你。"

佘晓霞说:"你以为毁了碟片就行了?"

许巍嘿嘿一笑说:"电脑里我也删了。"

佘晓霞坐起身来,光光的乳房一颤一颤的,她对着电脑望了一眼,说了一句该死的话:"哈哈,许巍,你也太小看我了。这么贵重的东西,我怎么不保存好呢?"

佘晓霞的话,使得许巍想起了刚才开柜子抽屉时看到的一个U盘。他迅速走到柜子前,打开抽屉,取出了U盘。

佘晓霞眼盯许巍手里的U盘,命令道:"许巍,你给我放下。"

许巍摇头:"不。"

"我再说一遍,你给我放下,那不是你要找的东西。"

许巍还是摇头:"不,这我得带回去看看才知道。"

佘晓霞从床上一跃而起,窜到许巍面前,争抢许巍手里的U盘,许巍哪肯放手,两人在地板上撕扯着。后来U盘被不顾一切的佘晓霞抢去了,她上了床,用手把U盘护在心间。

许巍大声喝道:"快给我。"

佘晓霞说:"不给,这不是你要的东西。"

许巍哪里相信,他跪到床上,从佘晓霞的手里抠,佘晓霞紧紧的抓住U盘不放,死不松手。几个回合下来,一心想抢回自己和佘晓霞在一起鬼混证据的许巍,彻底地暴怒了。他先是打了佘晓霞一个耳光,见佘晓霞还不松手,便用手死死地掐住了她的脖子。

一分钟，二分钟，三分钟……

也不知过了多久，佘晓霞终于不动了，许巍从她的胸口上取出U盘，整理了一下衣服，准备离开。

这个时候，许巍回望了一眼佘晓霞，佘晓霞此时还保持着刚才的姿势，赤裸的身子四仰八叉一动不动地躺在床上，许巍感觉不对劲了。许巍怯怯的走上前，用手推推佘晓霞的屁股，佘晓霞弹性十足的屁股动了几下，但其他地方一动不动。许巍嘴里喊："佘总，咋了？"

佘晓霞没有反应。

许巍喊："佘总，你别吓唬我啊。"又推推佘晓霞的头，佘晓霞的头又动了动，但其他地方还是没有反应。

许巍用手摸摸佘晓霞的鼻子，一点气息没有。她就那样伸着舌头睁着大眼，静静地躺在床上。

这个时候，许巍魂飞魄散了。

冷静了几秒之后，许巍开始给佘晓霞做人工呼吸，没用。许巍又环顾了一下四周，想跑。跑到门口的时候，想想不行，这样跑了那叫畏罪潜逃，罪加一等。于是给警局打了电话。

许巍根本就不知道，他和佘晓霞争抢的U盘里，真的没有他的影子。这U盘，是佘晓霞和公司总部某位高管在一起亲热的画面。佘晓霞以前一直用这东西勒索公司高管的。而佘晓霞录的她和许巍在一起的画面，已经被许巍彻底毁了，佘晓霞死后，警察在家里到处找，也没有找到。

后来还是通过警局里的电脑高手，才恢复了硬盘里的数据，看到了许巍吃药后的疯狂，证明许巍没有撒谎。

6

在肖鹏飞的艰难斡旋下，欧阳香茹终于获得警方的特殊允许，见了许巍一面。本来，在押嫌疑犯，是不准见家属的，但肖鹏飞动用了所有的关系，才终于让警方同意，在有警方人员全程陪同的情况下，让两人有三十分钟的见面时间。

欧阳香茹是肖鹏飞用车送到看守所大门口的，一路上，她都告诫自己，见到许巍时千万别哭。可是一见到剃着光头戴着脚镣手铐的许巍时，欧阳香茹的眼泪一下子就下来了。

　　许巍穿着黄色马甲，在警察的看护下，隔着玻璃坐在欧阳香茹的对面。警察打开许巍的手铐，许巍的脸上挤出一丝笑，拿起电话，又用手指了指欧阳香茹面前的电话。

　　欧阳香茹拿起电话，许巍说："香茹，亲爱的，对不起。"

　　欧阳香茹哽咽着："许巍，你怎么这么傻呢？"

　　"你都知道了？"

　　欧阳香茹朝玻璃对面点点头。

　　许巍说："实在对不起，我糊涂。"

　　"是我害了你。"

　　"别说傻话。"

　　"真的是我害了你，我要是不要求你买房子，我要是早和你结婚，就不会出这种事了。"

　　"这事和你一点关系都没有，你别瞎想。这不是你的责任，都怪我没本事。"

　　"怪我，我真不该让你买房子，我给你的压力太大了。"

　　"怪我，怪我没本事。"

　　这样无意义的话来回几次之后，欧阳香茹才想起时间不多，于是抓紧时间进入正题："你在里面很好吧。"

　　"还好。"

　　"你安心在里面，我会帮你找最好的律师。"

　　"不用了，杀人偿命，天经地义。找再好的律师也只是浪费钱。你留着钱好好过日子吧，这辈子我不能照顾你了。"许巍说着，两行热泪就顺着脸颊流下了。

　　欧阳香茹说："你一定要坚强，我一定要帮你找律师，佘晓霞她也有过错，你也是投案自首的，轻判的可能性极大。"

　　许巍用手抹了一把眼泪说："香茹，听话，别浪费钱了，该咋判咋判吧。"

　　"不，律师一定要找，我们还有孩子呢。你真要是走了，我和孩子咋办啊？保住了命，我们还有指望啊。"

　　"孩子？"希望浑身哆嗦了一下，"香茹，孩子打掉吧，留下孩子干吗？让他一出生就没有父亲？"

　　这个时候，许巍的眼泪流得更欢畅了。

　　"不，我一定会生下他。"

"你就听我一次吧,听我一次。"许巍停了停,接着说:"打掉孩子,他来到世上只会受罪。"

欧阳香茹无力地摇头。

许巍说:"香茹,听话。这辈子我是不能给你幸福了。你们的那个老板肖鹏飞他很喜欢你,这个我能看得出来,我还能看出,他和老婆的婚姻已经名存实亡了,那次我在医院就看得很清楚,他们早晚会离婚,如果他离婚了,你就和他好好过吧。"

欧阳香茹生气了:"你胡说什么呢,你都这样了,还考虑这些不着边际的东西。"

"我不是胡说,请相信一个男人看男人的眼光。他是爱你的,这辈子能有一个爱你的男人和你在一起,我也就放心了……"

说到这里的时候,许巍已经泣不成声了。还想说些什么,但刚刚整理了一下情绪准备开口,半个小时的时间就到了。

许巍被警察从手里取下电话,又戴上手铐,站起身拖着沉重的脚链走了。走到转弯处,许巍回过头,朝欧阳香茹再次凄惨地一笑。欧阳香茹看到,许巍的脸色苍白得如同一张白纸。

"许巍,你一定要好好的啊!"欧阳香茹大声的对着许巍喊叫起来,同时爆发出一阵呼天抢地的哀号。

还好,许巍隔着厚厚的玻璃,根本听不到。

欧阳香茹浑身战栗着走到看守所大门边的时候,肖鹏飞早在那等他了。外面的阳光很刺眼,明晃晃的照在大街上,欧阳香茹感觉一阵眼晕,接着身体就失去了平衡。肖鹏飞疾步上前,抱着了欧阳香茹。

把欧阳香茹抱上车后,肖鹏飞说:"欧阳香茹,你要坚强啊,你这样可不行,往后的日子还长呢。"

"往后?"欧阳香茹似乎自言自语地说,"还有什么往后啊。"

肖鹏飞发动了车子。

车在环岛路上缓慢的行驶,肖鹏飞放起了舒缓的音乐。伴着音乐,肖鹏飞声情并茂地说:"欧阳香茹,你不用担心,一切都不用担心,有我呢。"

欧阳香茹面无表情,她有气无力地说:"谢谢你肖总,我和许巍能够有你这样的朋友,这辈子知足了……"

十多天以后的一个晚上,肖鹏飞躺在床上的时候,还在想下午给许巍找律师的事。

今天他和欧阳香茹一起见过律师了。律师说代理可以,但不能保证不判死刑。律师说,虽然现在还没有正式的起诉书,但就你们谈的情况看,可以判断许巍涉嫌故意杀人,他的行为符合故意杀人罪构成要件,属于间接故意。律师还给他们解释,所谓间接故意,就是许巍明知道自己长时间掐被害人脖子,可能导致被害人死亡这个结果,但实施了,并且没有适时停止,最终导致被害人死亡。许巍虽然有自首情节,但一样不能保证不判死刑。

"不能保证不判死刑,那还要律师干吗,我还要请你干吗?"欧阳香茹被说得啜泣起来,当场情绪失控,责问起律师来。

律师摊摊手:"我们只能尽最大的努力替嫌疑人辩护,但是打包票的事,我们不敢。"

见欧阳香茹还在那里哭哭凄凄怒目圆瞪眼,律师又说:"其实,你这个案子不用请我们的,法院会指定律师。"

肖鹏飞对律师歉意地一笑,带欧阳香茹往外走。

虽然肖鹏飞知道,律师的话是站在专业的角度,说得句句在理,但为了稳定她的情绪,还是不停的安慰欧阳香茹。再说,让一个如此年轻的生命就此消失,肖鹏飞很是于心不忍。

走出律师办公室,肖鹏飞对惶惶不安的欧阳香茹说:"你别听他胡说,律师就知道吓唬人。"

肖鹏飞此时的安慰轻如鸿毛,欧阳香茹无语。

"我托朋友到福州给你找最好的刑法专家来做他的律师,一定会保住他的命,你放心。"

当时肖鹏飞为了安慰欧阳香茹,说得信誓旦旦,可他心里根本就没有底。他对刑事诉讼法一窍不通。所以,回到家躺上床后,还在想通过谁来找最好的律师的事。

这些天来,肖鹏飞的变化,特别是对自己微妙的变化,被李雅云敏锐地捕捉到了。

那天晚上因为陪欧阳香茹,肖鹏飞一夜没归,第二天回来后,肖鹏飞也没做解释,李雅云就预感到有什么事发生。但她没有像一般市井女人一样,问肖鹏飞去了哪里,打听丈夫的行踪,不是李雅云的性格。

晚上虽然睡在一起,但肖鹏飞没有了李雅云刚从医院回来时的那种温情了。

即使偶尔也有夫妻之事，但完全像是应付差事，几乎是李雅云的情绪还没起来，他那边就草草结束了。这让李雅云很是失落。

"鹏飞，你最近好像有心思。"同样躺在床上的李雅云问肖鹏飞。

"没有啊，我能有什么心思？"

"看你最近有些闷闷不乐的。"

"别瞎猜了，真没有。"

肖鹏飞说完，就将身子侧向了另一边。李雅云的心里就有了一丝冰凉。过来一会儿，李雅云又问："鹏飞，我想跟你说件事，系里有个出国交流的名额，要去一年，主任有意让我去，你看我是去呢，还是不去呢？"

这事系主任和她谈过，但李雅云压根就没想去。现在和肖鹏飞说这事，只不过是想看看肖鹏飞的态度。

肖鹏飞说："你决定吧。"

"我决定？要去一年呢，你没什么建议吗？"

"要去一年？你行吗？"肖鹏飞这才侧过身来，面对着李雅云。

"是啊，一年，所以和你商量呢。"

"那，还是你决定吧。"肖鹏飞又平躺着身子，面朝天花板。

"这么大的事，你却一点不关心，这么轻描淡写？鹏飞，你别忘了，我们是夫妻。你老实告诉我，你身上到底发生了什么？最近看你老是走神，是不是公司里发生什么大事了。"

"不是公司里的事。"

"那是什么？"

"是欧阳香茹……"

"欧阳香茹？她这么啦？"

"她没怎么，是她男朋友出事了。"

肖鹏飞把许巍杀了佘晓霞的事，一五一十的告诉了李雅云。李雅云长吁短叹一会儿，说这这许巍啊，看上去那么精明，怎么就这么傻呢？怎么看也不像是个会杀人的人啊？叹完后又若有所思，然后恍然大悟似的，用揶揄的口气说："哦，难怪，难怪。"

"难怪什么？"肖鹏飞莫名其妙。

"难怪你这些天魂不守舍啊，还有一晚夜不归宿，现在是非常时期，欧阳香茹需要照顾，是不是？"

"是的。"肖鹏飞不假思索地说，接着又解释："你别多想，没别的。"

"我没多想，是你多想了。"

"一个鲜活的生命啊，虽然他犯法受到惩罚是咎由自取，但是，在法律允许的范围内，我们得想方设法救救他。"

"我不反对你救他，可是，你救他真的是为了他吗？你是照顾欧阳香茹的感受对不对？你怕欧阳香茹伤心，怕她难过，所以才如此操心，是不是？"

肖鹏飞沉默了。

"想什么，恐怕你自己心里清楚。"

肖鹏飞还是沉默。

"如果没有欧阳香茹，你会为一个不相干人的事那么操心？问问你自己吧，只有你自己才知道这是为了什么。"

李雅云说完，裹起被单侧过身去开始睡觉，肖鹏飞拍了拍李雅云的肩，也开始睡觉。可两人总是睡不着。各怀心思，相安无事，都难以入睡。虽然离得很近，彼此能听到不均匀的呼吸声，但当晚两人都没有再说话。

8

人在命运面前，总是显得格外的渺小，欧阳香茹感觉，自己渺小得就像一只蚂蚁。

这些天来，欧阳香茹拖着疲惫的身体避开肖鹏飞到处求人，到处打听，但关键的人物至今连见上一面的机会都没有。她到处理此事的派出所，派出所的人告诉他，已经转到分局了。再到分局问，人家告诉她，正在上报检察院，具体案情无可奉告。她到看守所问，人家告诉她，我们这里只负责看管，其他的事一概不问。

欧阳香茹像个没头苍蝇一样瞎跑了几天，终于以毫无结果告终。这个时候她才知道，离开肖鹏飞，她根本无法改变许巍的命运。

"我要救他，我一定要救他。"

欧阳香茹不止一次的说过这样的话，独自一人的时候，对自己说过，和肖鹏飞在一起的时候，也说过。

"不要太难为自己，尽力而为吧。"肖鹏飞劝她。

"不，不管用什么方法，我都得让他保留这条命，人活着就有希望，他们家可就他这么个独苗啊。"

肖鹏飞淡淡地问了一句："你能有什么办法？"

这倒把欧阳香茹问住了。

"还是我想办法吧，我说过，会帮你的。"肖鹏飞又说。

肖鹏飞没有食言。

一个月以后，许巍的案子已经侦查完毕，检察院正式向法院起诉时，他从福州找来了大名鼎鼎的刑诉律师。

名律师就是名律师，虽然没有打包票，但暗示欧阳香茹，此案最多判死缓。并且指出，检察院起诉的罪名也有商榷的余地，可以把罪名辩为故意伤害。律师分析说，故意伤害致死，在案发后采取了积极的救助措施，又投案自首，且受害人也有一定的过错，根据以前的一些案例，法院会综合考虑这些因素，不会判极刑。

欧阳香茹一颗悬着的心终于放下了一些。事已至此，只能接受现实，如果真能保命已是大幸。还能祈求什么呢？

肖鹏飞送欧阳香茹回家的路上，问肖鹏飞请这样的律师代理费是多少，肖鹏飞先是不说，但经不住欧阳香茹再三询问，最后告诉了她的具体数字："三十万。"

这个数字把欧阳香茹吓得心惊肉跳。肖鹏飞说："你不必想这些，钱不是问题。"

欧阳香茹通过装在车前排的后视镜看了看肖鹏飞的脸，说："以后，我打工还你吧。"

欧阳香茹知道，自己这话说得很没底气。三十万，怎么还啊，以现在的工资水平，不吃不喝也要五六年时间。即使就是还，肖鹏飞也未必要，自己这一个月根本没上班，肖鹏飞还让财务室给照发工资呢。

欧阳香茹其实也很明白，肖鹏飞为许巍和自己所做的一切，早已超过了朋友的范畴。但她没办法，许巍现在只能靠她，而她也只能靠肖鹏飞了。

肖鹏飞并没有接欧阳香茹的话茬，平稳地开着车，脸上看不出任何表情。把欧阳香茹送回家后，肖鹏飞又旧话重提，让欧阳香茹搬到那套空闲的样板房去。肖鹏飞说："我觉得你应该换个环境，你在这里待久了，人会变傻的。"

"换个环境，怎么换？"欧阳香茹一时没反应过来。

肖鹏飞说："搬到上次我带你看过的那套房子去吧，那环境要好些。"

肖鹏飞说话的时候，眼睛里有一股慈爱。欧阳香茹坚决的摇头："不。"

"你别多想，我绝没有其他意思。"肖鹏飞说，"我是说，你这里每月还要付房租，那套房子空也是空着，我说过的那套房子送给你，早已经属于你的了。"

"不,肖总,我不能欠你太多了。"这个时候的欧阳香茹,还在极力保持着自尊。

"你干嘛那么固执呢?我是为你好。"

"我知道,但是,我真的不能欠你太多了。你让我以后怎么还啊。"

"呵呵,"肖鹏飞笑了笑,"谁让你还来着,你别忘了,我除了是你上司以外,还是你的朋友。"

"我很感激你,但是请考虑一下我的感受好吗?我真的不能欠你太多。"

"那好吧,我考虑你的感受,钥匙放在这里,你随时都可以搬过去。什么时候搬,你自己决定吧。"

肖鹏飞说完就走了。

肖鹏飞走后,欧阳香茹提溜着一串钥匙发愣,这是她熟悉的一串钥匙,上面有一颗鲜艳欲滴的红辣椒。

这个时候,她就开始考虑肚子里孩子的事情了。

到底怎么办,打掉还是留下?欧阳香茹一时难以抉择。孩子在肚子里一天天地长大,欧阳香茹的焦虑也在一天天地加剧。

许巍刚刚犯罪进去时,那种不顾一切要生下孩子的决心早就动摇了。只是这些天来,一直没空考虑这些问题。现在律师请到了,欧阳香茹觉得自己应该好好想想。不是欧阳香茹不在意和许巍的这段感情,而是现实不允许。毕竟,一个收入不高的女人独自生下孩子,做单亲妈妈,要面临太多太多的压力。

何况欧阳香茹存款不多,和许巍一起只有那点存款。欧阳香茹早就想好了,无论许巍的事要花多少钱,都不从这点存款中支取一分一毫,欧阳香茹想把他原封不动地邮寄给许巍的父母。

要是有足够多的钱支撑欧阳香茹衣食无忧,不用为以后的日子发愁,那么,欧阳香茹会毫不犹豫地生下这个孩子,因为这是她和许巍这场爱情的见证。但是,她没有。没有钱,就必须工作,带个孩子,以后怎么工作啊。

欧阳香茹也想过,生下这个孩子,然后交由许巍或者自己的父母抚养。可是这个念头一出,就被她否决了。双方父母的年岁都大了,收入都微乎其微,再让他们带个孩子,于心何忍?再说,让孩子和祖辈一起过,也是不负责任的。既然生下他,就得对他负责。可是,负责需要经济作为基础。欧阳香茹显然没有这个基础。

钱在这个时候就显得分外重要。

因为没钱,欧阳香茹觉得,自己在肖鹏飞的面前都抬不起头来。为了许巍的事，肖鹏飞和自己一起跑这跑那，为了打通某些关节，花了不少钱。但肖鹏飞从来不让欧阳香茹出一分。这让欧阳香茹面红耳赤，但是没有办法，人穷志短啊。

欧阳香茹想了半天，也没想出个结果来。她把肖鹏飞给她的钥匙放下，对着镜子看了一下自己的脸，发觉自己苍老了许多，头发很凌乱，眼圈还有些黑。她洗了一把脸，然后拿起化妆盒，给自己疲惫不堪的脸化上了淡妆。

无论怎样，生活总得继续，欧阳香茹觉得，自己必须振作起来。

9

欧阳香茹到公司时，有一种和久别的朋友重逢的感觉。

今天突然来公司上班，欧阳香茹没有和任何人说。一个多月没来了，她不知道办公室里的那张椅子，还属不属于她。她不知道肖鹏飞是不是请了另外一个人暂时顶替了她的工作。

刚刚推开办公室的门，肖鹏飞便从里间走出来，微笑着上下打量了她一会儿后说："你今天状态不错。"

肖鹏飞的微笑，让欧阳香茹觉得说不出的温暖。再一看自己的那张椅子，空空的正等着她。欧阳香茹说："我来上班了，还欢迎吧？"

"当然欢迎，有很多事情等着你做呢。"

"那就好，我得从阴影里走出来，不能就此沉沦下去。"

"这就对了，能够改变你的，只有你自己。"

"这些天来，多谢你的关心。要是没有你的帮助，不知道会怎样呢，也许……"欧阳香茹说着，眼圈又红了。

"说啥呢，应该的。工作吧，也许只有工作，才能使你不钻牛角尖。把这些统统整理一下。"肖鹏飞说完，交给欧阳香茹一大叠文件。

打印文件，时间就好像过得好快，不像待在家里那样难熬，不知不觉就到了中午。肖鹏飞有事要出去，临走时吩咐欧阳香茹，中午一定要多吃饭，欧阳香茹答应了。肖鹏飞刚刚走出去，王丽娜便像只小猫一样溜了进来。

王丽娜最近在公司可谓风生水起。因为那次次策划十分成功，枋湖的房子卖完了，公司回笼了大量的资金，很多人对她刮目相看。

风风火火的王丽娜进门后便说："能够在公司里看见你，我真高兴。"

欧阳香茹不想让王丽娜和公司里的其他人知道许巍的事，便装成没事人似的问:"我只是有事休息了一个月,你这话从何说起,好像我不来了似的。"

"欧阳,你的事我都知道了。"

欧阳香茹黯然了。

"我是前几天从报纸上看到的,我知道你的男朋友名叫许巍,在保险公司做事。"王丽娜说,"不过,你放心,没有别的人知道。"

接着,王丽娜开始安慰欧阳香茹,王丽娜絮絮叨叨地说了半天,欧阳香茹一句也没听进去。最后,王丽娜才步入正题:"欧阳,我就要离开公司了。"

欧阳香茹一惊,忙问她为什么要走。王丽娜说,不为什么,只是想到新公司去学学更多的东西。欧阳香茹又问肖鹏飞知不知道,王丽娜苦笑了一下说,知道,我提出辞职,他没有反对。

欧阳香茹从王丽娜的神态中明白了一切,她辞职的真正原因,不是想学什么东西,而是和感情有关。让一个女孩整天在自己喜欢的人身边工作,而她喜欢的人又不喜欢她,这本来就是一件很残忍的事。

王丽娜说:"有件事,我不知道当讲不当讲。"

"有什么事,你就直说吧。"

"欧阳,我们是好朋友对不对?"

欧阳香茹点点头:"当然是。"

"那好,我就直说了,我们肖总他很爱你。"王丽娜说这话的时候,目光直视欧阳香茹,样子很认真。

欧阳香茹被王丽娜吓到了。吓倒她的,不是王丽娜的话,而是她认真的神态。欧阳香茹不明白王丽娜为何用如此认真的神态和她说这些。

"我知道,你现在处于非常时期,许巍刚刚进去,和你说这些不合时宜,但是我马上要走了,我要去的公司在岛外,离这里很远,现在不说,恐怕以后很难有机会当面和你说,所以请你不要见怪。"

欧阳香茹没出声,王丽娜接着说:"如果,许巍不进去,我不会和你说这些的,现在他进去了,他的事恐怕不是一年两年,我想你也得为以后考虑考虑,不要错过了。"

王丽娜说:"欧阳我们肖总,他的日子过得很苦。不瞒你说,以前我打听过很多人,知道他的一切,他和妻子的感情早已名存实亡,他又是一个很能克制自己的人,从不在外面花天酒地,这样的男人,外表风光,但实际上很不幸。他爱上你,也是你的福气,你就给他个机会吧。"

欧阳香茹还不说话。

王丽娜问:"你是不是不相信我说的话?"

欧阳香茹脑子里空空的,只知道木然的点头。

王丽娜便把肖鹏飞在自己生日那天晚上讲的话,用文学性的语言,绘声绘色地复述一遍,当中还有添油加醋的成分。王丽娜极具语言天赋,把肖鹏飞说爱欧阳香茹的话模仿得惟妙惟肖,极具感染力。

当然她隐去了自己脱光衣服的情节。

"欧阳,我爱你,我是发自肺腑地爱你。"这句话欧阳香茹听了,心里"哦"了一声。肖鹏飞为自己和许巍做的一切,都有注解了。

10

肖鹏飞以前对自己有好感,欧阳香茹其实是知道的,只是有许巍的缘故,她故意视而不见。那天经王丽娜一说,欧阳香茹彻底地清醒了。正所谓一语惊醒梦中人。

这个男人不只是喜欢自己,他是真心为自己好的。这样的男人,自己应该为他做些什么。只想为他做点什么,别无他意,欧阳香茹已经不想研究爱与不爱的问题了。

爱这个话题,对现在的她来说是多么的奢侈。

欧阳香茹首先要做的,是打掉肚子里的孩子。人不能活在梦里,更不能为了某种理念而活。和许巍的这段感情,其实在他锒铛入狱的时候,已经画上了一个句号。余下的只是一直责任,一种义务了。但义务是有底线的,欧阳香茹觉得自己有义务为许巍保命而奔波,可没有义务用自己的一生幸福做代价,为他生下这个孩子。这事还不能久拖,得说干就干。

欧阳香茹是一个人去医院的,她不想让肖鹏飞知道怀孕的事,也不想让任何人知道。做手术之前,欧阳香茹告诫自己千万别哭。医生最后一次问她想好了没有?欧阳香茹坚定地点头,想好了。医生说,看你岁数也不小了,这是你的第一胎,要考虑周详啊。欧阳香茹说,谢谢你医生,我知道的。

可是当手术做完,坐上出租车回家的时候,欧阳香茹还是忍不住泪流满面。她知道,那一团血液从自己的身体里抽出,宣告着一个时代的结束……

欧阳香茹小孩打掉没多久,案件便审理完结。

杀人案件审理的速度就是快。

来自福州的大律师没有令欧阳香茹失望,终于把案子辩为故意伤害,同时还不知道用什么方法，弄来一些证明佘晓霞生活糜烂的证人证言，这些证据，虽然对许巍杀人这件事本身没有多大关系，但给法官和检察官留下这样的印象：即佘晓霞本身生活糜烂，这样的人喜欢找刺激。因此许巍所言，佘晓霞设圈套让她钻，最后又以录影带威胁她的情节，得到法庭的认可。

　　法院最终判决，许巍故意伤害罪名成立，后果严重，造成被害人死亡，但考虑到被害者有过错和许巍主动投案自首，判决许巍有期徒刑二十年，剥夺政治权利五年。

　　应该说，这是一个令许巍和欧阳香茹都喜出望外的判决。法庭上，许巍感激得流泪了，欧阳香茹也流泪了。两人泪眼朦胧地对望着，没说一句话，千言万语，就在彼此的眼神中了。

　　当天的法庭上，肖鹏飞没有来。

　　许巍的案子尘埃落定后的第二天，欧阳香茹搬到了肖鹏飞送给她的那套市中心的房子里。她想透了，一套房子对肖鹏飞来说，根本不值一提，而对于她，却是一辈子奋斗的目标，既然肖鹏飞真心相送，干嘛不要呢？以前不能要，那是因为肖鹏飞不知道许巍的存在，现在情况不同了。再说她也想换个环境，彻底的和过去告别。

　　欧阳香茹买了新的床单铺在新房里的床上，再把整个家里打扫了一遍，让它焕发生机，然后坐在床上发愣。

　　看着这套价值百万的房子时，欧阳香茹想，这是自己的吗？欧阳香茹恍然如梦。

　　一切妥当之后，已是晚上了，欧阳香茹草草吃点东西后，打电话告诉肖鹏飞，自己搬进来了。搬家之前，欧阳香茹没有通知肖鹏飞。肖鹏飞一听欧阳香茹终于搬进去了，很高兴，对着电话大声问："是真的吗？你没骗我吧？"

　　欧阳香茹说："是真的，我都住进来了。"

　　"那太好了，其实你早该住进去的，我来看看。"

　　"你现在来？你不在家吗？在家的话，就明天来吧。"

　　"我现在不在家，在陪朋友在茶室喝茶呢。"

　　"那好，你来吧，我在家等你。"欧阳香茹说得很淡定。

　　放下电话，欧阳香茹把浴缸放满了热水，再在水里放了艾叶。艾叶在热水里一泡，香气就出来了，扑鼻的香气氤氲在空气里，欧阳香茹在香气中溜进浴缸。

　　这是老家的习俗，用艾叶洗澡，可以洗去过去所有的不快和霉运，同时又预示着未来的一切顺顺利利和和美美。老家女人出嫁前，都是用艾叶泡水洗澡的。

欧阳香茹洗得很仔细，不放过身上的每一寸肌肤。虽然经历了所有的一切，但她身上的肌肤还是光滑细腻如旧。欧阳香茹准备把自己洗得干干净净，然后再交给肖鹏飞。

是的，她想把自己给肖鹏飞了。

起初，这个念头一出，欧阳香茹自己也吓得一跳。许巍才从自己身边消失不久，自己变化如此之大，欧阳香茹自己也感到奇怪。但她管不了那么多了。

只有这样，才可以报答肖鹏飞为自己做的一切。肖鹏飞为自己做得太多太多了，自己现在除了这个身体外，还有什么可以报答他的呢？同时，欧阳香茹也清楚，如果肖鹏飞真能接受她，便会有看得见的好处在等着她，起码，可以心安理得的住在这房子里。

肖鹏飞按响门铃的时候，欧阳香茹刚刚从浴缸爬起来在照镜子。此时的她穿上一套米白色的睡衣，这套睡衣使她看上去清纯依旧，同时又活色生香。因为刚刚从热水里出来的缘故，欧阳香茹脸颊绯红，这使得她有容光焕发的样子。

镜子里的她，再不是多少天前那个愁容满面的欧阳香茹了。欧阳香茹对自己的状态很满意。

肖鹏飞进来后，看到欧阳香茹只穿睡衣，很是意外。问："你怎么穿这身啊？"

欧阳香茹原地转了一个圈，用惯有的调皮腔调说："怎么，不好看吗？"

肖鹏飞尴尬地一笑："好看。"

"就是。"

肖鹏飞环顾了一下房子说："真不错，这房子啊就得有人住，你看，你一搬进来，立马就有人气了。"

"是吧。"欧阳香茹说完，给肖鹏飞沏茶。茶具和茶叶，她早就准备好了，凡是肖鹏飞在家里有可能需要的一切，在下午买被单的时候，她都买回来了。

肖鹏飞坐在沙发上喝茶，欧阳香茹坐在他的对面，两人有一句无一句地聊着天，气氛就显得有些尴尬。天天在办公室见面，在这样的时候，实在没有新鲜话题可谈了。

尴尬之中，欧阳香茹内心剧烈地挣扎着，她想主动坐到肖鹏飞身边，给他一些暗示，但又怕这样令他反感。于是欧阳香茹便坐着没动。虽然早已想好了一切，但当真正付诸实施时，显得那样艰难。她偷看了一眼肖鹏飞，肖鹏飞也正看她，目光显然没有办公室里那样自然。

欧阳香茹低下头。

肖鹏飞稍坐了一会儿后，站起身来告辞："欧阳，时间不早了，你早点休息吧，我回去了。"

欧阳香茹想，现在才几点啊，时间不早这个托词也太勉强了吧。欧阳香茹由此猜想，肖鹏飞此时此刻的心境，也一定不平静。

欧阳香茹也站起身，不声不响地走到肖鹏飞身边，果敢地拉起肖鹏飞的手。

欧阳香茹是个果敢的人，一旦确定目标，便朝目标奋勇前进，不达目的，绝不罢休。既然主意已定，还有什么害羞的。她决定，就在今天晚上，完成想好的一切。虽然来日方长，但来日总没有今日方便，来日还充满许多未知。

欧阳香茹对肖鹏飞说："肖总，有件事我想问你，记得你在这个屋里对我说过，你喜欢我，那个时候你大约不知道我有男朋友，那么现在你知道了，我男朋友以后也不可能和我在一起生活了，你还喜欢我吗？"

肖鹏飞被欧阳香茹说得一愣一愣的，半天没有回答。这给了欧阳香茹莫大的勇气。如果肖鹏飞此时断然说不，欧阳香茹只能放手了，再继续下去，就显得下贱。但肖鹏飞没有说话。

欧阳香茹一不做二不休，在肖鹏飞犹豫不决中，用身体紧紧贴着肖鹏飞的前胸。

欧阳香茹说："其实，我也喜欢你，你知道吗？如果你还喜欢我的话，今晚就别走了。"

肖鹏飞本能地拒绝。

在这样一个时刻，拥这样一个女孩入怀，多少有点乘人之危的意思。肖鹏飞不想乘人之危。

但是，当自己一直喜欢的女孩，穿着性感的睡衣拥抱住自己的时候，所有的做人原则，所有的礼义廉耻，都在肖鹏飞的心里烟消云散人仰马翻了，他只觉得浑身瘫软。

但理智还是告诉他，必须拒绝。肖鹏飞说："欧阳，不要……"

欧阳香茹说："你还是男人吗？既然喜欢我，干吗委屈自己？"

欧阳香茹双目含情地望着肖鹏飞。她偎在肖鹏飞的怀里，用坚挺的乳峰摩擦着肖鹏飞焦渴的身体，又用柔软的双手触摸他略显肥胖但性感依旧的腰。

肖鹏飞的抗拒还在继续，浑身战栗着做最后的挣扎。

但最终没能抗拒住。

当欧阳香茹的双手自下而上插进肖鹏飞头发里的时候，肖鹏飞伸出手，猛的捧起欧阳香茹的脸，用嘴唇剥开她的嘴唇，伸出火辣辣的舌头，向纵深处探去。

欲望，在此时战胜了一切。

这是一场酣畅淋漓的性爱游戏。整个过程，肖鹏飞都在战栗中，这种感觉，和李雅云结婚初期没有，结婚后期更没有。虽然时间不长，但肖鹏飞感觉自己脱胎换骨了，仿佛不是躺在床上，而是飘在云端。

完事以后，欧阳香茹体贴地帮他擦拭，这让肖鹏飞很是感动。李雅云从来没有过。肖鹏飞知道，这个时候想起李雅云是不合时宜的，但天马行空的思绪，总是让他拿李雅云来和欧阳香茹做对比。

欧阳香茹再次拥过来，肖鹏飞此时仿佛才刚刚清醒。他搂着欧阳香茹问："你刚才说喜欢我，是真的吗？"

话一出口，肖鹏飞即知道这样的话问得是多么愚蠢。但愚蠢也要问，问总比不问强。人往往喜欢活在欺骗中。

"是真的，我是真的。"欧阳香茹答。她答得巧妙，虽然说是真的，但没有说真的是什么。

"那就好，我也喜欢你，"肖鹏飞停了停，"不，我爱你……"

欧阳香茹捂住肖鹏飞的嘴，不让他说下去。欧阳香茹说："我知道你喜欢我，所以我才这样对你。"

肖鹏飞把欧阳香茹搂得更紧了，似乎是怕她飞了似的。肖鹏飞说："我会一辈子对你好的。"

欧阳香茹说："但我有个要求。"

"什么要求，你说。"

"不准和李雅云姐离婚。"欧阳香茹说得很坦然，这是她深思熟虑的结果。肖鹏飞问："这是什么要求？那你怎么办？"

"我就这样，无怨无悔。我什么都不要，不要名分，不要你天天陪我，只要有这份工作和这个房子，其余的我都不要。你有时间可以过来陪陪我，没时间陪我，我也不怪你，我可以向你保证，除了你，我不再找其他男人了。"

肖鹏飞沉默，这个时候，他不知道身边睡的是怎样的一个女人了。

欧阳香茹又说："我的要求只有一个，就是你不能离婚，如果你不答应，我明天就回老家，我说到做到，你了解我的，今晚就算是我对你往日所做一切的报答吧。"

肖鹏飞说："那可不行，我要对你负责。"

欧阳香茹说："我真的必要你负什么责，只要你心里有我，就够了。这辈子能有你这样的人看上我,我知足了。"

肖鹏飞进退两难了,其实一开始,他就进入了进退两难的境地。

11

没有不透风的墙,李雅云终于知道肖鹏飞和欧阳香茹厮混在一起了,她再次提出离婚。

无须追问,也无需看到什么,单从肖鹏飞的身上,就可以嗅到那股味道。肖鹏飞最近回来很晚,回来后身上还带有一股难以抑制的喜悦之情,这已经说明一些问题。

这些,李雅云都看在眼里。

李雅云背地里流过泪,挣扎过,思考过,也想挽救,但最终还是想明白了。既然已经不在相爱,就彼此放一条生路吧。对这段婚姻,她已经了无遗憾了。

肖鹏飞不答应。

肖鹏飞不答应,并不是因为欧阳香茹的那个令人啼笑皆非的要求,而是因为他对李雅云有感情。如果没有上次李雅云生病,他还不知道这份感情有多深,经过医院里十多天之后,他才发现,他和李雅云之间的这份感情,是永远也割舍不断的。

晚上双双躺在床后,李雅云很平淡地说:"鹏飞,我们还是离了吧。"

肖鹏飞问:"怎么又要离婚了?不是说好不离了吗?"

李雅云说:"你心里清楚的。"

肖鹏飞不语了。在心理学硕士的妻子面前,最好别装。

李雅云说:"鹏飞,我是为你好,同时也为我好。"

肖鹏飞转过身,搂着李雅云:"可是,我不想离婚,我……我还爱你。"

李雅云轻轻笑了笑:"你爱我?那你能和她分开再也不见面吗?"

肖鹏飞又不说话了。

李雅云推开肖鹏飞:"鹏飞,正视你自己吧,我们之间或许有过爱,但在数年前就已经结束了。对此我有责任,我愿意承担一切。你早先不同意离婚,我知道是为我考虑,我也因此很感激你,可是这样下去,只会害了彼此。"

"不,我爱你。"肖鹏飞固执地说。

"不,这不是爱,可能你对我有感情,就像我对你一样,但这份感情与爱情无关,只和亲情有染。十年的夫妻生活,那份亲情有可能早已经融入了我们的血液里。可是，这不是爱。"

"不，不离。"肖鹏飞坚决地说，"既然已经过了十年，为什么就不能过一辈子呢？人的一生有多少个十年啊？我们就这样过吧，雅云。"

李雅云啼笑皆非了："就这样过，你倒是想得美啊，凭什么？你想过没有，你这样对她负责吗？对我负责吗？"

肖鹏飞沉默。

李雅云接着说："鹏飞，我知道你走到这一步，也是下了很大决心的，这说明你很爱她，我太了解你了。她也很适合你，她才是你正在需要的女人。"

肖鹏飞说："雅云，给我一段时间好好考虑考虑好吗？你也需要冷静一下。"

"恐怕时间不多了，下个月我就要出国，我想在出国之前把这桩心事了了。"

"你下个月出国？"

"是的，已经申请护照了。"

"你什么时候决定的，我咋不和我商量？"

"我和你提过的，只是你没放在心上。"李雅云说，"再说，现在我的事还用得着和你商量吗？"

肖鹏飞哑口无言了。

第六章
Chapter .06

尾声

厦门房价的走势,果然不出肖鹏飞所料,在低迷几个月后就止跌回稳了,并且略有上扬。

五缘湾的房子建到三层的时候,龙飞公司拿到了预售许可证。正式预售的那天,场面很是火爆,很多人赶过来了解情况。这种最靠海的高端楼盘,理所当然受到富人们的追捧。

预售阶段,肖鹏飞把价钱定在每平米定为一万八千八百元,虽然只成交了几套,但给了肖鹏飞莫大的信心,说明还是有人能够接受如此高的价格,说明当初的战略没错。肖鹏飞相信,随着时间的推移,接受的人会越来越多。

就在肖鹏飞为五缘湾项目庆幸的时候,李雅云要走了,婚最终没有离成。

因为肖鹏飞态度坚决,李雅云最后妥协了。既然已经过了十年,又何必在意这一年时间呢。就再过一年,等自己从国外进修回来再说吧。临走前几天的一个晚上,李雅云对肖鹏飞提出个要求,她想见见欧阳香茹。

肖鹏飞当时坐在沙发上,愣愣地看着李雅云问:"你想见她干吗,有必要吗?"

"有必要,你别误会,我没别的意思,只是想见见她,你不反对吧。"

"其实我觉得没有必要。"

"要是实在不让，那就不见吧。"

肖鹏飞沉思了一会儿，突然问："你能不走吗？"

李雅云走到肖鹏飞身边坐下，柔声说："鹏飞我们都不小了，再也不是十年前的我们了。说实话，我也不想去，不想离开这个家，不想离父母这么久。但是，还是出去一段时间比较好。我们离开一段时间，离得远一点，冷静地思考一下。你现在既和她在一起，又不想和我离婚，其实是你自己难以抉择，我想，一年之后，你会做出决断的。再说，这次的进修机会很难得，我也想充实一下自己。"

肖鹏飞淡淡地说："也好。"

"临走了，有句话要送给你，人都是会变老的，欧阳香茹也一样。"

"你什么意思？"

"没什么意思，我只是想告诉你，要善待欧阳香茹。"

肖鹏飞抬头看了一眼李雅云，又垂下眼帘，不说话。

李雅云接着说："如果你是因为她年轻有活力和她在一起，那么，赶紧分手。我们的婚姻已经犯错了，因为我的原因，已经伤害了我们两个人，我为此自责过，也曾经努力过，但是失败了。客观地说，这里面也有你的责任，不想你再伤害别人，欧阳香茹很无辜，你知道吗？如果你只是图刺激，图心里平衡，那么你现在已经达到了目的，赶紧罢手还来得及。当然，如果你真的爱她，就和她结婚，只要你想通了，随时通知我，我会回来办手续的。"

李雅云的意思，肖鹏飞其实是听明白了，但他故意装作听不懂，愣愣地看着李雅云，任由她发表长篇大论。

李雅云顿了顿又说："你不能两方面都割舍不下，这种状态我不能接受，这是原则问题，明白吗？"

肖鹏飞终于忍不住了，说："雅云，你的原则问题咋就那么多？我看你的心里学是白学了，你对人性根本不了解，我虽然没学过什么心理学，但对人性的了解比你深，对人性了解得越多越深，原则性的东西就会变得越少。"

"那你的意思是，你现在心安理得？你问心无愧？因为你有钱，就可以同时拥有两个女人？"

"不是那么回事。"

"那是咋回事？"

本来是心平气和的谈话，最后以不欢而散告终。

李雅云终于走了，走的那天，欧阳香茹本来是想送送她的。欧阳香茹打的到了机场，看着肖鹏飞送李雅云进入航站楼，她很想过去和她说说话，她想让她不要走，想告诉她，自己其实并不爱肖鹏飞，人到了她这种境地，爱与不爱都不重要了，之所以和他在一起，完全是因为另外的原因。她也很想和李雅云说声对不起。

但欧阳香菇最终没有勇气见李雅云。和她说声对不起，她能够原谅吗？欧阳香菇躲在一角，默默地看着李雅云在肖鹏飞的护送下，换登机牌，又目送着她独自一人走进安检门。李雅云瘦弱的身影，在欧阳香菇眼里是那么孤单。

欧阳香菇走出航站楼，外面的阳光正艳，刺得她直流眼泪。欧阳香菇掏出纸巾擦了擦，可眼泪流得更欢了。

一架飞机从头顶上呼啸而过。

欧阳香菇抬头朝天上看，飞机带着万道金光，正在攀升。欧阳香菇的目光一路追随着飞机，她认定这架飞机就是李雅云乘坐的那趟航班。飞机念念不舍的在蓝天上转了几个弯后，便猛一掉头，朝着大海的方向飞去了。

一个月以后，远在异国他乡的李雅云给肖鹏飞打来了电话。电话中的李雅云兴奋异常，用少有的激动口气告诉肖鹏飞，她怀孕了。

当时肖鹏飞是躺在欧阳香菇身边接电话的，他迷迷糊糊地问："你怀孕了？"

李雅云说："是的，没想到吧？我也没想到，今天刚查出来的。"

肖鹏飞疑惑地问："谁的？"

李雅云说："当然是你的，还能是谁的？"

肖鹏飞的心跳加快了，不知道是喜悦还是震惊。

李雅云说："我就要回来了，已经和学院沟通过，他们准许我回来。"

李雅云又说："你干吗不说话？这可不能怪我，我又不知道会怀孕，早知道就不出来了。"

"哦，回来吧。"肖鹏飞说。

肖鹏飞低头看了一眼身边的欧阳香菇，欧阳香菇在他的怀里睡得正香，嘴角还带着难得的笑意，她一定是做梦了。肖鹏飞把毛毯往欧阳香菇身上掖了掖，像平时给李雅云掖被子一样。

肖鹏飞起身走到窗前看看窗外。忙碌了一天的城市，在这一刻终于洗去尘嚣，化为醉人的宁静，仿佛也悄悄地入睡了。月光洒满大地，窗外的一切影影绰绰，朦胧一片。

哦，夜已经很深了。